Alexander Rieckhoff, Stefan Ummenhofer

# Honigsüßer Tod

Zu diesem Buch

Die Ehekrise von Studienrat Hubertus Hummel, der immer wieder in knifflige Kriminalfälle verwickelt wird, spitzt sich zu: Seine esoterische Ehefrau Elke ist ausgezogen – in ein einsames Gehöft im Schwarzwald, in dem die Sekte »Kinder der Sonne« ihren Sitz hat. Ausgerechnet jetzt geschieht dort ein Mord: Der Imker der Sekte wird tot aufgefunden, neben ihm ein Bild des Heiligen Ambrosius, Schutzpatron der Bienenzüchter. Im benachbarten Schwarzwalddorf ist man sich sicher, dass der Täter aus der Sekte stammt – schließlich galt der Tote dort als Abweichler. Hummel und sein Journalistenfreund Klaus Riesle beschließen, der Sache auf den Grund zu gehen, was sich als recht gefährlich erweist. Ein zweiter Todesfall bringt eine überraschende Wendung …

*Alexander Rieckhoff*, geboren 1969 und aufgewachsen in Villingen, studierte Geschichte und Politikwissenschaft in Konstanz und Rom und ist zurzeit als Fernsehredakteur beim ZDF in Mainz beschäftigt. Er lebt mit seiner Familie in der Nähe von Mainz.
*Stefan Ummenhofer*, geboren 1969 und aufgewachsen in Villingen und Schwenningen, studierte Politikwissenschaft und Geschichte in Freiburg, Wien und Bonn. Er ist als Journalist und Autor tätig und lebt mit seiner Familie bei Freiburg.
Gemeinsam veröffentlichten sie bereits mehrere erfolgreiche Schwarzwald-Krimis.

Alexander Rieckhoff
Stefan Ummenhofer

# Honigsüßer Tod

Ein Fall für Hubertus Hummel

PIPER
München Berlin Zürich

*Mehr über unsere Autoren und Bücher:*
*www.piper.de*

Von Alexander Rieckhoff und Stefan Ummenhofer liegen im Piper Verlag vor:
Strafzeit
Stille Nacht
Morgengrauen
Narrentreiben
Schwarzwaldrätsel
Ringfahndung
Honigsüßer Tod
Giftpilz
Höhenschwindel
Schwarzwaldstrand
Schwarzwaldrauch

FSC
www.fsc.org
MIX
Papier aus verantwortungsvollen Quellen
FSC® C083411

Originalausgabe
1. Auflage November 2009
7. Auflage Dezember 2016

Umschlaggestaltung: semper smile, München
Umschlagfoto: Visum Foto GmbH
Satz: Filmsatz Schröter, München
Gesetzt aus der Sabon
Druck und Bindung: CPI books GmbH, Leck
Printed in Germany ISBN 978-3-492-25435-9

INHALT


1. Rosenzettel 7
2. Nachbarschaftsfreuden 18
3. Bei Anruf Elke 25
4. Hybrid 33
5. Ambrosius' Rache 45
6. »Speckveschper« 48
7. Im Saloon 62
8. Erleuchtung 76
9. Der Ö 88
10. Elkes neue Freundin 91
11. Soko »Honig« 95
12. Herzenssache 104
13. Speichelprobleme 110
14. Bienen und Burgbacher 115
15. Verdächtige Zeugen 128
16. Im Beichtstuhl 133
17. Ein katholischer Kommissar 137
18. Imkerhof Kaltenbach 145
19. Neue Schuhe und alte Gesichter 150
20. Schlechte Nachrichten 156
21. Frau Bergmann 160
22. Hummels Ausstieg 168
23. Gegen den Mast 177
24. Abgehört 182
25. An der Mauer auf der Lauer 186

26. Offenbarung 194
27. Frühstück bei Brändle 202
28. Vor der Kapelle 211
29. Hilde und Claas 227
30. Abgang 232

# 1. Rosenzettel

Hubertus Hummel fühlte sich leicht und frei: die großen Ferien. Endlich. Als Lehrer freute er sich mittlerweile mindestens ebenso sehr wie damals vor drei, vier Jahrzehnten, als sie beim ersten Klingeln und in kindlichem Übermut johlend in den Pausenhof gestürmt waren. Allein schon wegen seines Gewichts war für Hubertus an Stürmen aber nicht mehr zu denken. Er trottete eher bedächtig in Richtung Eigenheim, entlang den Einfamilienhäusern in der Villinger Südstadt, auf die die Sonne ihre kräftigen Strahlen lenkte.

Mitten auf der Hummelschen Haustür prangte ein mit einer Rosengirlande verzierter Klebezettel.

»Blumen JEDEN Abend gießen, Rasen sprengen. BITTE«, stand in Elkes mädchenhafter Schönschrift auf dem Papier. Es war exakt mittig auf die weiße Holztür geklebt.

Hubertus zog den Zettel ab und fuhr sich durch die verschwitzten Haare, die seinen runden Kopf nur noch spärlich bedeckten. Typisch an dieser Bewegung war auch, dass sie mit einem leichten Kratzen der Fingernägel am Hinterkopf endete.

Was sollte so ein Hinweis auf der Haustür? Sollten auch die Nachbarn mitbekommen, dass er seine Pflichten vernachlässigte? Die nahmen ohnehin zu regen Anteil an seinem Leben.

Die Sonne schien plötzlich nicht mehr wohltuend, sondern schlichtweg heiß. Zu heiß. Jedenfalls für seine 104 Kilogramm.

Verbürgen hätte er sich für die genaue Kilo-Angabe übrigens nicht können. Die letzte Zwangswiegung beim Arzt war etwa fünf Jahre her – und damals hatte er schon das Gefühl gehabt, das Ding müsse defekt sein oder der Mediziner die Waage irgendwie manipuliert haben, um ihn behandlungsbedürftiger erscheinen zu lassen. Über hundert? Er?

93 Kilo, gut. 95 vielleicht, nach Weihnachten. Aber maximal.

Schnaufend schleppte er sich über die Schwelle des 50er-Jahre-Häuschens.

Die nächste Nachricht erwartete ihn nur wenige Schritte

weiter im Flur – am Spiegel, der zwischen einem eisernen Gott Shiva und einem golden schimmernden Buddha hing.

Das Bodenständige innerhalb ihrer vier Wände ging auf Hubertus zurück: Bücher über die Schwäbisch-Alemannische Fasnacht, Bildbände über Zähringerstädte und Jubiläen heimischer Vereine, natürlich auch die geläufige Belletristik von Simmel bis Stephen King.

Die deutschen Klassiker, die er für den Schulunterricht benötigte, befanden sich im Arbeitszimmer. Er respektierte sie, richtig zu Herzen gingen ihm aber weniger Goethe und Schiller als Narro und Morbili – die Villinger Fasnachtsfiguren.

Für den bunten Religionsmischmasch im Hause Hummel zeichnete Elke verantwortlich. Synkretismus hieß eine solche Mischung, das wusste Hummel. Als Lehrer wurde von einem ohnehin erwartet, dass man über so gut wie alles Auskunft geben konnte. Er wusste in aller Bescheidenheit – nun, ja – ziemlich viel. Mit seinen Mitte 40 war Hummel Bildungsbürger, wie er bodenständiger Schwarzwälder war. Und wer das für einen Widerspruch hielt, dem konnte er durchaus einen einstündigen Vortrag darüber halten. Bodenständigkeit, so sagte er stets, sei nicht mit Oberflächlichkeit oder gar Dummheit zu verwechseln. Im Gegenteil.

»Villingen trifft Freiburg«, sagte sein Journalistenfreund Klaus Riesle über Hubertus – und das war nicht ganz falsch. Die Jahre an der Uni hatten durchaus die eine oder andere Spur bei Hummel hinterlassen, aber im Grunde seines Herzens war er immer ein echter Villinger geblieben. Ein traditionsbewusster, stolzer Kleinstädter.

Elke war anders: feingliedriger, zarter – in jeder Hinsicht. Sie hatte aus der Zeit ihres Freiburger Lehramt-Studiums die Begeisterung für alles Spirituelle mitgenommen – wenn es nur unkonventionell daherkam. Problemlos konnte sie binnen einer Woche von der Schamanen-Anhängerin über die Buddhistin und Hinduistin zur UFO-Gläubigen mutieren – oder all das miteinander mischen, denn Elke war ständig auf der Suche.

Er sei froh, dass sie sich keinen langen Bart wachsen lassen könne, hatte Hubertus erst neulich gespottet. Sonst wäre sie bestimmt schon beim radikalen Islam angekommen, und er hätte die CIA am Hals. Selbstmordattentate kamen in der bürgerlichen Südstadt schließlich doch eher selten vor.

Hinter solch Flapsigkeiten steckte die Erkenntnis, die auch einem flüchtigen Besucher des Hummelschen Hauses eigentlich nicht verborgen bleiben konnte: Weder die Einrichtungs-Stile noch die Weltanschauungen, noch die Hobbys der beiden Bewohner bildeten eine harmonische Einheit. Aber war das nicht in vielen Ehen so?

Hummel kam beim Blick in den Spiegel zu dem Schluss, dass er vielleicht doch nicht so deutlich unter hundert lag. Er konzentrierte sich schnell auf den Rosenzettel, der sehr akkurat auf Kinnhöhe seines Spiegelbildes prangte.

»Boden einmal wöchentlich saugen. BITTE«, stand da.

Wöchentlich?

Dass Elke zu einer Chakra-Harmonisierung in eine abgelegene Schwarzwaldhütte, zu einem »Delfin-Wochenende« oder einer Körpertherapie reiste, das kam schon einmal vor. Sie nahm mit, was in der losen esoterischen Szene Villingen-Schwenningens am Ostrand des Schwarzwaldes eben so geboten wurde. Länger als zwei, drei Tage dauerten derartige Veranstaltungen aber selten.

Theoretisch war es immerhin möglich, dass Elke trotzdem bald wieder aufkreuzte und es sich bei den Nachrichten nur um ganz allgemeine Erinnerungszettel handelte. Einen davon auf die Haustür zu kleben war jedoch aufdringlich bis ungewöhnlich.

Zugegeben, Hubertus war nicht gerade das, was sich eine Gleichstellungsbeauftragte gewünscht hätte. Er brachte zwar des Öfteren den Müll raus, kümmerte sich um seinen ebenfalls in Villingen wohnenden Enkel Maximilian und verwaltete mit Enthusiasmus den Hummelschen Weinkeller. Im Garten war er seiner Erinnerung nach für das Heckenschneiden und das Rasenmähen zuständig.

Kochen, Backen, Putzen, Organisieren, das ganze »Haus-Management«, wie er es nannte, überließ er aber komplett Elke. Darüber hatte es seiner etwas unzuverlässigen Erinnerung nach auch nie Diskussionen gegeben. Dass seine Frau ihn nun aber so plump zur Mehrarbeit antrieb, ärgerte Hubertus nicht nur. Es beunruhigte ihn auch etwas.

Elke und er waren ohnehin an einem schwierigen Punkt ihrer Beziehung angelangt. Das Grundproblem war recht banal: Das Ehepaar Hummel hatte sich auseinandergelebt. Jeder frönte seinen eigenen Interessen: Hubertus dem Eishockey und Fußball (passiv), der traditionellen Fasnacht, dem Essen und Trinken (aktiv). Elke hingegen wollte mehr denn je ihr Bewusstsein erweitern – und zwar weniger durch das Trinken von badischem Wein als mittels spiritueller Suche.

Vor einiger Zeit hatte Elke sich eine »Ehepause« genommen, weil sie zu dem Schluss gekommen war, Hubertus und sie seien doch nicht seelenverwandt. Diese Pause hatte sie mit einem stadtbekannten Rechtsanwalt überbrückt, der sich allerdings als richtiggehend seelenfremd entpuppte.

Also hatte sich das Ehepaar wieder zusammengerauft, »gute Gespräche« geführt, wie Elke es nannte. Hubertus nannte es anders – oder eigentlich gar nicht. Jedenfalls hatte er sich nach einiger Zeit des relativen häuslichen Friedens vor Kurzem in eine jüngere Kollegin verliebt: Carolin. Eigentlich war das in Hubertus' bodenständiger Art gar nicht vorgesehen. Die Liaison war auch noch gar keine richtige, denn Hummel wusste weder ein noch aus.

Ratlos stapfte er auch jetzt in Richtung Treppe, kam aber nur bis zum Gäste-WC: dort prangte Klebezettel Nr. 3 auf der Tür.

»1 × wöchentl. feucht wischen, Schüssel und Klobrille desinfizieren. BITTE«, las er.

Ehe er Zettel Nr. 4 finden konnte, klingelte es. Hubertus warf wütend seine braune Ledertasche auf den Korbstuhl im Flur und öffnete ruckartig die Haustür. Wenn das Elke war, dann konnte sie sich auf etwas gefasst machen. Den Beginn der Schulferien hatte sie ihm durch ihr schriftliches Mobbing einigermaßen verdorben. Und jetzt hatte sie sicher wieder einmal den Schlüssel verloren. Das Seelenheil mochte wichtig sein. Die Gegenstände des täglichen Gebrauchs waren es aber auch.

Zwar konnte man bei Elke nicht ausschließen, dass sie sich aus weltanschaulichen Gründen kurzfristig eine Glatze rasierte, aber diese hier gehörte Edelbert Burgbacher. »Ich muss dich dringend sprechen, Hubertus Hummel«, dröhnte ihm der Bass seines Freundes entgegen. Er war Impresario des kleinen Zähringer-Theaters an der Stadtmauer und eine der schillerndsten Figuren der gesamten Schwarzwälder Kulturszene.

»Dringend!«, betonte er nach einer bedeutungsvollen Kunstpause. Edelbert stand in Gedanken 24 Stunden am Tag auf einer Bühne. Und er inszenierte sich gut, das musste auch Hummel ihm lassen. Burgbacher hatte Charisma und einen gewissen Stil – mehr zumindest als Manieren.

Dazu, ihn hereinzubitten, kam Hubertus nämlich gar nicht. Burgbacher hatte sich schon an ihm vorbeigeschoben und stand jetzt im Flur.

»Ein einfaches Guten Tag hätte es auch getan.« Normalerweise machte ihm Edelberts schroffe Art nichts aus. Aber im Moment war er doch etwas dünnhäutig.

»Äh ... wie läuft's denn so bei dir?«, gab Burgbacher nun pflichtschuldig zu Protokoll.

Hummel wies mit einer Hand auf die Tür des Gäste-WCs. »Elke spricht offenbar nur noch über ihre blumenverzierten Klebezettel mit mir und fordert mich zur Hausarbeit auf.«

»Tja, Frauen«, gab ihm Burgbacher kurz die benötigte Unterstützung und schüttelte den polierten Glatzkopf. »Wie ist denn der aktuelle Stand des Ehedramas?«

Hubertus zögerte. »Na ja: Offiziell sind wir nach wie vor ein Paar. Inoffiziell: Frag mich was Leichteres.«

»Und wie sieht es mit dieser Carolin und dir aus?«, bohrte Burgbacher weiter, der in groben Zügen Bescheid wusste. Er hatte sie schon ein-, zweimal gesehen Und sie schien recht sympathisch zu sein. Wie Elke. Eigentlich war das dem Impresario auch egal. Aber selbst wenn er für die bürgerliche Ordnung nicht allzu viel übrig hatte: Ein paar Konstanten musste es im Leben doch geben. Hubertus und Elke gehörten zu diesen und eher zusammen als die beiden Städte Villingen und Schwenningen, die man im Zuge der Kreisreform vor mehr als 30 Jahren zwangsverheiratet hatte. Es genügte ja wohl, wenn er dauernd Beziehungsprobleme hatte. Und eigentlich war er vor allem deshalb hier ...

Hubertus hatte vor einigen Wochen versucht, mit seiner geänderten Gefühlslage Elke gegenüber offen umzugehen. Weltanschaulich konnte er ihr freilich schon lange nicht mehr folgen. Mitunter kam er sich vor wie sein eigener Vater. Der war mittlerweile fast 80 und hatte sein ganzes Leben in Villingen verbracht, das heißt, wenn er nicht gerade als Lokführer die Bahnhöfe der Schwarzwaldbahn bis Offenburg in der einen oder Konstanz in der anderen Richtung abgefahren hatte. Karma hielt er bestenfalls für eine Margarinensorte.

Nachvollziehbarer als Elkes Geschwurbel war für Hubertus die handfeste Art seiner Tochter gewesen: Martina hatte ihm wegen Carolin explizite und heftige Vorwürfe gemacht. »Nur, weil Mama sich vor ein paar Jahren mal in so einen anderen Typen verliebt hat, willst du jetzt auch zeigen, dass du begehrt bist? Sei froh, dass du Mama hast!«

»Hallo? Hubertus? Stichwort Carolin!«, wartete Burgbacher immer noch ungeduldig auf eine Antwort. »Du weißt schon. Diese brünette Lehrerin. Erinnerst du dich?«

»Ich weiß nicht. So geht das jedenfalls nicht weiter. Ich muss mich dringend entscheiden«, sagte Hummel.

»Bevor sich Elke entscheidet – und zwar gegen dich!«, bemerkte Burgbacher und zog einen weiteren Klebezettel von der Tür des Zimmers ab, das Elke ihre »Entspannungsoase« nannte. Hier machte sie Yogaübungen und zog sich zurück, wenn sie ihren Unterricht vorbereitete, in ihren Ratgebern schmökerte, wieder einmal eine neue Gottheit anbetete oder Hubertus ihr auf die Nerven fiel.

»Betreten verboten. BITTE«, lautete die Botschaft. Drei Ausrufezeichen schlossen sich an.

Hubertus schnaufte. Dieses dauernde »BITTE« machte das Ganze noch penetranter. Das hatte sie sicher auch aus einem ihrer Ratgeber.

Dieser Zettel an der Tür hatte Gesellschaft – und zwar von einer Art Spielkarte. Auf dieser waren eine Schlange, ein Frauenkopf und die Zahl 7 zu sehen.

»Das ist eine Lenormandkarte«, erklärte Burgbacher, der durch seinen Lebensabschnittsgefährten Einblick in die Welt der Esoterik bekommen hatte. »Eine Wahrsagekarte – und diese hier steht für eine Nebenbuhlerin und für Verwicklungen oder Verführungen, wenn ich mich recht entsinne. Alberto hat damit auch immer rumhantiert. Ich HASSE ihn.« Der

Impresario klatschte den Zettel mit viel Wucht zurück an die Tür.

Burgbachers Gefühlsausbruch ging an Hummel vollkommen vorbei. Er starrte nur auf Botschaft Nummer vier.

»Ich würde mal sagen, dass Elke zumindest vorübergehend ausgezogen ist«, bemühte sich der Theater-Impresario mit tiefstem Bass um eine Einschätzung. »Da haben wir ja eine reizende Gemeinsamkeit. Alberto …«

»Ausgezogen?« Hubertus hatte diesen Gedanken irgendwo zwischen Zettel zwei und drei auch schon gehabt, ihn dann aber erfolgreich verdrängt.

Er ignorierte das Eintrittsverbot und warf einen Blick in Elkes Zimmer. Die Schaumstoffmatte, auf der sie ihre Übungen machte und die üblicherweise immer auf dem geölten Naturholzboden lag, war weg. Ihre Tasche mit dem samtenen Lebensbaum-Aufnäher: ebenfalls verschwunden.

Hubertus überlegte: Yoga war dienstags und donnerstags. Heute war Mittwoch.

Sprach das doch für den Extra-Workshop zum Ferienbeginn?

Er lief ins Obergeschoss, Burgbacher hinterher. Es würde wohl noch ein paar Minuten dauern, bis er seinen Einsatz bekam.

Geordnet hatte Hubertus den begehbaren Kleiderschrank im Schlafzimmer in letzter Zeit selten vorgefunden. Meist spiegelte dessen Zustand Elkes psychische Konstitution. War er aufgeräumt, war sie es auch.

Von Elkes Kleidung war, grob geschätzt, noch die Hälfte da. Und die lag ungeordnet verteilt in den Regalen. Zwei Koffer fehlten.

Auf dem Doppelbett, das Hubertus seit ein paar Wochen Elke überlassen hatte – er hatte im Keller geschlafen –, lag ein Brief.

»Lieber Hubertus«, begann Hummel laut vorzulesen, ohne so richtig wahrzunehmen, dass Burgbacher bei ihm war. Der hatte sich schweigend auf die unbezogene Bettseite gesetzt. »Ich muss in aller Ruhe über unsere Beziehung nachdenken. Wer bin ich? Wer bist du? Das kann ich jedoch nur mit zumindest etwas Abstand tun … Versuche auch du, WIRKLICH alleine zu sein und dir über deine Gefühle klar zu werden ... Vielleicht helfen dir ja folgende Ratgeber.«

Hummel überflog die empfohlenen Titel: »Karmische Beziehungen 1+2« ... »Chakra. Energie und Harmonie durch das Atmen« ... »Liebe dich selbst, und es ist egal, wen du heiratest«.

Bis dato hatte er den Brief mit einigen Auslassungen noch regungslos vorgelesen.

Die nächste Passage begann mit den Worten: »Ich bin weg und doch nahe bei dir. Ich ziehe zunächst einmal zu den ...«

Er stockte und riss die Augen auf.

»Nein, Elke, nicht das. Das kannst du mir nicht antun!«

Seine Stimme wurde lauter, wandelte sich von einem Flüstern zu einem zornigen Aufschrei:

»Zieh doch zu deiner Mutter, von mir aus zu einer deiner Yoga-Freundinnen, ja sogar zu deinem Yoga-Lehrer oder zu Bin Laden persönlich. Aber bitte nicht zu diesen nervtötenden, hyperkorrekten, sich immerzu einmischenden Pergel-Bülows!«

»Ausziehen, um nur ein paar Meter weiter bei den Nachbarn einzuziehen? Also wirklich, Elke! Da könntest du aber die Hausarbeit doch ganz gut nebenher bewerkstelligen«, versuchte Burgbacher einen Scherz. »Wenn ich da an Alberto denke: Ständig musste ich seine Sachen wegräumen, für ihn sorgen, sogar das Essen für ihn kochen ... und dann das.«

Hubertus zerknüllte das Papier mit drei, vier kraftvollen Bewegungen seiner großen Hände, schleuderte es auf den Boden und stampfte mit seinen ungefähr 104 Kilogramm fluchend darauf herum.

Edelbert verfolgte fasziniert den Veitstanz seines Freundes. Er mochte Männer mit Emotionen. Seine Schauspieler mussten genauso sein. Alles hinter sich lassen, sich in eine andere Sphäre versetzen können. Sehr gut! Wie Alberto.

Nach ein paar Sekunden war das Schauspiel jedoch bereits vorbei.

Hubertus saß jetzt zusammengesunken auf dem Holzboden und machte sich wortlos daran, den Brief wieder zu glätten.

Schnell an etwas anderes denken – der nächste Wutanfall bahnte sich schon an. Ganz gut, dass Elke das nicht sah.

»Was war noch mal der Grund für deinen Besuch?«, fragte Hummel beiläufig.

»Bist du konzentriert? Bist du wirklich aufnahmefähig?« Endlich war Burgbacher an der Reihe.

»Ja, ich bin in Ordnung. Ich habe mich wieder beruhigt.«

»Na gut«, sagte Burgbacher und baute sich vor Hummel auf, als wolle er einen Prolog halten.

»Ich ...« Schon versagte ihm die Stimme. Neuer Anlauf. »Ich wurde auch gerade verlassen.« Das Wasser, das sich in Burgbachers Tränensäcken staute, war alles andere als Theater. »Alberto. Ich kann es immer noch nicht fassen. Und damit nicht genug. Er hat seine Hauptrolle in unserem Stück, das wir auf der Landesgartenschau aufführen wollten, an den Nagel gehängt. Er sagt, er könne das jetzt nicht mehr mit seinem Gewissen vereinbaren.«

»Tut mir wirklich leid, Edelbert«, sagte Hummel, war mit seinen Gedanken aber immer noch bei Elke und den Nachbarn. Von dort aus gingen sie zur Landesgartenschau. Ein riesiges Prestigeprojekt, für das die halbe Stadt umgegraben worden war. Übermorgen hatte er mit Elke zu einem Konzert dorthin gehen wollen. Ob daraus noch was würde?

Burgbacher bemerkte die Unaufmerksamkeit seines Freundes. »Du kannst mich ja wenigstens fragen, warum er mich verlassen hat«, bemerkte er beleidigt.

»Ach«, entschuldigte sich Edelbert. »Warum ist Schluss?« Eigentlich wusste Hummel nichts über Alberto. Er hatte ihn ein paar Mal in seiner Stammkneipe »Bistro« gesehen, war mit ihm und Burgbacher sogar an einem Tisch gesessen. Des Impresarios Mund hatte sich neben dem Rotwein ausschließlich mit Alberto beschäftigt. Rotwein, Alberto, Rotwein, Alberto.

»Alberto sagt, er habe sich verliebt. Er liebe mich zwar noch immer, aber das andere Gefühl sei stärker. Weißt du, dieser Mann zerstört mich!«

»Gibt es denn keine Chance, dass er zu dir zurückkehrt?« Hummel merkte, dass ihm Burgbachers Liebeskummer eigentlich ganz guttat. Geteiltes Leid etc.

»Mit trockener Kehle kann ich dir das gar nicht erzählen. Es ist so furchtbar, das ertrage ich nur mit Trollinger.«

Hubertus fand die Vorliebe des Freundes für schwäbischen Rotwein auch nach all den Jahren immer noch seltsam. Sonst hatte Burgbacher mehr ein Faible für italienische Opern, italienisches Essen und – wie zuletzt – für italienische Männer. Und einen Trollinger führte Hummel nach wie vor und schon aus Prinzip nicht.

Nachdem der Theatermann weintechnisch über seinen Schatten und zu einem Kaiserstühler Spätburgunder gesprungen war, schwenkte er das Glas vor seinen Augen hin und her. »Gestern Nacht hat er mir gestanden ...«, seufzte er.

Hoffentlich erspart er mir die Details, dachte Hummel.

»Er heißt Sven und ist 20. Alberto hat mich für einen 30 Jahre jüngeren Mann verlassen, Hubertus.« Er schüttete den restlichen Rotwein hinunter und hielt Hummel das leere Glas hin. Der schenkte die doppelte Ration nach.

»30 Jahre jünger ...« Hubertus überlegte, wie viel jünger seine Carolin war. Er kam auf sieben Jahre. Das ging doch eigentlich. Gut, wäre er jetzt 20 und sie 13, könnte man darin ein Problem sehen. Oder gar einen Straftatbestand. Aber bei 46 zu 39?

»Und weißt du, was noch schrecklicher ist? Ich selbst habe die beiden zusammengebracht, habe sie in dem Stück als schwules Pärchen besetzt. Dieser Sven war eigentlich Hetero, hatte sogar eine Freundin. Aber in jedem Hetero steckt eben ...«

»Was ist das denn für ein Stück?«, fragte Hummel schnell.

»Die Landesgartenschau-Betreiber wollten unbedingt eine Komödie. Halt was Todsicheres: Shakespeares ›Sommernachtstraum‹ oder was Derartiges. Aber dass dieser Hofnarr Puck immer Mann und Frau verkuppeln sollte, das war mir dann einfach zu langweilig.«

»Und was spielt ihr nun stattdessen?«

»Den ›Regenbogentraum‹. Sozusagen das homosexuelle Pendant zum Sommernachtstraum. Hier werden nicht Heteros, sondern Männer mit Männern und Frauen mit Frauen verkuppelt. Einfach köstlich! Und so lernt die Provinz auch noch etwas. Als Regisseur habe ich schließlich auch die Pflicht zur gesellschaftlichen Aufklärung!«

Ob das die Verantwortlichen der Gartenschau ebenso sahen, wagte Hummel zu bezweifeln.

Allerdings galt es jetzt, Solidarität zu üben. Oder vielmehr, Burgbacher einfach stumm zuzuhören.

Dessen großer Auftritt folgte. Zusammengefasst: Weinkrampf mit körperlichem Zusammenbruch, Glassturz auf Hummels Terracotta-Boden. Erneuter Sturz mit Verletzung des Kinns an einer Scherbe. Hummel in einer Nebenrolle: Jod und ein großes Pflaster für den Freund. Wiederum Burgbacher: Griff nach der Flasche, Leeren in einem Zug.

»Ich bringe mich um. Ach was, ich bringe Alberto und mich um«, kündigte Burgbacher halb lallend an. So gern er dem Alkohol zusprach, so wenig vertrug er ihn.

»Bring doch nur ihn um«, schlug Hummel mit leichter Ironie vor.

Burgbacher überhörte es. »Gestern hat Alberto mir dann gesagt, dass er das Doppelspiel nicht mehr aushält. Er müsse sich jetzt entscheiden. Und wenn er nicht mehr mit mir zusammen sei, dann müsse er auch das Stück aufgeben.«

»Und was ist mit diesem Sven? Spielt der weiter mit?«, fragte Hummel etwas arglos.

Burgbacher schnappte sich die zweite Flasche und nahm einen kräftigen Seemannsschluck. Das Glas war ja zerbrochen. »Ach was, den habe ich natürlich gefeuert. Wie die ganze Schauspieltruppe. Diese Dilettanten! Ich will sie nie wieder sehen!«

»Und das Stück?«

»Mir wird schon was einfallen«, lallte Burgbacher. »Ist ja noch eine knappe Woche.«

Hummel nahm ebenfalls einen ordentlichen Schluck. Wenige Tage bis zur wahrscheinlich größten Blamage in Burgbachers Künstlerleben. Dazu ein privates Schlachtfeld, weil er wegen eines nicht einmal halb so alten Widersachers verlassen wurde. Nicht schlecht. Burgbacher konnte es wirklich beinahe mit seinen Problemen aufnehmen. Er war ein würdiger Partner für dieses Besäufnis.

## 2. Nachbarschaftsfreuden

In seinem Arbeitszimmer hatte Hubertus sich den perfekten Beobachtungsposten eingerichtet. Zum Glück gehörten die Pergels zu der Sorte Leute, die Einbrechern fast ihren kompletten Wohnbereich durch verglaste Fensterfronten auf dem Präsentierteller darboten.

Der zum Garten gerichtete Teil des Wohnzimmers bestand aus einer Art Wintergarten und ermöglichte Hummel einen hervorragenden Einblick. Bisher war ihm nicht bewusst gewesen, dass dies ein Vorzug sein konnte. Die nachbarschaftliche Neugier ging vorrangig von den Pergel-Bülows aus. Sie gehörten weder zu den Alteingesessenen noch zur Erben-Fraktion des Stadtviertels. Sie waren vor noch nicht allzu langer Zeit zugezogen und entzückt, dass die Nachbarn wie sie selbst Lehrer waren. Von da an hatten sie es mit ihrer Hilfsbereitschaft, ihrem Verständnis für alles und ihrer praktischen Art geschafft, zumindest in Elkes Herz einen Platz zu finden. Hubertus hatte ihre Annäherungsversuche zunächst leidenschaftslos über sich ergehen lassen, doch schon bald hatte er mit einer sich bis ins Ungesunde steigernden Abneigung reagiert. Allein schon dieses gestelzte Hochdeutsch empfand er als zutiefst unnatürlich.

Sich am Gartenzaun »Hallo« sagen, sich im Herbst den Rechen oder im Winter den Schneebahner leihen – gerne. Doch die Nachbarn gewissermaßen als erweiterte Familie zu betrachten, das ging ihm entschieden zu weit. Und Hubertus war mitunter ganz schön bockig. Zumal, wenn andere Leute wie die Pergel-Bülows eine so nervtötende Vorzeige-Ehe führten. Eigentlich konnte das doch nicht mit rechten Dingen zugehen.

Hubertus wusste selbst nicht so recht, warum er die alte Videokamera vom Dachboden geholt und sich mit ihr hinter dem Schlitz der fast zugezogenen, dunklen Vorhänge postiert hatte. Warum er stattdessen nicht einfach rübergegangen war, um Elke notfalls mit gesetzten Worten im Stil dieser Ratgeber, die er hätte lesen sollen, zur Rückkehr zu überreden. Aber sollte er das wirklich? Und war die Gefahr, dabei eine ausführliche

Pergel-Bülowsche Analyse ihrer Beziehung mitzubekommen, nicht doch zu groß?

Sein Kopf brummte. Mit Edelbert konnte man nicht einfach gemütlich einen Wein trinken. Früher oder später endete das Ganze immer in einem Exzess.

Als der Regisseur davongetorkelt war, hatten die Turmuhren des Münsters schon längst drei geschlagen. Jetzt musste es etwa 9 Uhr sein.

Klar war ihm in dieser Nacht lediglich eines geworden: der gegenüber Burgbacher geäußerte Wunsch, der Schleier seiner Unentschlossenheit möge sich lüften, er möge Carolin anrufen, seine Ehe beenden und fortan mit der neuen Partnerin glücklich sein, bis dass der Tod sie scheide. Dieser Wunsch war schon im Morgengrauen Makulatur gewesen.

Seit Elke am gestrigen Tag das Heft des Handelns in die Hand genommen hatte, war Hubertus' Bindung zu seiner Frau eher wieder stärker geworden. Vielleicht lag es aber auch nur an der alkoholbedingten Emotionalisierung, in deren Zuge er Burgbacher einige Sätze vorgejammert hatte, für deren weinerlichen Ton er sich jetzt gehörig schämte. Hoffentlich hatte Edelbert diese bei Tagesanbruch wieder vergessen …

Hummel warf einen Blick durch das Objektiv und war gebannt: Schon nach wenigen Sekunden erwischte er Elke. Er zoomte sie heran, während sie mit den Händen immer wieder durch ihre Haare fahrend und wild gestikulierend durch das Wohnzimmer wanderte.

Immerhin: Den Tick, sich bei Nervosität die Haare zu streichen, hatte sie von ihm. Wenigstens etwas, das sie mitgenommen hatte.

Sie würde alles ausplaudern. Oje. Sein Gewicht. Seine Eigenarten. Und dass er schnarchte. Dass er gelegentlich unbeherrscht war. Dass sie ihn einmal erwischt hatte, wie er ein von Schülern konfisziertes Pornoheft angeschaut hatte. Natürlich würde sie sämtliche Geheimnisse, die es zwischen Eheleuten gab, weitererzählen – und die Pergel-Bülows würden sie mit ernsten Mienen ermutigen: Sehr gut, Elke. Lass es raus. Lös deine Blockaden.

Zu gerne hätte er den Ton zu ihren Lippenbewegungen und

zu denen der Nachbarn gehört, die auf der Couch saßen und offenbar nur gelegentlich etwas erwiderten. Er konnte sich die Kommentare in etwa vorstellen: »Hubertus ist leider nicht mit sich im Reinen. Wie oft sage ich zu Klaus-Dieter: Klaus-Dieter, du musst dich um Hubertus kümmern. Aber das ist ja sehr schwer. Er hat ja diese Berührungsängste, dieses Misstrauen. Das ist sicher in der Beziehung zu seinen Eltern begründet. Wird Hubertus denn überhaupt jemals mit sich im Reinen sein? Ich meine, in diesem Leben – nicht in einem der nächsten.«

Er versuchte, Pergel-Bülows Äußerungen simultan zu den Lippenbewegungen mitzusprechen. Ja, die Sätze passten mehr oder weniger.

Er schaltete die Videokamera auf Aufnahme.

Halt! Überspielte er damit etwas? Hummel spulte ein wenig zurück und sah seinen Enkel Maximilian in die Kamera linsen. Der hatte einen großen Schnuller im Gesicht und schien recht zufrieden. Ach, Maxi!

Hummel startete die Kamera, schwenkte zunächst im geräumigen und hellen Wohnzimmer der Pergel-Bülows herum und beobachtete dann gebannt Elkes Gesichtsausdruck. Viel Sinn ergab das, wenn er ehrlich war, nicht. Vielleicht ließ sich aus ihrer Mimik eine Tendenz ablesen?

Ein wenig schlich sich bei ihm das schlechte Gewissen ein. Er machte sich zweifelsohne einer Art Bespitzelung schuldig. War es aber nicht auch sein gutes Recht zu erfahren, ob seine Frau ihn noch liebte? Wie sie die Chancen auf eine gemeinsame Zukunft einschätzte?

Nach einigen Minuten stand Pergel-Bülow auf und durchquerte die Wohnung Richtung Haustür. Dort hatte sich ein vollständig in Weiß gekleideter Mann aufgebaut, der offenbar gerade die Türklingel betätigt hatte. Weiße Hose, weißes Oberteil, das an eine römische Tunika erinnerte. Weiße Schuhe. Selbst der Geländewagen, den er an der Straße geparkt hatte, war weiß.

Ein Vertreter? Aber wofür? Ein Pfleger etwa? Oder ein Nervenarzt? War Elke derart am Ende ihrer Kräfte, dass sie sich in die Psychiatrie im benachbarten Rottweil einliefern ließ? Oder hatten Pergel-Bülows den Mann alarmiert? Nein: Wenn es nach denen gegangen wäre, hätte der Pfleger sicher an Hummels Tür geklingelt.

Hubertus schwenkte kurz zurück auf die Wohnzimmercouch, wo Elke sich ausgebreitet hatte. Sie wirkte angespannt, aber nicht völlig aufgelöst. Der Ankömmling wurde von Pergel-Bülow freudestrahlend in Empfang genommen.

Hummel stellte fest, dass die weiße Kleidung des Ankömmlings für einen Pfleger etwas zu elegant wirkte. Er trug einen gestutzten Bart, Halsketten und einen Siegelring. Eine Art Gigolo. Kurz: ein widerlicher Typ.

Nach einer halben Stunde der Hubertus endlos erscheinenden stummen Plaudereien, zu denen er Phantasie-Sprechblasen halluzinierte, nahm der Mann in Weiß Elkes Koffer. Dann verließen die beiden gemeinsam das Haus.

Hoppla?!

Hummels Puls ging schneller.

Die beiden stiegen in den Wagen.

Jetzt raste sein Puls.

Fassungslos beobachtete er, wie der Weiße gemeinsam mit seiner Frau im Geländewagen davonfuhr. Einfach so.

Die Pergel-Bülows winkten enthusiastisch. Hubertus war geschockt, wie schnell alles vonstatten ging.

Dann löste sich die Starre: er hätte am liebsten das Fenster geöffnet und die Nachbarn oder mindestens ihren Wintergarten mit diesen Steinen beworfen, die Elke zu Dekorationszwecken oder im Rahmen irgendwelcher ihm unbekannter Rituale auf der Fensterbank aufgereiht hatte.

Hubertus ließ das Band noch einmal zurücklaufen. Er beobachtete Elke und den ominösen weißen Mann, versuchte irgendwelche Bewegungen zu interpretieren. Hatten sie Händchen gehalten? Er lächelte sie strahlend und siegesgewiss an, als sie mit ihm aus dem Haus ging. Das reichte: Wütend drückte er auf die Stopp-Taste.

Die Pergel-Bülows hatten seine Frau verkuppelt!

Andererseits: Nein, so schnell ging das bei Elke nicht. Wenn er daran dachte, wie lange er sie hatte umgarnen müssen …

Hubertus musste für einen Augenblick beinahe schmunzeln. Er erinnerte sich noch, wie peinlich genau er damals bei ihr darauf geachtet hatte, politisch korrekt zu wirken. Öko-Themen und zumindest rudimentäre Kenntnisse über die Ausbeutung der »Dritten Welt« waren ein absolutes Muss gewesen. Dabei hatte er sich politisch zu dieser Zeit gar nicht groß verbiegen müssen. Eher damit, nicht in Verdacht zu geraten, ein »Macker« zu sein. Elke und ihre WG hatten damals eine extrem feministische Phase gehabt. Nach dem zweiten Treffen mit seiner Angebeteten hatte er sich gar einer einigermaßen peinlichen Befragung durch alle vier Frauen dieser WG unterziehen müssen. Irgendwie hatte er die Prüfung bestanden – wohl auch, weil Elke seine erste Freundin war und er in seiner Erstsemester-Naivität glaubhaft schien. Nur eine Teilnehmerin dieses inquisitorischen Hexen-Zirkels, Constanze, hatte ihn als »bourgeoisen Kleinbürger« bezeichnet. Allein schon sein Dialekt sei reaktionär, hatte sie gemeint.

Ein Jahr später war Martina zur Welt gekommen.

Hummel wurde klar, dass er nicht einfach so herumsitzen konnte. Er musste mehr über den Mann in Weiß herausfinden. Nicht zu fassen: Da machte er sich unglaubliche Sorgen wegen seiner Gefühle für Carolin. Seine Frau hingegen hatte offenbar parallel jemanden kennengelernt, redete aber nicht darüber. Das war ja wohl der Gipfel der Heuchelei!

Und wem verdankte er das Ganze?

»Hallo, Huby«, begrüßte ihn Klaus-Dieter an der Tür. Sein Gesichtsausdruck war gewohnt freundlich, verriet aber doch etwas Überraschung. Von Feindseligkeit keine Spur. Natürlich nicht, nicht bei Klaus-Dieter!

»Wo ist meine Frau?«

Er nahm sich ein Beispiel an Burgbacher und betrat das Nachbarhaus, ohne hereingebeten worden zu sein.

Hummel war stinksauer: Beim Versuch, das Kennzeichen auf dem Video abzulesen, war ihm klar geworden, dass er am Schluss die Kamera vor Entsetzen auf sich gerichtet hatte, während er mit offenem Mund aus dem Fenster gestarrt hatte.

»Raus mit der Sprache, wo ist sie?« Hummel kam sich vor wie in einem Gangsterfilm. Die harte Tour. Das war gut. Das brauchten diese unnatürlich freundlichen Typen.

»Das dürfen wir dir nicht sagen, Hubertus. Das haben wir der Elke fest versprochen. Es ist für euch beide besser.«

Klaus-Dieter benahm sich eigentlich wie immer. Das Feuer in Hubertus' Augen irritierte ihn trotzdem.

»Es ist mir egal, was du ihr versprochen hast. Ich bin immer noch ihr Mann. Auch wenn ihr vielleicht denkt, dass wir so gut wie geschiedene Leute sind. Du sagst mir jetzt sofort, wo sie ist. Oder du musst die Konsequenzen tragen.«

Verdammt, es fühlte sich gut an, so zu reden. Hummel berauschte sich an der eigenen Stärke, die er wahrscheinlich auch deshalb so deutlich spürte, weil sein Gesprächspartner butterweich war.

»So leid es mir tut, Hubertus. Wir sind zum Schweigen verpflichtet. Und wir denken natürlich überhaupt nicht, dass ihr euch scheiden lassen solltet«, beeilte sich Pergel-Bülow zu betonen. »Ihr müsst tiefer ansetzen, glaub mir. Seelische Prozesse …«

Das reichte.

»Aber Huby«, protestierte Klaus-Dieter sanft. Hubertus hatte ihn am Hemdkragen gepackt und gegen die Wand sowie das von Regine gemalte Ölbild ihres Gartenidylls gedrückt. »Gewalt löst keine Probleme«, keuchte der Nachbar.

Warum eigentlich nicht? Hummel kannte sich selbst nicht wieder. »Ich werde noch etwas ganz anderes tun. Ich werde hier alles kurz und klein schlagen, wenn ich erst mal mit dir fertig bin. Und dann werde ich eure Bäume foltern, mit denen ihr immer ach so liebevoll sprecht. Es sei denn, ihr sagt mir jetzt endlich, wo Elke ist.«

»Aber Hubertus. Was ist denn in dich gefahren? Beruhige dich doch«, mischte sich jetzt die aus dem Wohnzimmer herbeigeeilte Regine ein. Auch sie sprach trotz der durchaus gefährlich anmutenden Situation gewohnt sanft.

»Du tust dir selbst nicht gut, Hubertus«, sagte sie. »Elke braucht einfach nur ein paar Tage Ruhe. Sie möchte nicht, dass du weißt, wo sie sich aufhält. Das solltest du respektieren. Wir sind doch reife Wesen. Und wir werden in dieser Angelegenheit natürlich absolut loyal und diskret sein.«

»Aha. Diskret müsst ihr jetzt auch noch sein. Das klingt ja

höchst verdächtig. Deckt ihr etwa diesen schmierigen Typen in dem weißen Kostüm? Ist das ein Heiratsschwindler?«

»Ach, das war doch nur Brindur«, sagte Regine Pergel-Bülow, ohne weitere Erklärungen folgen zu lassen. Als hätte sie gesagt: Das war doch nur der Außenminister.

Zwei Wutanfälle später hatte Hubertus ein Einsehen. Er ließ von Pergel-Bülow ab, war sich jetzt aber völlig im Klaren darüber, dass er dazu in der Lage wäre, einen Menschen windelweich zu prügeln. Aber auch das war ihm klar: Er hätte nichts aus ihm oder Regine herausbekommen, sich lediglich eine Anzeige wegen Körperverletzung eingehandelt. Womöglich wäre Pergel-Bülow mit seiner radikalpazifistischen Haltung aber nicht mal dazu im Stande gewesen.

Darauf ankommen lassen wollte es Hummel aber nicht. Für einen Lehrer machte sich so etwas nicht wirklich gut. Andererseits: Wenn er an seine 9a dachte... Robin Schlenker etwa. Oder Torben Kaczmarek. Mit einer Vorstrafe hätte er bei denen endlich die nötige Autorität.

Er rieb sich die Hände an seiner Hose, als müsse er sie nach der Berührung mit Pergel-Bülows Hemd säubern. »Wenn ihr mit Elke sprecht, dann sagt ihr, dass sie sich bei mir melden soll«, sagte er noch und schlug die Haustür ohne Abschiedsgruß hinter sich zu.

## 3. Bei Anruf Elke

Der »Monsun« ging ihm auf die Nerven – und zwar mit Windstärke 12. Er konnte ihn schon auswendig mitsingen, obwohl das Geplärre dieser gepiercten Halbstarken nun weiß Gott nicht seine Musik war. Aber Martinas, weshalb sie sich den *Tokyo Hotel*-Hit als Klingelton auf das Mobiltelefon geladen hatte. Man merkte mitunter, dass sie ziemlich jung Mutter geworden war.

Das Handy seiner Tochter lag irgendwo zwischen den Kissen auf der Wohnzimmer-Couch und klingelte in einem fort. Sie lebte seit zwei Tagen zusammen mit Maximilian mehr im Hummelschen Haus als in der Hausmeister-Wohnung ihres Mannes Didi. Nachdem ein Großfeuer das Münster-Gemeindezentrum zerstört und als Kollateralschaden auch ihre Wohnung angesengt hatte, war weder mit der Wohnung noch mit ihrem Mann viel anzufangen. Letzterer befand sich im Renovierungs-Dauereinsatz.

Wie gut, dass ihre Eltern immer ein Bett für sie und den Enkel hatten.

Dank der eben begonnenen Schulferien war die Gelegenheit für Martina eigentlich besonders günstig. Einen – wenn auch schlecht gelaunten – Babysitter für den zweijährigen Maximilian gab's inklusive. Die Verpflegung ließ allerdings nach dem zwischenzeitlichen Auszug der Frau des Hauses etwas zu wünschen übrig.

Nicht nur Martina hatte Sehnsucht nach ihrer Mutter. Auch Maximilian durchlebte gerade eine ausgeprägte Mama-Phase. Jedes Mal, wenn Martinas Handy plärrte, schienen sich die Synapsen im Enkel-Gehirn derart zu verschalten, dass er an sie dachte und stakkatohaft mit dem »Monsun« um die Wette brüllte.

Martina saß in ihrem alten Kinderzimmer und guckte *Verbotene Liebe*. Das hätte sich Maximilian auch gern angeschaut, aber Hubertus lehnte bis auf das *Sandmännchen* jeglichen Fernsehkonsum für den Kleinen ab. Elkes TV-Abstinenz ging sogar noch weiter. Sie hatte schon angeregt, den Apparat gänzlich aus dem Haushalt zu verbannen. Das freilich hatte Hubertus verhindert – allein schon wegen der Nachrichten. Oder, ehrlicherweise: wegen der Sportberichterstattung.

Er nahm den schreienden Enkel auf den Arm, balancierte auf Zehenspitzen über den Wohnzimmerboden, damit er nicht über die dort verteilten Bauklötze fiel, und drückte auf den grünen Knopf des Handys.

»Mama«, schrie der Kleine immer noch.

Am Telefon war die Mama der Mama.

Elke! Endlich ein Lebenszeichen. Nach drei Tagen.

»Wir machen uns große Sorgen. Wo bist du denn? Hast du keine Sehnsucht nach deinem Enkel? Ja, Maxi, da ist die Oma am Telefon.«

Maximilian unterbrach seine Schreiorgie und stellte auf ein fragendes, sich permanent wiederholendes »Oooma?« um. Er streckte seine Fingerchen nach dem rosa verschalten Nokia aus, doch Hubertus gab es ihm nicht. Telekommunikation war nichts für Zweijährige.

Hier trafen sich seine konservativen Ansichten wieder mit denen seiner Frau – auch wenn er sich weniger Sorgen um die Handy-Strahlung machte als sie.

Seine Weigerung sorgte jedenfalls dafür, dass Maximilian wieder einen Schreianfall bekam.

Hubertus ließ sich davon nicht beirren. »Elke, das ist doch keine Art, einfach so vor den Problemen wegzulaufen!«

»Ich laufe nicht weg, sondern zu mir hin. Mir geht es wirklich gut.«

Was war denn das schon wieder für eine Metapher?

Hubertus probierte es mit einer Überrumpelungstaktik. »Wir fahren gleich los und holen dich ab. Und dann reden wir mal richtig über alles, ja?«

»Ich kann und will dir nicht sagen, wo ich gerade bin. Es ist wichtig, dass ich ein paar Tage, vielleicht auch Wochen allein verbringe.«

»Allein mit deinem Liebhaber?«, verlor Hubertus nun die Beherrschung.

»Ach, Hubertus. Ich merke schon: du hast die Ratgeber nicht

gelesen. Sonst würdest du nicht wieder in die alten Muster verfallen.« Fast sanft klang ihre Stimme nun. Nervig sanft.

Natürlich hatte sie recht. Nach dem Besäufnis mit Edelbert hatte Hubertus mal an einem der Ratgeber geschnuppert, war aber sehr bald übermüdet eingeschlafen.

Und seither war es aufregend genug gewesen. Mit Elkes Abreise, mit Pergel-Bülows, mit Maximilian, mit Edelbert, mit Carolin, die dreimal angerufen hatte, ohne dass er gewagt hatte, ans Handy zu gehen.

Es war Zeit für einen weiteren Überraschungsangriff: »Wie geht's denn Brindur?«, fragte Hubertus geradeheraus.

»Brindur?« Hubertus glaubte durchs Telefon spüren zu können, wie Elke bei der Nennung des Namens lächelte. »Ach ja – Regine und Klaus-Dieter sagten mir, dass sie dich aufgeklärt hätten ...« Aha, mit denen hatte sie also bereits telefoniert.

»Aufgeklärt? Hör mal, Elke: Mich muss man nicht aufklären. Was heißt das überhaupt? Und was ist mit dem Landesgartenschau-Konzert? Du bist unzuverlässig!«

Bevor der Hubertus-Vulkan erneut zum Ausbruch kam, mischte sich Martina ein, die nun neben ihm und dem mittlerweile völlig verweinten Enkel stand. »Sag mal, Papa, habe ich dir eigentlich erlaubt, mit meinem Handy zu telefonieren?«

Sie rümpfte gefährlich ihre sommersprossige Nase.

»Ich bin nur drangegangen, weil ich dieses Geplärre von Klingelton nicht mehr ertrage. Dein Sohn übrigens auch nicht«, entgegnete Hubertus trotzig. »Mama ist dran.«

»Trotzdem geht das nicht«, antwortete Martina, die Hummels Dickköpfigkeit geerbt hatte. »Gib mir jetzt Mama!«

»Gib mir Martina. Bitte!«, kam es fast zeitgleich aus dem Hörer. »Du kannst dir übrigens die nächsten Tage die Mühe sparen, mich anzurufen. Mein Handy ist immer ausgeschaltet. Da, wo ich bin, habe ich keinen Empfang. Und ich brauche auch keinen.«

»Aha. Und wie telefonierst du jetzt gerade?«

»Vom ... von einem Festnetz aus. Aber auch da bin ich dann nicht mehr erreichbar.« Pause. »Siehst du die Nummer auf dem Display?«, fragte sie.

Leider nicht. »Du machst es ja diesmal besonders spannend«,

meinte Hummel statt einer Antwort. »Viel Glück also bei der Suche nach deinem inneren Ich.« Er reichte seiner Tochter den Hörer und widmete sich wieder dem Enkel.

Martina ging aus dem Wohnzimmer und die Treppe hinauf. Er hörte sie noch fragen: »Mama, wo bist du denn? ... Und wo genau?« Dann schlug eine Tür zu.

Hubertus beruhigte Maximilian mit Hilfe des Schnullers. Dann schlich er mit dem Kleinen auf dem Arm ins Obergeschoss. Es bedurfte einigen Geschicks, damit die Holzstufen nicht knarzten.

Er näherte sich ganz vorsichtig der Tür des »Kinderzimmers«.

»Mama, dann lass uns dich wenigstens besuchen«, sprach Martina gerade ins Telefon. »Alleine mit Papa ist es ziemlich anstrengend. Und der Kleine vermisst dich auch.«

Hubertus wurde hellhörig. Er betrachtete kurz seinen Enkel, der zufrieden an seinem Schnuller saugte. Seine verweinten Augen schauten müde. Vielleicht würde er auf seinem Arm gleich einschlummern.

»Morgen passt es uns sehr gut«, sagte Martina dann freudig. »Nein, ich werde es ihm natürlich nicht verraten ... Ja, ich schreibe mir die Adresse jetzt auf ...«

Hubertus näherte sich weiter der Tür, um noch besser lauschen zu können. Maximilian ging davon aus, dass Opa in Martinas Zimmer wollte. Deshalb ließ er seinen Oberkörper plötzlich nach vorne fallen und streckte seine Fingerchen nach der Türklinke aus. Abgesehen davon, dass ihm der Enkel um ein Haar aus dem Arm gerutscht wäre, hatte Hubertus nun Mühe, dessen Händchen wieder von der Klinke loszubekommen – noch dazu geräuschlos.

»Wie heißt das genau?«, hörte er Martina noch sagen. Alles Weitere ging im neuerlichen Schreianfall seines Enkels unter.

Als Martina versuchte, die Tür von innen aufzumachen, wurden Hubertus und der Enkel mit ins Zimmer gezogen. Denn noch immer klammerte sich Maximilian an die Klinke. Wenn es sein musste, hatte er Bärenkräfte.

»Das ist ja wohl das Letzte! Du hast versucht, mich zu belauschen.«

»Maxi wollte unbedingt zu dir. Er war einfach nicht zu beruhigen«, gab Hubertus mit Pokerface zurück.

Als wenig später die »Kleine Nachtmusik« ertönte, kam diesmal Hubertus zu spät. Seine Tochter hatte sich nun sein Handy gegriffen. Er wollte sich schon darüber aufregen, als sie ihm den Apparat hinstreckte. Der Name, den sie mit einem schnippischen Unterton ankündigte, ließ Hubertus jedoch verstummen.

»Da! Diese Carolin Kuppke!«

Mist.

»Hummel«, meldete er sich betont sachlich, während er in sein Arbeitszimmer lief und die Tür hinter sich zumachte.

»Hummel? Sind wir jetzt schon wieder per Sie?«, fragte Carolin in säuerlichem Ton.

»Ach, Carolin, du bist das. Wie geht es dir denn?«

Sie machte eine Pause.

»Nicht besonders gut, Hubertus. Und um ehrlich zu sein, bist du daran schuld. Ich habe schon mehrfach versucht, dich zu erreichen. Ich bekomme langsam das Gefühl, dass du mir aus dem Weg gehst. Oder irre ich mich?«

»Aber natürlich irrst du dich«, antwortete Hubertus. »Ich habe im Moment nur furchtbar viel zu tun.«

»Hubertus! Das Schuljahr ist vorbei. Also erzähl mir nicht, dass du nicht mal die Zeit findest, mich anzurufen. Ich dachte, das mit uns wäre etwas Besonderes?«

Sie fing leise an zu weinen. Oje. Langsam wurde Hubertus das Ganze zu viel. Zwei Frauen. Eine, die er vielleicht noch liebte, die aber jetzt verschwunden war. Die andere, die er vielleicht liebte, und die ihn jetzt unter Druck setzte. Er eignete sich definitiv nicht zum Don Juan. Eher zum Don Quichotte …

»Hör mal, Carolin. Das mit uns ist auch etwas« – er setzte zu einer bedeutungsvollen Sprechpause an, um das Wort zu betonen – »Besonderes. Nur muss ich erst mal zu mir selbst finden, mein Inneres, äh …«

Was erzählte er da bloß? Das war doch Elkes Text.

»Ich meine … ich muss hier erst mal klar Schiff machen.« Hubertus klang so geknickt, wie er sich fühlte.

»Aber ist das ein Grund, sich nicht mehr zu sehen?« Carolin, die eigentlich doch so fröhliche, patente Carolin, schnäuzte sich. Sie schien wirklich mit den Nerven am Ende zu sein.

»Seit dem letzten Schultag haben wir überhaupt keinen Kontakt mehr gehabt. Und in den Tagen zuvor war dieser Kontakt wegen der Kollegen ja wohl auch eher geschäftlicher Natur. Ich vermisse dich. Dabei dachte ich, wir kommen uns jetzt näher.«

»Ich vermisse dich ja auch«, beeilte sich Hubertus zu antworten. Er atmete tief durch: »Ich war immerhin 21 Jahre lang verheiratet. Da muss man manche Dinge in Ruhe angehen. Aber das Ganze regelt sich jetzt wahrscheinlich von selbst. Meine Frau hat wohl einen anderen …«

Carolins Ton schlug nun von weinerlich in ärgerlich um.

»Ach so, weil deine Frau jetzt auch eine Beziehung hat, bin ich plötzlich wieder interessant?«

Es war wahrscheinlich besser, er würde heute gar nichts mehr sagen.

»Das ist nur eine Vermutung. Sie ist ausgezogen. Ich möchte die Trennung sauber vollziehen. Und das braucht einfach etwas Zeit.«

»Hubertus, ich bin jetzt 39. Ich habe keine Zeit mehr. Meine biologische Uhr …«

Schweigen.

Das war eine deutliche Ansage.

»Hubertus?«

Sie wollte ein Kind? Eigentlich eine ganz schöne Vorstellung. Hubertus mochte Kinder, konnte auch ganz gut mit ihnen umgehen. Maximilian war ein Schreikind gewesen, trotzdem hatte er sich fast täglich und sehr gerne um ihn gekümmert. Nachts war er mit ihm durch die Gegend gefahren, damit sein Enkel und auch dessen Eltern wenigstens ein paar Stunden Schlaf fanden.

Er, der Opa, hatte dagegen fast gar nicht geschlafen. Sein Enkel … Sein Enkel? War es überhaupt richtig, als Großvater noch mal an eine eigene Familienplanung zu denken? Ziemte sich das? Als Hubertus die Familienkonstruktion durchdeklinierte, bekam er einen leichten Schock. Sein neugeborenes Kind wäre dann Onkel oder Tante des älteren Maximilian!

In dieser Hinsicht war Hubertus konservativ. Da sollte eigentlich alles seine Ordnung haben.

Aber dass Carolin seinetwegen so traurig klang, nagte an ihm. Er mochte sie wirklich sehr.

»Hubertus? Bist du noch dran?«

»Entschuldige, ich war gerade in Gedanken.«

»In welchen Gedanken?«

Konnte er denn gar nichts für sich behalten? Er fuhr sich ratlos durch die Haare und blieb die Antwort schuldig. Stattdessen schlug er trotz aller Bedenken vor, sich in einer halben Stunde auf einen »schnellen Kaffee« im Eiscafé Zampolli zu verabreden.

Derweil hatte er schon die Tür seines Arbeitszimmers geöffnet.

»Tschüsschen, Carolin ... Martina?«

Seine Tochter stand mit dem Enkel direkt vor der Tür. Hatte diesmal etwa sie ihn belauscht? Hubertus ging die Unterhaltung von gerade eben rasch noch mal durch. Er forschte in den Gesichtszügen seiner Tochter. Doch die schaute ganz unbeteiligt und wollte nur wissen, ob sie am morgigen Nachmittag das Auto ihres Vaters ausleihen könnte.

»Ja. Aber warum? Hast du etwas vor?«, fragte Hubertus geradeheraus.

Sie nickte. »Komm bloß nicht auf die Idee, mir zu folgen. Aber wenn du keinen Wagen hast, hat sich das ja eigentlich auch erledigt.« Seine Tochter grinste, ehe ihr die Riege der Hummelschen Freunde mit Auto einfiel.

Eine Stunde später saß Hubertus wieder in seinem Wagen und dachte nach, während ein mächtiger Gewitterregen auf die Windschutzscheibe prasselte. Das Treffen mit Carolin gerade eben war vielleicht doch keine gute Idee gewesen. Sie hatte versucht, ihn zu küssen. In aller Öffentlichkeit! Hubertus hatte darauf sehr zurückhaltend reagiert. Er hatte durchaus zärtliche Gefühle für seine Kollegin, doch war er gleichzeitig auch gehemmt.

Elke. Er wollte ganz ehrlich und aufrichtig mit ihr sprechen, reinen Tisch machen. Wie der Tisch dann hinterher aussehen würde, wusste er aber nicht.

Ein weiterer Gedanke bezog sich auf das ständige Grummeln in seinem Magen. Die zwei Espressi, die er gerade im Eiltempo getrunken hatte, verstärkten dieses vermutlich noch. Hubertus hatte Hunger. Ach was, er hatte Riesenhunger. Immer, wenn es ihm schlecht ging oder er nachdenklich war, musste er essen. Eine der Tatsachen, die dazu führten, dass er seine Figurprobleme nie so richtig in den Griff bekam.

Denn trotz aller Bodenständigkeit hörte er ähnlich wie Elke nie ganz auf, Probleme zu haben. Ihm fehlte eben die Unbeschwertheit. Er schmunzelte über sein unfreiwilliges Wortspiel.

Jetzt würde er zunächst sein Privatleben, dann sein Gewicht in Ordnung bringen.

Hubertus hatte Carolin gebeten, nur noch ein paar Tage Geduld aufzubringen.

Morgen würde er seiner Tochter folgen, wenn sie Elke besuchte. Allerdings benötigte er dazu dringend einen Wagen, den Martina nicht kannte. Der verschrammte Opel Kadett seines Journalisten-Freundes Klaus Riesle kam dafür also nicht infrage, der Dienstwagen des »Schwarzwälder Kurier«, mit dem Klaus gelegentlich durch die Stadt raste, ebenso wenig. Carolin besaß zwar einen Kleinwagen, aber sie wollte er auf keinen Fall in diese Sache mit hineinziehen. Seine eigenen Eltern hatten Führerschein und Auto vor wenigen Jahren zurückgegeben. Impresario Edelbert verfügte weder über einen Wagen noch über einen Führerschein. Er ließ sich lieber chauffieren.

## 4. Hybrid

So ein seltsames Gefährt hatte Hubertus noch nie gesehen, geschweige denn gefahren. Er trat das Gaspedal bis zum Anschlag durch. Die Beschleunigung ließ zwar zu wünschen übrig, aber dafür fuhr das Auto schön ruhig und hatte den Vorteil, dass es kaum zum sauren Regen beitrug, der dem Schwarzwald schon genug zusetzte. Sein Nachbar Klaus-Dieter Pergel-Bülow hatte ihm stolz erklärt, dass dies ein Hybridfahrzeug sei, das ihm aufgrund seiner Mitgliedschaft im Car-Sharing-Verein zur Verfügung stand. Außerdem schwafelte er irgendetwas von einem Ökotrend-Auto-Umweltzertifikat, das der Wagen aufweise. Hubertus sollte es recht sein: Hauptsache, Martina erkannte ihn nicht.

Als er am Morgen während der zuverlässig verrichteten Gartenpflege schon erwogen hatte, sich als blinder Passagier in seinem eigenen Kofferraum zu verstecken, hatte ihn Pergel-Bülow angesprochen, der vermutlich gerade eine engagierte Diskussion mit seinen Bäumen hinter sich hatte.

»Ich überlege, mir auch so ein umweltfreundliches Fahrzeug zuzulegen«, hatte Hubertus nicht ohne Hintergedanken schnell auf den Hybrid-Vortrag reagiert.

»Das fänden wir wirklich sehr gut, Huby«, hatte Pergel-Bülow freudestrahlend geantwortet. »Dein alter Wagen ist ja auch wirklich ökologisch kaum mehr zu vertreten. Hat der eigentlich einen Katalysator?«

Mit einem Biss auf die Unterlippe hatte Hubertus das übliche ökologische Moralisieren des Nachbarn überstanden.

Mit Erfolg: Pergel-Bülow hatte ihm den Wagen zu einer Testfahrt beinahe aufgedrängt.

Zum Glück war er nicht im eigenen Kofferraum mitgefahren. Martinas Fahrstil gab ihm Anlass zur Sorge. Schon mehrfach hatte sie eine durchgezogene Linie offenbar grundlos überfahren. In jeder zweiten Kurve kam sie ins Schlingern. Einmal war sie sogar mit einem Reifen über den rechten Randstreifen hinausgeraten. Er machte sich Gedanken um sein Auto – mindestens genauso viele um seine Tochter, vor allem aber um den Enkel. Wenigstens war sie offenbar genug mit sich selbst beschäftigt und achtete nicht auf etwaige Verfolger. Zumindest nicht auf so einen: Hubertus war in den Keller gegangen und hatte aus einem Karton eine alte Schiebermütze seines Großvaters sowie seine etwas zu groß geratene Sonnenbrille herausgezogen. Die Maskerade sollte er vor dem Treffen mit Elke definitiv abnehmen.

Peterzell hatten sie bereits hinter sich gelassen. Jetzt fuhren sie in eine Gegend, die Hubertus weniger gut kannte.

Da Martina den Astra auf kaum mehr als Tempo 70 beschleunigte, ließ er den Blick für einen Moment über die Baumwipfel streifen, deren Konturen sich dunkel abzeichneten. Der Schwarzwald trägt seinen Namen zu Recht, dachte Hummel wieder einmal.

Als er dann wieder auf die Straße schaute, stand sein eigenes Auto plötzlich so dicht vor ihm, dass ein Zusammenstoß fast unausweichlich war. In Sekundenschnelle lief vor seinen Augen ein schrecklicher Film ab. Sein Enkelsohn wurde schwer verletzt von einem Krankenwagen in die Klink gebracht, Martinas Körper lag ...

Hubertus machte eine Vollbremsung, die Reifen quietschten. Dann wartete er auf das Kollisionsgeräusch. Das Herz schlug ihm bis zum Hals.

Es waren nur wenige Zentimeter, die einen Aufprall verhinderten. Martina war zwar rechts rangefahren, aber doch so, dass das Heck noch mindestens zur Hälfte in die Fahrbahn ragte. Nun kramte sie offensichtlich im Handschuhfach. Hubertus vermutete, dass es der Autoatlas war, nach dem sie suchte. Er trommelte nervös mit den Händen auf dem Lenkrad herum. Da konnte seine Verkleidung noch so gut sein. Bald würde sie ihn entdecken, wenn er hier sinnlos hinter ihr in der Landschaft stand.

»Im Fach der Beifahrertür, wo er immer ist«, sagte er ungeduldig.

Zum Glück war sie wirklich so beschäftigt, dass sie von dem Fast-Unfall keine Notiz genommen hatte. Zwar drehte sie sich mehrfach um, doch das galt Maximilian, der offenbar gerade mal wieder unzufrieden schrie. In diesem Fall war das Hubertus ausnahmsweise einmal recht.

Wenige Kilometer weiter kam er schon wieder ins Schwitzen. Martina hatte es im vierten Anlauf tatsächlich geschafft, einen kleinen roten Traktor mit Anhänger zu überholen. Nun versuchte Hubertus aufzuschließen. Doch entweder reihte sich eine Kurve an die andere, sodass er die Straße nicht einsehen konnte. Oder der aus Touristenautos bestehende Gegenverkehr wollte einfach nicht abreißen, wenn mal wieder ein gerader Streckenabschnitt folgte.

Hubertus, der sich doch eigentlich als engagierter Verteidiger des bedrohten Schwarzwald-Bauernstandes begriff, fluchte auf den Landwirt vor ihm, setzte dann in einer lang gezogenen Kurve doch zu einem Überholmanöver an und gab Gas. Ganz knapp vor dem Gegenverkehr scherte er wieder ein.

Die nächste Abzweigung verriet, dass es geradeaus Richtung Schramberg ging und links Richtung Reichenbach. Von Martina war nichts mehr zu sehen. Hubertus stellte sich an den Straßenrand und ignorierte die Scheibenwischer-Handbewegung, die der Mann auf dem nun vorbeifahrenden Traktor zeigte. Er atmete für eine Sekunde die glasklare Schwarzwaldluft ein. Dann schmetterte er vor Wut Opas Schiebermütze auf den moosigen Boden. Er hatte seine Tochter aus den Augen verloren!

Er blickte in das lang gezogene und weite Tal, das in Richtung Reichenbach führte. Am Waldrand links reihten sich wie an einer Perlenkette ein paar Häuser sowie eine Kirche auf. Der Ort schien aus nur einer Straße zu bestehen. Hubertus nahm die Sonnenbrille ab und kniff die Augen zusammen. Wenn er den orangefarbenen Fleck wenige hundert Meter entfernt richtig deutete, war es sein Wagen, der da gerade in die Dorfstraße von Langenschiltach hineinfuhr. Glück gehabt!

Er setzte die Mütze schnell wieder auf, warf sich auf den Fahrersitz, was für diesen eine ernste Belastungsprobe darstellte, und war nach wenigen Minuten seiner Tochter wieder auf den Fersen. Da Martina sich innerorts peinlich genau an die 30 hielt, war ihm nicht nur die Aufholjagd spielend gelungen. Er konnte auch noch Notiz von dem schmucken Ort nehmen, von den

Schwarzwaldhäusern mit ihren typischen, tief heruntergezogenen Schopfwalmdächern, den rustikalen Fassaden, die durch lange Balkongeländer aus Holz unterbrochen wurden. Ansonsten behielt er das Heck seines Autos fest im Blick.

Hubertus rief sich das Aussehen des vermeintlichen Liebhabers von Elke in Erinnerung. Weiß gekleidet, bärtig, etwas »geleckt«. Eigentlich passte so ein extravaganter Vogel nicht in diese ländliche Gegend. Er hätte ihn eher in Freiburg oder Tübingen vermutet.

Aufmerksam verfolgte er die Lenkbewegungen seiner Tochter. Doch auch vor dem mit gelben Schindeln versehenen Haus des Trachtenmusikvereins Langenschiltach machte sie keine Anstalten anzuhalten. Stattdessen bog sie in ein schmales Sträßchen ein, das einen sanft aufsteigenden, zum Teil bewaldeten Hang durchschnitt. Ein paar verstreute Höfe wetteiferten mit Hinweisschildern auf Ferienwohnungen. Und ein Bäcker bot kurz vor dem Ortsausgang frisches Bauernbrot feil.

Elke schien ihrer Tochter den Weg doch ganz gut beschrieben zu haben.

Hubertus bemühte sich nun, etwas mehr Abstand zu halten.

Links und rechts der Straße sah er Protestplakate: »Mobilfunkterror NEIN!« war auf dem ersten zu lesen. »Wir wollen, dass unsere Kinder gesund bleiben« auf dem nächsten. Offenbar waren die Zeiten vorbei, in denen die Landbevölkerung alles klaglos hinnahm. Momentan, bemerkte Hummel bei einem Blick auf das Display seines Handys, mussten sich diese Leute aber keine Sorgen machen. Der Empfang war hier draußen recht schwach.

Nach ein paar Serpentinen gelangten sie auf eine Anhöhe, von der aus man einen weiten Blick über die bewaldeten Berge des mittleren Schwarzwalds hatte. Ein Schild verriet, dass es hier geradeaus nach Großbiberbach ging, nach rechts in Richtung Sonnenhof. Auf einem weiteren Schild zitierte jemand handschriftlich den beliebten Spruch, dass wir die Erde von unseren Kindern nur geborgt hätten. Daneben war ein durchgestrichenes Handy zu sehen.

Bei Hummels war es gerade umgekehrt: seine Tochter hatte sich etwas von ihm geborgt.

Ein paar hundert Meter weiter stoppte Martina Hubertus' Wagen an einem großen Gehöft, das aus mehreren, eng beieinander stehenden Gebäuden bestand. Eine mächtige Steinmauer schottete das Anwesen ab, sodass man nur die Dächer der etwa zehn Häuser sah. Die Mauer mochte gute vier Meter hoch sein.

Davor befanden sich ein Sonnenhof- sowie ein Parkplatz-Schild. Fünf Autos hatten von letzterem Angebot Gebrauch gemacht.

Hummel fuhr in gebührendem Abstand rechts ran. Nachdem seine Tochter den Kleinen aus dem Kindersitz geholt hatte, schien ihr Blick für einen Moment in Richtung des auffälligen Hybridautos zu gehen.

Hubertus löste den Sicherheitsgurt, ließ ihn nach hinten schnellen und sich ruckartig mit seinem Oberkörper auf den Beifahrersitz fallen. Dass sich dabei der Schaltknüppel in seinen Bauch bohren würde, hatte er nicht bedacht. Er stöhnte auf, verharrte aber für einen Moment in der schmerzhaften Haltung, um nicht entdeckt zu werden.

Als er sich vorsichtig aufrichtete, sah er nur noch seinen Astra vor sich. Martina und Maxi waren offenbar durch das Tor in der Mauer verschwunden.

»Schwarzwälder Weißtannenhonig vom Sonnenhof«, stand auf einem weiteren Schild.

Hausgemachter Schinkenspeck wäre ihm lieber gewesen. Da war er wieder, dieser Heißhunger.

Machte Elke hier mit ihrem Liebhaber etwa Ferien auf dem Bauernhof? Oder war Brindur gar selbst ein Schwarzwaldbauer? Ulkige Vorstellung. Seine Kleidung, sein Auftreten und dieser seltsame Name sprachen ja nicht gerade dafür. Aber ein Landwirt musste ja nicht per se in Kniebundhosen und kariertem Hemd herumlaufen. Vielleicht war Brindur ja auch sein Nachname. Auf jeden Fall handelte es sich um einen gut abgeschotteten Bauernhof.

Er hoffte, dass es hier irgendetwas Anständiges zu essen gab. Wozu fuhr man denn sonst aufs Land? Allerdings konnte er schlecht einfach hineinspazieren und sagen: Guten Tag, mein Name ist Hummel. Ich suche meine Frau und ihren Liebhaber, den Herrn Brindur. Meine Tochter und mein Enkel sind gerade bei ihnen. Aber erst einmal würde ich gern ein paar geräucherte Schwarzwälder Bauernbratwürste verspeisen. Und danach Schinkenspeck. Und wie ist eigentlich Ihr Weinangebot?

Er wartete noch drei, vier Minuten, dann schlich er durch das Tor in einen kleinen Innenhof. Von dort aus gelangte man in ein typisches Schwarzwaldhaus mit vielen kleinen Fenstern. Das Dach – und das war der Hauptunterschied zu den anderen Häusern der Gegend – war zum Teil aus Glas, durch das die Sonne flutete.

»Atrium Lucis«, stand handgeschnitzt auf einem weiteren, rustikalen Schild, das über einer Tür hing.

Atrium Lucis? Oje. Bei aller Bildung hatte er es mit Latein nie wirklich gehabt, obgleich seine Eltern in seiner Jugend versucht hatten, ihm die Priesterlaufbahn schmackhaft zu machen. Vor allem die Mutter hatte ihn im Geiste schon als Dekan am Altar des Villinger Münsters gesehen.

»Halle des Lichts«, »Vorhof des Lichts«? Irgend so etwas bedeutete »Atrium Lucis« wohl, beschloss Hummel. Er drückte vorsichtig die Klinke nach unten. Eine ungewöhnliche Bezeichnung für einen solchen Hof. Er musste zugeben, dass hier alles recht geschmackvoll und einladend aussah.

Wie es sich für einen Schwarzwaldhof gehörte, dominierte im Inneren Holz. Das Ganze war großzügig und wie eine Art Foyer gestaltet, durch das Glasdach zudem heller und wärmer, als Hubertus vermutet hätte. Umso besser konnte er rasch den gesamten Raum überblicken und sehen, dass seine Tochter sich nicht darin befand. Zwei Möglichkeiten gab es: Entweder war sie nach links in eine Art Laden abgebogen oder durch eine Pforte geradeaus weiter ins Innere des Anwesens vorgedrungen. Das war allerdings nicht so ohne Weiteres möglich, denn dazu musste man an einem großen hageren Mann in Weiß vorbei – möglicherweise der Portier. Seltsamer Bauernhof.

Hubertus blickte sich um. Er sah weder eine große Kuckucksuhr noch Bilder an den Wänden, weder einen rustikalen Holztisch noch Hirschgeweihe oder was immer man sonst als Städter in solch einem Gehöft erwarten mochte. Dafür stand in der

Mitte des Raumes ein großer Schwarzwald-typischer Kachelofen.

Auch gab es das obligatorische Kruzifix im Herrgottswinkel. Es war allerdings nicht das einzige religiöse Symbol, und Hubertus fühlte sich an sein Zuhause erinnert. Auch dort musste sich der christliche Erlöser den Platz mit diversen Statuen teilen, die ostasiatischen Ursprungs zu sein schienen. Eine Art Buddha glaubte Hubertus zu erkennen, die anderen Herrschaften waren ihm hingegen fremd.

Besonders beeindruckend war die stattliche weiße Statue eines Mannes mit Brille und langen, gewellten Haaren. Er schien im Gegensatz zu den anderen Religionsstiftern dem 20. oder gar dem 21. Jahrhundert zu entstammen. Denn Jesus hatte wohl genauso wenig wie Buddha eine Sehhilfe benötigt.

Auch die Dame, die an einer unpassend wirkenden weißen Bücherwand herumwerkelte, weigerte sich, Bollenhut-Romantik auszustrahlen. Sie sah aus, als hätte sie sich die Garderobe von Brindur geliehen. Auch weiß. Sehr weiß. Nur ihr Haar war kastanienbraun, und sie musste etwa in Elkes Alter sein.

»Bist du ein Gast? Ein Suchender?«, fragte sie Hubertus sanft.

Wie man's nahm. »Ein hungriger Gast«, ergänzte er und beschloss, zunächst nicht durch unbotmäßige Aggressivität aufzufallen. »Und auf der Suche bin ich schon – nach einem guten Essen.«

»Wir freuen uns«, sagte die Dame. Das einzig Bunte an ihr war eine Kette aus Steinen, die sie sich mehrfach um den Hals gewickelt hatte. Der Portier kramte derweil in irgendwelchen Unterlagen.

»Unser Restaurant ist nebenan.« Sie wies auf die Tür am Rand der Eingangshalle. »Dort findest du auch alle Informationen über unseren Orden.«

Orden? Hatte sie wirklich Orden gesagt? Nachdem er seine Priesterlaufbahn vor 25 Jahren in den Sand gesetzt hatte, liebäugelte jetzt Elke mit einem Orden?

Dann klingelte es in seinem Kopf. Orden. Atrium Lucis. Sonnenhof. Irgendetwas daran kam ihm bekannt vor. Und dann das viele Weiß. Von diesen Leuten hatte er schon mal gehört.

Er würde sich gleich nebenan informieren. Direkt nach dem Schinken-Essen.

Hubertus verabschiedete sich von der freundlichen Dame. Und das tat auch sein Magen. Er knurrte.

Wer das Restaurant »Ahimsa« besuchen wollte, musste durch den Sekten-eigenen Laden. Dort gab es den viel gepriesenen Honig, Kettchen, Anstecker, Hefte – allerdings kaum etwas von den üblichen Schwarzwald-Devotionalien. Sonnen-Motive dominierten. Auf den ebenfalls käuflich zu erwerbenden Statuen und Büchern wiederholte sich ein Name: Lucidus.

Hubertus wusste, dass der Schwarzwald innerhalb der letzten Jahrzehnte wohl aufgrund seiner Abgeschiedenheit und der Mystik, die ihn umgab, zur Heimstatt zahlreicher religiöser Sekten geworden war. Keine Chance, sich die alle zu merken. Über diese Gruppierung hier hatte er vor einiger Zeit jedenfalls mal etwas gelesen. Er erinnerte sich nicht genau – lediglich das Weiß kam ihm sehr bekannt vor.

»Liberi Solis. Orden der Kinder der Sonne«, stand auf dem bislang größten Schild.

Ja, das passte: Definitiv wollte Elke hier meditieren.

Er ignorierte zunächst die Schriften und folgte dem Kampfruf seines Magens. Allerdings erlebte er eine ziemlich herbe Enttäuschung: Es handelte sich um ein vegetarisches Restaurant. Noch dazu um eines, in dem es ausschließlich Rohkost gab, wie ihn eine freundliche, wiederum weiß gekleidete Kellnerin aufklärte. Ihre langen schwarzen Haare bildeten einen wirkungsvollen Kontrast zu ihrem Outfit. Sie mochte knappe 30 sein und sah aus wie eine Studentin im fortgeschrittenen Semester oder eine der Referendarinnen an seiner Schule.

Auch von hier aus konnte man durch das Glasdach bis in den Himmel sehen. Acht Tische gab es in dem Lokal, drei waren besetzt. Leider nicht mit Elke, sondern mit Touristen, die sich Salat, Früchte sowie reichlich Rohmilchkäse schmecken ließen.

Hubertus war sich sicher, dass dies seinen Magen nicht zufriedenstellen würde. »Ich bin hier doch im Schwarzwald«, sagte er zu der milde lächelnden Kellnerin, die hier bestimmt nicht Kellnerin hieß. »Haben Sie denn keinen Schwarzwälder Schinken?«

Sie schüttelte nachsichtig den Kopf. »Das steht dem Menschen nicht zu«, erklärte sie. Außerdem habe Rohkost den Vorteil, dass die Enzyme und Vitamine erhalten blieben. Und Rohkost beuge den üblichen Zivilisationskrankheiten vor. »Denk doch nur mal an die Hunzukuc im Hindukusch oder die Matyodi in Afrika«, klärte sie ihn auf.

»Ja, ja – an die denke ich fast täglich«, gab Hummel zurück. Diesem Überfreundlichen, dieser Milde des Besserwissenden konnte man nur mit Ironie begegnen.

Andererseits: Wenn er hier etwas zu essen und noch ein paar Auskünfte haben wollte, sollte er vielleicht doch einen Gang zurückschalten. Ziemlich sicher war hier ohnehin eine ironiefreie Zone. »Wie wäre es denn mit Carpaccio?«, erkundigte er sich. »Ist doch auch roh – aber immerhin Fleisch.«

»Wer Fleisch isst, nimmt schlechtes Karma in sich auf«, widersprach die Bedienung immer noch sanft. »Lucidus sagt: Das Gebot der Gewaltlosigkeit gilt gegenüber allen Mitgeschöpfen.«

Hubertus fühlte sich stark an die Pergel-Bülows erinnert.

»Ein kluger Mann, dieser Lucidus«, stimmte Hummel ergeben zu, hielt sich an den Käse und bestellte »den größten Teller, den ihr davon habt«. Er beschloss, auf das demonstrative »Sie« zu verzichten. Vielleicht kam man so leichter an Informationen.

Die Bedienung schenkte ihm ein noch netteres Lächeln, sagte »Lucidus ist der Erleuchtete: Du musst dich unbedingt draußen genauer über ihn informieren« und verschwand.

Als sie mit einem zugegebenermaßen ebenso großen wie fein aussehenden Käseteller und einer Salatbeilage zurückkam, ging Hubertus zum Angriff über: »Ich wollte meine Frau besuchen: Elke. Elke Hummel.«

»Bei uns zählt der frühere Name nicht: Lucidus schenkt uns einen neuen«, strahlte sie. »Ich bin Andromeda.«

»Freut mich«, nickte Hummel. »Hubertus. Einen Namen von Lucidus habe ich leider nicht.«

»Vielleicht bald«, strahlte Andromeda weiter.

Hubertus nickte. Ja, das fehlte ihm gerade noch. »Meine Frau ist Mitte 40, brünette Haare, eher zierlich. Sie müsste seit vier Tagen hier sein.«

Jetzt nickte Andromeda. »Ah – die karmische Verbindung von Brindur.«

Hubertus haute mit der Faust auf den Tisch, dass die Käseplatte hüpfte und die anderen Gäste sich umschauten: »Ja verdammt! Genau die«, zischte er dann.

Andromeda sah ihn überrascht, dann durchdringend an und beugte sich zu ihm, sodass ihre regenbogenfarbene Kette nach vorne fiel: »Du musst zu dir selbst finden.«

Eigentlich wäre dies Grund genug für einen neuerlichen Tobsuchtsanfall gewesen. Doch Hubertus hielt sich gut. Er nickte: »Natürlich. Ich werde mich gleich draußen informieren.«

Dann machte er sich über die Käseplatte her und fragte mit halbvollem Mund: »Wie komme ich denn jetzt zu meiner Frau?«

»Unsere neuen Brüder und Schwestern benötigen meist erst einmal einige Tage der völligen Konzentration und Meditation«, meinte sie.

Er aß rasch, nahm sich aber dennoch die Zeit für einen aus Beeren bestehenden Nachtisch und zahlte dann einen erstaunlich günstigen Preis.

Durch ein Fenster des Restaurants konnte er mehrere Gebäude sehen. Sie bildeten den Auftakt zu einem fast herrschaftlich anmutenden Anwesen.

Hinter dem Haus war schemenhaft ein beeindruckender Park zu erkennen, in dem sich mehrere Weißgekleidete tummelten. Das Ganze wirkte so herausgeputzt wie in den besten Kurorten.

Freien Zutritt hatte man dorthin aber nicht. Es war der Privatbereich der Sonnenkinder, wie Andromeda ihn aufklärte. Die einzige Möglichkeit, dorthin zu kommen, schien die Pforte zu sein.

Der weiß gekleidete Portier erklärte Hummel mit gütiger Miene ebenfalls, dass die neuen Mitglieder zunächst einmal Ruhe bräuchten. Hubertus' Einwand, dass seine Tochter und ebenso sein Enkel da drin zu Besuch seien, überzeugte den Mann nicht. »Das ist dann aber mit dem Erleuchteten abgesprochen. In deinem Fall auch?«

Hubertus ging auf die Frage gar nicht ein. Er wurde allmählich sauer: »Ist das hier eine Art Gefängnis?«, sagte er.

Der Mann, etwa einen halben Kopf größer als Hummel, wenngleich auch deutlich schlaksiger, ließ sich nicht provozieren. »Im Gegenteil. Wir führen zur Freiheit hin.«

Hubertus schaute betont skeptisch. »Was dagegen, wenn ich hier auf meine Tochter und meinen Enkel warte?« Irgendwann mussten sie ja wieder herauskommen.

Der Aufseher deutete auf eine weiße Bank, über der ein Porträt von Lucidus zu sehen war. Die Konturen waren so weich und sein Lächeln so verklärt, dass es ihn an ein Heiligenbild erinnerte. Auf dem weißen Tisch lagen jede Menge Materialien der Sekte, vom Heft bis zum stattlichen Buch. In einer Zeitschrift sah er ein Bild von Elkes Brindur, der als »Novizenmeister« vorgestellt wurde.

Hubertus beschloss, sich einzulesen und dann, sobald Elke Martina und Maximilian hier nach draußen brachte, auf sie zuzustürzen. Zwischendurch ging er ungeduldig vor die Tür, um Frau oder Tochter auf dem Handy anzurufen. Funkloch. Richtig – das hatte Elke ja in dem missglückten Telefonat erwähnt.

Anderthalb Stunden später stapfte er ohne Kontaktaufnahme in mäßiger Laune nach draußen. Auch der Hunger hatte sich wieder gemeldet. Noch mal ins Rohkost-Restaurant wollte er aber definitiv nicht.

Pergel-Bülows Hybridwagen stand noch in unverändertem Zustand da. Im Gegensatz zum Astra: Martina war bereits weg. Mist! Offenbar gab es noch einen zweiten Ausgang.

Auf der Rückfahrt nach Villingen holte Hubertus fluchend alles aus dem Wagen heraus. Als nach einigen Minuten das Handy offenbar wieder funktionierte, fühlte er sich zurück in der Zivilisation.

Es war Carolin – und jetzt waren seine Gefühle recht klar. Er freute sich. Freute sich über seine Kollegin und möglicherweise auch Freundin, die nicht in der streng bewachten Einöde bei irgendwelchen weiß gekleideten Irren hockte, sondern ein ganz normales bürgerliches Leben führen wollte – noch dazu mit ihm.

Er meldete sich mit einem sonoren »Hallo, Schatz«, das gut ankam. Über etliche Minuten führten sie ein angenehmes Gespräch, das jedoch ein rapides Ende fand: Zwischen Sankt Georgen und Mönchweiler fuhr er in der Dämmerung zu seinem Entsetzen die Hinterläufe eines Rehs an, das daraufhin in den Wald flüchtete. Ein klarer Verstoß gegen Lucidus' Gebot der Gewaltlosigkeit. Und der Car-Sharing-Verein sowie der Förster würden auch nicht glücklich sein …

## 5. Ambrosius' Rache

Mellitus betrachtete fast ein wenig verliebt die Farbe des Honigs, den er gerade geerntet hatte. Es war der erste Bio-Weißtannenhonig dieses Jahres. Er schimmerte grünlich schwarz und verriet, dass er etwas ganz Edles war. Etwas, das es in dieser Menge nur alle paar Jahre und dann vor allem im Schwarzwald gab. Und hier besonders delikat bei ihm: Mellitus.

Für seinen letzten Weißtannenhonig nach einem immens schwülen Sommer hatten sie ihn mit Preisen überhäuft. Wahrscheinlich würden sie es auch für diesen wieder tun.

Mehr als Preise interessierten Mellitus aber die Bienen. Bei ihnen fühlte er sich am wohlsten, sie mochte er lieber als die Menschen. Gab es in der Gegend ein Bienensterben, so wie im Jahr zuvor, litt Mellitus wochenlang, obgleich er natürlich nichts dafür konnte. Weil er seine Bienen so gut behandelte, glaubte er, von ihnen diesen wunderbaren Honig zu bekommen. Einen Weißtannenhonig, für den Menschen aus ganz Süddeutschland und der nahen Schweiz hierher auf den Sonnenhof kamen. Und von den Urlaubern in den umliegenden Dörfern gab es kaum einen, der ohne den »favus solis«, den »Sonnenhonig«, wieder nach Hause fuhr. Alle seine Wald- und Blütenhonige fanden reißenden Absatz. Doch der edelste blieb der Weißtannenhonig.

Mellitus nahm einen kleinen Löffel und kostete vom neuen Jahrgang. Es war ein erhebender Moment. Er liebte diesen kräftigen, fast ein wenig herben Geschmack. Ja, die Bienen, seine Freundinnen, hatten es wieder gut gemeint. In ein paar Tagen würde er den Weißtannenhonig auf der Landesgartenschau präsentieren. Darauf freute er sich seit geraumer Zeit. Das Lob, wenn jemand den Honig probiert hatte, die zufriedenen Gesichter. Außerdem tat es auch gut, ab und an mal vom Sonnenhof wegzukommen.

Wenn man bedachte, wie diese Flüssigkeit überhaupt zustande kam. Es war ja kein Blütennektar, den die Bienen sich da holten, sondern der Honigtau: Ausscheidungen der Lecanien und Lachniden – Blattläuse, die zuvor die Weißtannen angebohrt und deren Pflanzensaft in sich aufgesogen hatten. Als er das einmal bei einer Honigverkostung Besuchern erzählt hatte, hatte ihm das eine milde Rüge von Lucidus eingebracht. Wie der das erfahren hatte? Lucidus erfuhr immer alles.

Wenn Mellitus bei seinen Bienen war, dann waren seine Gedanken frei. Hier musste er auch nicht darüber grübeln, ob sein Platz noch bei den »Kindern der Sonne« war. Natürlich sagten die anderen immer wieder, dass sie ihn liebten. Doch wohl vor allem als Imker und Heiler. Als solcher war er bei den Sonnenkindern auch unverzichtbar. Wer sonst hätte wohl mit seinen Bienen diesen köstlichen Honig hervorbringen sollen? Sanus, den er darin anlernte, war noch nicht so weit.

Doch verstanden seine Brüder und Schwestern ihn auch wirklich? Konnten sie seine gelegentlichen Zweifel an der Lehre der »Kinder der Sonne« nachvollziehen?

Zu Lucidus, dem Oberhaupt ihrer religiösen Gemeinschaft, hatte er ein zunehmend distanziertes Verhältnis. Auch ihn liebte er in gewisser Hinsicht. Und er war überzeugt, dass dieser nur das Beste wollte. Aber war das Beste wirklich auch etwas Gutes?

Mellitus befand sich mitten in einer Glaubenskrise. Vor ein paar Jahren hatte er Lucidus noch bedingungslos verehrt. Aber mittlerweile ...

Doch darüber wollte er jetzt nicht nachdenken. Er nahm den amerikanischen Stockmeißel zur Hand. Ein flaches, rötlich schimmerndes Stück Metall, das an einem Ende um 90 Grad gebogen war. Es wirkte fast wie ein länglicher Schmetterling, dessen Flügel mit messerscharfen Kanten versehen waren. Vorsichtig begann er mit diesem, den nächsten Rahmen mit Bienenwaben herauszulösen. Die dunkle Farbe der Waben verriet, dass sich darunter ein erstklassiger Honig verbarg. Er legte den Stockmeißel beiseite, griff zur Entdeckelungsgabel und machte sich daran, die Zellen zu öffnen. Behutsam, ja fast liebevoll widmete er sich jeder einzelnen Wabe und schabte das Bienenwachs in einen großen Behälter, der in einer weiß gekachelten Ecke des Imkerhäuschens stand. Das dauerte einige Minuten, wenn man es wirklich vorsichtig anstellte. Dann legte er die Gabel beiseite, nahm den Rahmen und stellte ihn in die elektrische Schleuder. Ein Honigbehälter wartete bereits auf die Ernte.

Als Mellitus sich umdrehte, um sich den nächsten Bienenwaben zu widmen, sah er gerade noch die scharfe Klinge des Stockmeißels, die sich seinem Körper unaufhaltsam näherte.

Einen Sekundenbruchteil später bohrte sich der Gegenstand bereits so tief in seinen Körper, dass er kraftlos zu Boden sank. Mellitus' Kopf schlug auf den weißen Fliesen auf. Seine letzten Gedanken auf dem den EU-Hygienevorschriften genügenden Boden galten Lucidus, seinen Bienenvölkern und dem edlen Weißtannenhonig, dessen Geschmack er noch auf der Zunge hatte.

## 6. »Speckveschper«

Klaus Riesle hatte zu seinem Polizeifunkgerät ein ganz besonderes Verhältnis. Er nahm es fast überallhin mit, und ihre Beziehung währte schon länger als zu jeder Frau in seinem bisherigen Leben. Ob er im Auto unterwegs war oder in seiner schmucklosen Einzimmerwohnung in dem noch schmuckloseren Villinger Neubaugebiet: Riesle hatte den eckigen, kleinen Apparat immer bei sich. Das nervte seine Mitmenschen mitunter.

Immerhin: Die Polizeiberichterstattung des »Schwarzwälder Kurier« war stets vollständig. So vollständig, dass der für die Öffentlichkeitsarbeit zuständige Polizeibeamte, kurz Ö genannt, auf der Hut war. Vor allem, wenn Meldungen in der Zeitung standen, die er eigentlich noch gar nicht herausgegeben hatte. Er ahnte den Grund und nahm sich vor, das Ding bald möglichst zu finden und zu konfiszieren. Zu dumm, dass Deutschland neben Albanien das einzige Land Europas war, in dem der Polizeifunk immer noch nicht auf digital umgestellt war. Sobald das der Fall war, würden die Möglichkeiten des Journalisten Riesle drastisch beschnitten sein.

Dieser fuhr gerade von der Redaktion nach Hause, als eine Leiche auf dem Großbiberbacher Sonnenhof vermeldet wurde. »Friedrich 531 für Friedrich 5187, bitte kommen«, verlangte eine männliche Stimme im Funk. Riesle wusste Bescheid. Eine Streifenbesatzung versuchte gerade, mit dem Villinger Polizeirevier Kontakt aufzunehmen. »Hier 531, 5187 bitte sprechen.« Die Beamten sprachen, und zwar von einem »nicht natürlichen Todesfall«. Die Person sei durch »spitze Gewalt« zu Tode gekommen. Man solle die Kripo benachrichtigen. »Ende mit 531.« Mehr gaben sie zu Riesles Leidwesen nicht preis.

Er reagierte schnell: Redaktionsschluss war um 0 Uhr, also erst in drei Stunden. Geschätzte Fahrzeit zum Sonnenhof: etwa 40 Minuten. Ein Fall für seinen Laptop. Er schwor schon mal via Handy den Chef vom Dienst auf eine »Wahnsinns-Story« ein.

Riesle beschloss, sich dieser gemeinsam mit seinem Kumpel

Hummel zu widmen. Zum Glück war er gerade auf Höhe der Südstadt. Er raste vor das Haus des Freundes und ließ die Autotür offen, sodass das Polizeifunkgerät fast wie ein Megafon die Straße beschallte. Eigentlich wäre es gar nicht mehr nötig gewesen, die Klingel zu drücken.

»Sag mal, bist du irrsinnig?«, waren Hubertus' erste Worte. »Stell diesen blöden Apparat leiser. Du machst mir ja die ganze Nachbarschaft verrückt. Außerdem ist Maximilian da und soll schlafen. Ich wollte mich auch gerade hinlegen.«

Riesle schaute auf seine Armbanduhr. Es war kurz nach 21 Uhr. Sein Freund wurde alt. Alt und spießig. Vor ein paar Jahren wären sie um diese Uhrzeit gerade losgezogen. Jetzt war Hummel schon kurz nach der Tagesschau im Schlafanzug.

»Zieh dich schnell an. Es gibt einen Mordfall.«

»Hör mal, Klausi, ich hab' im Moment wirklich andere Sorgen. Elke ist durchgebrannt, und mein Gefühlsleben gleicht einem Badischen Wurstsalat. Ich glaube, diesmal schnüffelst du besser ohne mich.«

Riesle wusste um Hummels Beziehungsprobleme. »Ach, Huby. Das wird auch nicht besser, wenn du die Schlafenszeiten eines Altenheims einführst. Lenk dich ab, beschäftige dich mit etwas ganz anderem.«

Das passte zu seinem Freund, dachte sich Hummel. Am liebsten gedankenlos durchs Leben hetzen. »Wo ist denn der Mord passiert?«, fragte er der Vollständigkeit halber. Er hatte die Tür schon wieder halb zugezogen.

»Auf dem Großbiberbacher Sonnenhof. Mensch Hummel, das ist ein brandheißer Fall. Da wohnt diese ominöse Sekte – ›Kinder der Sonne‹. Diese Honig-Typen. Komm schon, das ist nicht irgendein Mord.«

Hubertus war plötzlich wie elektrisiert. »Sonnenhof? Warum sagst du das nicht gleich?«

Für Riesle hätte es nicht besser laufen können. Hubertus zog sich in Rekordzeit an. Dass ein Schuh schwarz und der andere braun war, sagte ihm Riesle nicht. Er hatte es schließlich selbst eilig.

Auf der Fahrt überließen sie zunächst dem Polizeifunk die

Unterhaltung. Doch jedes Mal, wenn es knarzte und danach eine Stimme aus dem Gerät ertönte, schien Hummel nervös zu werden. So auch jetzt: »531 für 5230, bitte kommen«, verlangte ein Beamter.

»Sag mal, Huby, wieso interessiert dich mein Funk plötzlich so brennend?«

»Pssst«, zischte Hummel ungehalten.

Leicht verschnupft hörte sich Riesle an, wie der Polizist einen Verkehrsunfall meldete: »VU am Ortseingang Schonach, aus Richtung Triberg kommend. Ein Kfz mit Totalschaden, kein Personenschaden, Unfallverursacher offenbar ein Hirsch, noch flüchtig. Wir sind vor Ort.« Riesle heiterte die Meldung auf, bei Hummel war eher das Gegenteil der Fall. »Fahr schneller«, schimpfte er und strich sich über seine üppig behaarten Oberschenkel. Erst jetzt registrierte er, dass er in der Hektik nur eine beige Bermuda angezogen hatte. Für einen nächtlichen Ausflug war er ein wenig dünn bekleidet. Das Außenthermometer des Wagens war gerade unter die 10-Grad-Marke gerutscht. Für einen Schwarzwälder Sommer keineswegs ungewöhnlich.

»Hör mal, Hummel, warum bist du so aufgeregt? In etwa 15 Minuten sind wir am Tatort, da werden wir schon mehr erfahren. Erst wolltest du gar nicht mit, jetzt kannst du's kaum erwarten. Also: Was ist los?«

Hubertus hörte die Frage, war mit seinen Gedanken jedoch bei Elke. Was, wenn sie das Mordopfer war? Undenkbar. Dann wäre er zwar Witwer und somit frei für Carolin. Aber unter diesen Umständen könnte er nie und nimmer mit ihr zusammen sein. Ohnehin würde er sich ewig Vorwürfe machen, dass er Elke durch seine Unschlüssigkeit erst in die Fänge dieser Sekte getrieben hatte.

»Hummel? Ich will eine Antwort von dir!«, ließ Riesle nicht locker.

»Elke«, stöhnte dieser. »Sie ist ...« Er stockte. »Sie ist gerade bei dieser Sekte ... als Gast sozusagen. Vor ein paar Tagen ist sie von zu Hause weggegangen, um innere Ruhe zu finden, wie sie es ausgedrückt hat. Ausgerechnet zu diesen ›Kindern der Sonne‹. Und jetzt befürchte ich, dass sie vielleicht ...«

»Und das sagst du mir erst jetzt?« Klaus schaffte es tatsächlich, noch mehr aus seinem alten Opel Kadett herauszuholen. Hummel, der bei Riesles durchaus üblichen Rennfahrermanövern gerne mal Panikattacken bekam, war diesmal wie betäubt. Er monierte nicht einmal, dass sein Freund durch Langenschiltach genau doppelt so schnell fuhr wie erlaubt. Riesle kommentierte derweil die im Halbdunkel auftauchenden Anti-Mobilfunk-Schilder mit einem geknurrten »Schwachsinn – haben die sonst keine Sorgen?«. Wenig später ließ er die Reifen auf dem Parkplatz des Sonnenhofes quietschen.

Für Kriminalhauptkommissar Claas Thomsen war der Tag bereits gelaufen. Ausgerechnet aus der Dusche hatten sie ihn geholt. Ein Ritual, für das er sich normalerweise mindestens eine Stunde Zeit nahm. Er musste sich den Schmutz des Verbrechens, mit dem er täglich zu tun hatte, fein säuberlich vom Körper schrubben. Pore für Pore.

Und nun das: Schlimm sah sie aus, diese Leiche mit dem aufgeschlitzten Bauch und den massiven Blutantragungen. Der Meinung war wohl auch Thomsens Magen, der keinen Wert mehr auf den Matjes legte, den er zum Abendessen erhalten hatte. Und das, obwohl Thomsen nicht einmal für die Leichenbefundaufnahme zuständig war und den leblosen Körper somit nicht berühren musste. Darum kümmerte sich Kollege Winterhalter vom Kriminaltechnik-Bereitschaftsdienst. Beziehungsweise der alarmierte Arzt, der, nachdem er Tod durch Verbluten diagnostiziert hatte, die Hütte aber bereits wieder verlassen hatte.

Seine Übelkeit bereitete Thomsen nicht nur körperliches Unbehagen. Sie war ihm gegenüber seinen Kollegen auch schlicht peinlich. Schließlich hatte er sich im ersten Jahr in der neuen Dienststelle seiner Überzeugung nach durch seine unbestreitbare kriminalistische Kompetenz einen guten Ruf erworben. Welchen Eindruck musste es da jetzt auf die anderen Beamten machen, wenn sich »der Neue aus Kiel« am Leichenfundort übergab?

Claas Thomsen versuchte sich also zu konzentrieren. Er war trotz allem bemüht, sich jedes noch so kleine Detail einzuprägen und den Speichel, der sich gerade gefährlich in seinem

Mund sammelte, zu ignorieren. Die Worte, die sein Kollege Winterhalter halb ins Diktiergerät, halb in Richtung Thomsen brabbelte, dienten ihm als willkommene Ablenkung. Zumindest der Dialekt.

»Die Leich' isch en Ma', etwa 45 bis 50 Johr alt. Mehrfach isch auf de Bauch ei'g'stoche' worde'. Tatwerkzeug offe'sichtlich en ...« – Winterhalter stockte, weil er nichts mit dem metallenen, länglich und unheimlich scharf wirkenden Gegenstand anfangen konnte, der blutverschmiert war. Mit seinen Latexfingern drehte er ihn hin und her – »Herr Thomsen, wisset Sie, wa' des für e' Ding isch?«

Vor einigen Monaten noch hätte Thomsen nur Bahnhof verstanden. Mittlerweile hatte sich sein Gehör auf das alemannische Kauderwelsch des Kollegen eingestellt. Dennoch widerstrebte es ihm. Er hatte Winterhalter schon mehrfach gebeten, wenigstens ihm gegenüber ein »halbwegs gerades Deutsch« zu sprechen. Und das konnte der auch, wenn er sich nur anstrengte.

»Wie bitte?«

Winterhalter wiederholte den letzten Satz. Und Thomsen blieb stur. In wenigen Stunden würde – wie bei solchen Kapitaldelikten üblich – eine Sonderkommission eingesetzt werden. Und aller Wahrscheinlichkeit nach würde er zum Leiter dieser Soko bestimmt werden. Da konnte man ruhig schon einmal anfangen, den Chef zu spielen.

»Ich habe Ihnen schon tausend Mal gesagt: Kommunizieren Sie bitte auf Deutsch mit mir. Auch wenn es Ihnen schwerfällt. Der Bericht soll ja auch nicht in Schwarzwälder Dialekt abgefasst werden. Bitte benutzen Sie deshalb auch die korrekten Termini. Es heißt ›Stichverletzungen beigebracht‹. Nicht ›ei'k'schtoche‹«.

Thomsens Versuch, den Dialekt zu imitieren, hörte sich an wie ein Schluckauf. »Und wie lautete Ihre Frage?« Für einen kurzen Augenblick vergaß er zumindest seine Übelkeit.

Der Kriminaltechniker sparte sich ein Widerwort. »Wie würden Sie wohl diesen Gege'schtand definieren?«, fragte er brav in recht passablem Hochdeutsch.

Na also, es ging doch, dachte Thomsen – auch wenn Winterhalter die tiefalemannische Klangfarbe und gewisse SCH-Laute nicht zu unterdrücken vermochte. Schließlich war er auf einem abgelegenen Bauernhof in der Nähe des Linacher Stausees aufgewachsen, wo er bis heute lebte. Hochdeutsch war für ihn fast so etwas wie eine Fremdsprache.

Mitunter kam es dem Kriminaltechniker so vor, als hielten die Leute einen wie ihn, der normalerweise Schwarzwälder Dialekt »schwätzte«, für minderbemittelt. Dabei warb das Ländle doch sogar damit, dass man hier alles könne – außer Hochdeutsch.

»Schwer zu sagen. Sieht aus wie ein kurzes Brecheisen«, antwortete Thomsen. »Können Sie uns da vielleicht weiterhelfen?«, blickte er auf den Mann an der Türschwelle, dessen Kleidung nicht nur so weiß wie die des Mordopfers war. Auch das blasse, blutleer wirkende Gesicht hätte man für das einer Leiche halten können.

»Das … das ist ein Imkermeißel aus Federstahl.« Der Mann, der sich als Sanus vorgestellt hatte, schien auch schon starr wie eine Leiche zu sein. Fast hatte man den Eindruck, beim Sprechen würden sich nicht einmal die Lippen bewegen.

»Und was macht man damit üblicherweise?«, forschte Thomsen weiter nach. Honig war ihm allein schon deshalb suspekt, weil ihn neben mehreren anderen Allergien auch eine Fruchtzuckerunverträglichkeit plagte.

Der schmächtige Mann antwortete zögerlich. »Damit löst man die Rahmen heraus oder trennt die mit Bienenharz verklebten Zargen. Aber … aber diesen Meißel werde ich nie mehr anfassen können …« Es schüttelte ihn. Dann ein neuer Gedanke: »O Gott, die Präsentation!«

»Welche Präsentation?«, fragte Thomsen.

»Wir, also vor allem Mellitus, sollten in ein paar Tagen auf der Landesgartenschau unseren Honig präsentieren. Und unsere Bienen. Und jetzt …?«

Thomsen war ganz froh, dass er seine Aufmerksamkeit auf den Zeugen richten konnte. »Sie haben den Mann also genau so gefunden. Hat er noch gelebt, als Sie in die Imkerhütte kamen?«

»Nein … das heißt, ich weiß nicht. Ich bin sofort weggelaufen und habe Lucidus informieren lassen.«

»Wen?«

»Lucidus. Den Erleuchteten.«

Thomsen schaute den blassen Jüngling ratlos an. Diesmal lagen die Kommunikationsprobleme nicht am Dialekt.

»Der isch de' Chef hier«, sagte Winterhalter. »Das Oberhaupt von dieser … Gemeinschaft.«

Thomsen blickte skeptisch drein. »Und welche Funktion hatte das Opfer in Ihrer … Sekte, äh, Gemeinschaft?«

»Mellitus war eines der wichtigsten ›Kinder‹. Er kam eigentlich gleich nach Lucidus und Brindur. Außerdem stellte er als Imker diesen Honig her. Dafür sind wir weithin bekannt: Weißtannenhonig, Wald- und Blütenhonig vom Sonnenhof.«

Der Mann schien sich etwas zu fangen. Das Reden tat ihm offenbar ganz gut und löste seinen Schockzustand.

»Was haben Sie auf dem Sonnenhof gemacht?«, setzte Thomsen die Befragung fort.

»Ich bin seit drei Jahren Mellitus' Assistent. Ich sollte eines Tages sein Erbe als Imker antreten. So hat es der Erleuchtete bestimmt. Aber ich weiß noch viel zu wenig über das Geheimnis des Honigs.«

»Wie war Ihr Verhältnis zueinander?«

Jetzt schien der Mann wieder verunsichert. »Wir waren wie Vater und Sohn. Ich habe damit nichts zu tun … Wir alle nicht! Wir sind eine Gemeinschaft der Liebenden und der Harmonie. Wir tun keiner Fliege etwas zuleide.« Die hohe Stimme des jungen Manns überschlug sich.

»Und schon gar keiner Biene«, meldete sich Winterhalter.

»Schon gut«, sagte Thomsen und beobachtete Sanus aufmerksam.

»Wo waren Sie, bevor Sie die Leiche gefunden haben?«

»Ich war in unserem Hofladen, habe die Honigbestände wieder aufgefüllt und Gläser beschriftet.«

»Gibt es dafür Zeugen?«

»Zeugen? Nein, ich war allein.« Der junge Mann schaute betreten.

»Und was wollten Sie im Imkerhäuschen?«

»Ich wollte Mellitus zur abendlichen Anbetung abholen und schauen, ob er bereits Weißtannenhonig geerntet hat.«

Thomsen schaute wieder ratlos. Anbetung?

»Wir beten die Sonne an, bevor sie sich hinter den Baumwipfeln verabschiedet. Anschließend essen wir alle gemeinsam.«

»Assist., Vater-Sohn-Verh., Tod vor Anbetung Sonne«, notierte Thomsen in seinem Notizbuch.

»Um wie viel Uhr war das?«

»Um halb acht.«

»Und wer hat die Polizei und den Notarzt alarmiert?«

»Ich nicht«, sagte der junge Mann. »Sicher hat der Erleuchtete das veranlasst.«

Der Hauptkommissar nickte nachdenklich. »Sie können jetzt gehen. Aber bitte halten Sie sich zu unserer Verfügung.«

Thomsens Blick streifte noch einmal kurz die Leiche. Zwar liebte er seinen Beruf, war geradezu süchtig danach, Verbrechen aufzuklären. Und je komplizierter der Fall, umso mehr lief er zu Hochform auf. Logische Zusammenhänge entdecken, Fehler in den Aussagen erkennen, Rätsel entschlüsseln, die sich auf den ersten Blick nicht lösen ließen – das war seine Welt. Stundenlang konnte er sich einschließen, um Ermittlungsberichte zu studieren. Vorausgesetzt, diese waren nicht schmutzig. Doch an eines konnte er sich auch nach mehr als 20 Dienstjahren einfach nicht gewöhnen: diese Leichen!

Wieso war er damals überhaupt zur Mordkommission gegangen? Er kramte in seinem Gedächtnis und kam zu dem Schluss, dass die Phobien erst im Laufe der Jahre so ausgeufert waren. Die Übelkeit war dabei nicht einmal das Schlimmste.

Nach den Begegnungen mit Toten artete nämlich sein Waschzwang aus. Statt der sonst einstündigen Dusche konnte es in solchen Fällen drei, vier Stunden dauern.

Angesichts des toten Imkers war klar: die Dusche vor einigen Stunden war komplett überflüssig gewesen. Der Kommisar fühlte sich schmutziger denn je.

Thomsen schaute sich in der Imkerhütte genau um. Viel Blut. Zu viel. Einiges sprach dafür, dass der Ermordete sofort tot gewesen war – nicht zuletzt die klaffende Wunde, an der Thomsen vorbeizuschielen versuchte. Damit aber waren die Blutspuren, die sich von der Leiche bis zum Ausgang der Hütte ausmachen ließen, nicht vereinbar. Sie waren nicht größer als ein Cent-Stück.

Das ließ nur einen logischen Schluss zu: sie mussten vom Täter stammen!

Thomsen trat mit erhöhtem Puls nach draußen. Vor der Hütte konnte er aufgrund der guten Beleuchtung drei weitere blutverdächtige Antragungen auf den Kieselsteinen erkennen. Die Spur des Mörders, höchstwahrscheinlich.

Widerstrebend betrat er die Hütte wieder.

»Hat sich das Opfer zur Wehr gesetzt?«, fragte er den Kriminaltechniker.

»Das konnte es ziemlich wahrscheinlich nicht mehr«, antwortete Winterhalter und ließ den Blick über die Leiche schweifen. Kollege Thomsen war in seinen Augen ein Theoretiker, er selbst der Praktiker. Eigentlich, so dachte sich Winterhalter, ergänzten sie sich ganz gut. Man konnte es aber auch anders sehen: sie hatten schlicht nichts gemeinsam. Weder Herkunft noch Dialekt, weder kriminalistische Interessen noch von ihrem Äußeren her. Winterhalter war jovial, gemütlich, eher etwas rundlich und mit einem knochentrockenen Humor ausgestattet, Thomsen hingegen menschenscheu, klein, schmächtig, asketisch und gänzlich humorfrei.

Das Einzige, was sie einte, war der Wille, den Täter zu finden.

Die Blutabrinnspuren stachen auf der komplett weißen Kleidung des Opfers besonders ins Auge. Erst auf den zweiten Blick bemerkte Winterhalter etwas anderes. Aus der Brusttasche ragte kaum sichtbar ein Kärtchen mit einer bunten Abbildung hervor, das Thomsen trotz seiner Leichenphobie fast zeitgleich aufgefallen war.

»Kollege, ich habe da etwas«, sagte Winterhalter.

Thomsen zog wohl oder übel seine Gummihandschuhe aus dem Trenchcoat und nahm die Karte vorsichtig in die Hand. Von dem Latex begannen seine Fingerkuppen zu jucken.

Das gemalte Bild zeigte einen Mann mit einem langen Bart, einer Mütze, einem geschwungenen Stock in der einen und einem Bienenkorb in der anderen Hand.

»Hl. Ambrosius«, stand unter der Abbildung. Außerdem ein gedruckter Spruch: »Seht zu, dass eure Arbeit der eines Bienenstockes ähnelt. Denn eure Reinheit und eure Keuschheit sollen mit den arbeitsamen, bescheidenen und enthaltsamen Bienen verglichen werden«, las Thomsen vor. Mit derartigen Themen wusste er nur wenig anzufangen. Er war nicht religiös erzogen worden – und die berufsbedingte Beschäftigung mit all den Schattenseiten der Gesellschaft hatte ihn auch nicht gerade zum Glauben geführt. Außerdem fühlte er sich selbst so unvollkommen und komplexbeladen, dass Gott eigentlich Glück hatte, dass er nicht an ihn glaubte. Er hätte ihm sonst täglich Vorwürfe gemacht.

Thomsen drehte die Karte um. »Du bist ... des Ambrosius ... nicht würdig«, las er vor. Der Satz war in einer krakeligen Schrift verfasst.

»Wer ist dieser Ambrosius?«

»Ambrosius ist der Schutzheilige der Imker«, kam prompt Winterhalters Antwort. Auf dem Gebiet kannte er sich einigermaßen aus. Auf dem Winterhalter-Hof war es immer streng katholisch zugegangen. Die Oma hatte ihm fast täglich die Schutzheiligen heruntergebetet.

Über Winterhalters Blitzantwort war Thomsen erstaunt, jedoch bemüht, sich nichts anmerken zu lassen. »Warum ist man seiner nicht würdig?«

Er blickte nochmals auf die Karte und fand unten links ein weiteres Wort: »Rosina«. »Das scheint vom selben Menschen geschrieben worden zu sein. Aber wer ist Rosina?«

Auch hier zahlte sich wieder die Frömmigkeit von Winterhalters Oma aus. »Rosina? Noch eine Heilige. Das war eine Einsiedlerin, die im Allgäu gelebt hat. Ihr Namenstag ist irgendwann im März.«

»Und wer hat das da draufgeschrieben?« Thomsen blickte gedankenverloren in die Ferne.

Darauf hatten aber weder der Kriminaltechniker noch dessen Großmutter eine Antwort.

Winterhalter deckte die Leiche mit einem weißen Tuch ab. So langsam wurde es besser mit Thomsens Übelkeit. Noch etwas frische Luft, dann ging es ihm wieder gut.

»Und, haben Sie wieder einen interessanten Fall für mich?«, kam eine Stimme aus dem Hintergrund. Am Eingang der Imkerhütte lehnte lässig der Lokaljournalist Klaus Riesle – klein, sportliche Figur und wie immer mit Jeansjacke.

Thomsen verglich den Reporter gerne mit einer Zecke. Sie biss sich im Fleisch der Kripo fest, wurde zunächst kaum bemerkt und war dann umso schwerer wieder abzuschütteln. Leider gab es keine Impfung gegen ihn.

»Kommen Sie ja nicht näher! Unbefugten wie Ihnen ist der Zutritt verboten«, raunzte Thomsen den Journalisten an.

»Ah, Riesle! Sie hab ich ja eigentlich schon früher erwartet. Freut mich, dass wir vor Ihnen da waren.« Winterhalters Begrüßung klang schon kommunikativer. »Das rote Flatterband vor dem Häusle ist Ihnen wohl wieder mal entgangen? Oder haben Sie gedacht, wir wollten es damit nur schmücken?«

»Die Öffentlichkeit hat ein Recht zu erfahren, was hier passiert, Herr Thomsen. Aber ich erzähle Ihnen ja jedes Mal das Gleiche: Grundgesetz, Pressefreiheit ...«

Dann wandte er sich an Winterhalter: »Ich dachte, der Mord hätte sich auf dem Sonnenhof ereignet. Stattdessen stehen wir hier ja einige hundert Meter entfernt im Wald. Und noch dazu befindet sich dieses reizende Fleckchen Erde mitten in einem Funkloch. Wirklich prächtig ...« Riesle klang fast wie ein Tourist, der sich über eine ungenaue Angabe im Reiseführer beschwert. »Entschuldigen Sie auf jeden Fall unsere Verspätung«, meinte er schließlich ironisch. »Könnten Sie uns bitte schnell auf den Stand der Dinge bringen? Wer ist denn das Opfer?«

»Auskünfte gibt's morgen früh«, erwiderte Thomsen barsch. »Und zwar beim Kollegen für die Öffentlichkeitsarbeit. Außerdem fordere ich Sie jetzt ultimativ auf, den Tatort umgehend zu verlassen.«

»Ist das Opfer ein Mann oder eine Frau?«, hakte Riesle nach. Wenigstens für seinen Freund Hummel wollte er eine beruhigende Information.

Der ging nervös hinter dem rot-weißen Absperrband auf und ab.

»Kein Kommentar«, antwortete Thomsen und verließ die Hütte im Slalom um die Blutflecken herum. Draußen hob er mit einer Hand das Band an und winkte Riesle mit der anderen herrisch hindurch.

Winterhalter hatte seine Arbeit inzwischen unterbrochen. Die von der Leiche weg oder zu ihr hin führende Blutspur war natürlich auch ihm nicht entgangen. Sie konnte – DNA sei Dank – möglicherweise der Schlüssel zu einer baldigen Klärung der Tat sein. Die dafür notwendigen kriminaltechnischen Untersuchungen würde er aber erst machen, wenn Riesle wieder außer Sichtweite war: einen Schnelltest mit Streifen, ob es sich auch wirklich um Blut handelte, Fotos des Spurenträgers »Kieselstein« inklusive des Maßstabs aus verschiedenen Perspektiven sowie die Anfertigung einer exakten Skizze, wo genau und wie weit entfernt von der Leiche sich die Spuren befanden.

So oder so würde er hier noch eine ganze Weile zu tun haben. Es war jetzt 22 Uhr 20. Im Gegensatz zu Thomsen hatte er noch kein Abendessen zu sich genommen.

Winterhalters Tag begann um 5 Uhr 30. Das würde auch morgen so sein. Aber vielleicht erbarmte sich seine Frau und stand etwas früher auf. Die Kühe mussten schließlich gemolken werden.

»Also, ich mach jetzt e' Veschperpaus'«, sagte Winterhalter zu Thomsen und war wieder ganz im Dialekt. »Ich han en Mordshunger.«

Thomsen schaute fassungslos. »Jetzt? Unfassbar. Eine Zwischenmahlzeit nach der Arbeit an einer Leiche?« Er schien wirklich erschüttert. »Komischer Menschenschlag, diese Schwarzwälder«, murmelte er nachdenklich, als sei er auf einer Expedition bei Ureinwohnern im Amazonasgebiet.

»Herr Hauptkommissar?«, machte jetzt Hubertus den Versuch, Thomsen anzusprechen. Doch der war schon zwischen ein paar Fichten verschwunden.

»Der ist ja noch abweisender als sonst: Was hat er denn?«, fragte Riesle.

»Der isch auf einem Spaziergang und schnappt e' wen'g frische Schwarzwaldluft. De' Mief do drinne' isch ihm nit so gut bekomme'«, sagte Winterhalter und grinste breit.

Dem Bauernsohn machte eine Leichenschau nichts aus. Er hätte sein Abendessen auch neben dem Toten einnehmen können – mal abgesehen vom Pietätsaspekt. Er setzte sich auf eine Bank vor der Imkerhütte, holte ein Holzschneidebrett sowie ein kariertes Geschirrtuch aus seiner Aktentasche und drapierte es sorgfältig auf seinem Schoß. Dann zog er ein mit Butterbrotpapier gefaltetes Bündel hervor, das ihm seine Frau nach dem Anruf des Kommissars vom Dienst in aller Eile eingepackt hatte. Zum Vorschein kamen mehrere recht dicke Stücke geräucherter Schwarzwälder Schinkenspeck sowie ein paar Scheiben Bauernbrot. Er zückte sein scharfes Schweizer Messer und machte sich daran, den Speck ganz fein zu schneiden.

»Kommissar Winterhalter! Können Sie mir bitte wenigstens sagen, ob es sich bei dem Opfer um eine Frau oder einen Mann handelt? Ich habe die Befürchtung, es könnte eine Bekannte von mir sein«, fragte Hummel vage. Ausnahmsweise war ihm mal nicht nach Essen zumute. So verlockend Speck und Brot auch dufteten.

Das Gebiet um den Tatort war hell erleuchtet. Fünf Uniformierte zählte Riesle. Schutzpolizisten, die die Kripo unterstützten.

»So, e' Bekannte? Do könnet Sie ganz beruhigt sei'. Es isch en Mann«, sagte er und widmete sich wieder der Verpflegung. »Wollet Sie au' mol vo' dem Speck probiere'? Selbscht g'schlachtet und vo' glückliche' Säu auf unserem Hof. Und des Brot hät mei' Frau backe'.«

Da Thomsen außer Reichweite und er für kurze Zeit außer Dienst war, konnte er nun wirklich reden, wie ihm der Schnabel gewachsen war. Bei Hummel ohnehin.

Der war erleichtert. Elke lebte! Er atmete tief durch.

Sofort meldete sich auch der durch die Sorge unterdrückte Hunger wieder. »Ach ja. Warum eigentlich nicht?«

Riesle stand der Sinn nach etwas ganz anderem. »Darf ich mal einen Blick auf die Leiche werfen?«

Mit einem Seitenblick in Richtung Waldrand vergewisserte sich Winterhalter, dass Thomsen noch außer Sichtweite war.

»Wenn Sie des unbedingt brauchet. Bitt'schön. Aber nu' ganz kurz und bloß keine Fotos«, antwortete er und wandte sich dann an Hummel, der gerade neben ihm auf der Bank Platz genommen hatte: »Soll ich Ihne' e' Doppelbrot mit kleine' Speckwürfele mache'? Es gibt kein bessere Speck im ganze' Schwarzwald, kann ich Ihne' sage'. Die Viecher hab ich alle selbscht auf'zoge' und g'schlachtet. Wichtig isch übrigens, dass de' Speck ganz fein g'schnitte' wird. Dann entfaltet sich des Aroma am beschte'.«

Winterhalter machte nie einen Hehl aus seiner Nebenerwerbslandwirtschaft. Thomsen ging mitunter aus dem Zimmer, wenn der Kollege in der Dienststelle ausführlich, fast blumig von den Hausschlachtungen erzählte.

»Beachten Sie dabei auch die rechtlichen Vorschriften?«, hatte er ihn neulich gefragt. »Vor allem, was die Hygiene anbelangt?« Hygiene war Thomsens großes Thema.

»Auf die Hygiene gucket mir scho'. Aber Vorschrifte' brauchet mir in Linach dafür keine.«

Thomsen lehnte deshalb den in der Polizeidirektion zum »Selbstkostenpreis« angebotenen Speck, die eingemachte Wurst, die Butter oder den Käse vom Winterhalter-Hof kategorisch ab.

## 7. Im Saloon

Mittlerweile war es kurz vor 23 Uhr, und Riesle wirkte zunehmend nervös. Die wesentlichen Informationen hatte er aber zusammen. »Sekten-Mord im Schwarzwald« – das war ein Thema, an dem nicht nur die Lokalredaktion, sondern auch die Kollegen vom Überregionalen, dem »Mantelteil«, Interesse haben würden.

Blieb noch die Frage nach dem Bild. Die Motivauswahl war nicht einfach.

Die Leiche durfte er nicht aufnehmen – das hätte am nächsten Morgen einen Riesenärger gegeben. Das einzige Foto, das Riesle bislang gemacht hatte, war das von Kommissar Winterhalter in seiner weißen Schutzkleidung beim »Speckveschper« vor dem erleuchteten Imkerhäuschen. Das wollte er dem Polizisten, mit dem ihn ein leidlich gutes Verhältnis verband, dann doch nicht antun. Schließlich hatte der ihm noch einen weiteren wichtigen Hinweis gegeben – auf das Ambrosius-Kärtchen, das in der Brusttasche des Opfers gefunden worden war. »Aber schreibet Sie des bloß nit«, hatte er ihn ermahnt. »Und scho' gar nix vo' dem Sprüchle auf dem Kärtle.«

Blieb also die Frage, ob der Täter in der Sekte zu suchen war oder im Dorf. Oder wo auch immer. Dazu hatte Winterhalter nichts sagen wollen.

Der Journalist wartete, bis der Kriminaltechniker seine Mahlzeit beendet hatte und wieder ins Imkerhäuschen zurückgegangen war. Dann knipste er das halb erleuchtete Häuschen von außen, lief mit Hummel im Schlepptau zurück zum Sonnenhof und fotografierte das Schild mit der Aufschrift »Liberi Solis. Orden der Kinder der Sonne«.

Hummel, der inzwischen in seiner untauglichen Kleidung bitterlich fror, jammerte. So erleichternd es war, dass Elke noch lebte – befand sie sich nicht dennoch in Gefahr?

Als sie die wenig einladende Holztür zum »Gasthof Linde« öffneten, wähnten sie sich in einem Saloon. Nicht, dass geschossen worden wäre. Aber die Gespräche verstummten nach ihrem

Eintreten sofort, und die neun anwesenden Gäste starrten sie an. Sechs von ihnen saßen am Stammtisch, die anderen an einem Tisch in der entgegengesetzten Ecke des Lokals.

Fremden servierte man hier zunächst einmal eine ordentliche Portion Misstrauen, konstatierte Hummel. Zumindest, wenn einer von ihnen gehetzt und mit einem Laptop unterm Arm in den Gasthof stürmte und der andere bei geschätzten acht Grad Außentemperatur Bermudas sowie einen schwarzen und einen braunen Schuh trug. Als klassische Wanderer gingen sie wohl kaum durch.

Das Lokal sah aus, wie man sich eine ziemlich sicher seit dem Zweiten Weltkrieg nicht mehr renovierte Landgaststätte vorzustellen hatte. An den Wänden hingen vergilbte Fotos, die offenbar die aktuellen oder früheren Inhaber sowie deren Familien zeigten. Auf einem ganz alten Bild war eine Postkutsche zu sehen, auf einem anderen ein Fastnachts-Umzug, der an der »Linde« vorbeiführte. Pferdegeschirr hing ebenso an der Wand wie die Geweihe dreier kapitaler Schwarzwaldhirsche. Das Einzige, das aus dem letzten Jahrzehnt zu stammen schien, war ein Fernseher in der Ecke unter dem Kruzifix.

Das Ambiente bis hin zu den rot-weiß-karierten 70er-Jahre-Tischdeckchen wirkte ein wenig schmuddelig. Kein Wunder, dass das Schild draußen ein grün unterlegtes »Zimmer frei« angezeigt hatte.

»Tach und Hallo zusammen«, krähte Riesle munter in die Runde. Als Journalist war er es gewohnt, mitunter als Eindringling angesehen zu werden.

Keiner erwiderte den Gruß, obgleich der Redakteur zumindest eine Person an diesem Abend schon gesehen hatte. Ein etwa 50-jähriger, korpulenter Mann in Polizeiuniform war Teil der Stammtisch-Truppe. Er hatte zu denen gehört, die vergeblich versucht hatten, Riesle vom Tatort fernzuhalten.

Vermutlich war er der Dorfpolizist. Und wenn der hier saß, dann würden wohl auch die anderen Anwesenden schon über den Mord Bescheid wissen.

»Ein Bier bitte, Meister«, sagte Riesle zu einem weiteren Mitglied des Stammtisches. Das musste der Wirt sein, der seiner Kleidung nach gleichzeitig auch Koch war, denn er trug eine große weiße Schürze. Die üppige Figur verriet, dass es hier wohl deftige Kost gab.

Rund um den Sonnenhof lief offenbar so ziemlich jeder in Weiß herum. Die Sektenleute ohnehin, die Kriminaltechnik, der Koch – und ein weiterer Mann am Tisch, den Riesle im ersten Moment tatsächlich für einen Kriminaltechniker gehalten hatte. Auf den zweiten Blick war es aber wohl eher ein Maler. Auf seinem weißen Overall zeichneten sich ein paar Spritzer ab – allem Anschein nach aber Farbe, kein Blut.

»Mir habe' eigentlich scho' g'schlosse'«, antwortete der andere Weiße unwillig.

Hummel plädierte mit einer unsicheren Bewegung für Rückzug, aber Riesle ließ nicht locker. Wenn er die Kleidung eines vierten Mannes am Tisch richtig deutete, handelte es sich um den Pfarrer, der in seiner schwarzen Soutane an der Stammtisch-Runde teilnahm. Hubertus kam er vor wie eine Demonstration des angestammten Glaubens in diesem Dorf, in das die Sekte eingedrungen war.

»Kommen Sie schon: Wir würden auch ein Zimmer für die Nacht nehmen«, versuchte es Riesle weiter. Hummels Augen weiteten sich vor Schreck. Ein Zimmer? In dieser Absteige? Ohne Waschzeug oder Kleidung zum Wechseln, dafür aber in verschiedenfarbigen Schuhen?

Am liebsten wäre er gleich nach einer Stärkung zu den »Kindern der Sonne« zurück, um Elke abzuholen. Auch wenn die Chancen dafür um diese Uhrzeit nicht optimal standen.

Der Wirt schien zu überlegen.

»Was wollet Ihr denn überhaupt hier?«, fragte ein weiterer Stammtischbruder mit vierschrötigem Gesicht, für den Alkohol offensichtlich kein Fremdwort war.

»Ich will meine Frau aus den Klauen dieser Sekte befreien«, brach es aus Hummel heraus – und er traf damit genau den richtigen Ton.

Der Wirt brachte ihnen nicht nur Getränke, sondern gab auch sein Einverständnis für die Übernachtung.

Während Riesle seinen Artikel in den Laptop hackte, widmete sich Hummel dem Bier und einem Badischen Wurstsalat mit Käse.

»Fresssucht schlägt Ekel«, hatte Klaus leise gelästert.

Sie nahmen neben dem Stammtisch Platz und erfuhren binnen drei Minuten, dass so ziemlich jeder der Anwesenden größere Vorbehalte gegen die Sekte hatte.

»Des war sicher einer vo' diese' Verrückte'«, meinte der Maler – der natürlich wie die anderen bereits bis in alle verfügbaren Details über den Mord Bescheid wusste.

»Warum?«, fragte Hubertus.

»Für die gelte' doch eh ihre eigene' G'setze«, erläuterte der Maler. »Dieser Luzifer hat doch ausg'rechnet, dass ohnehin bald die Welt untergeht – und nur die Sekte g'rettet wird.«

»Lucidus«, korrigierte der Pfarrer, der als Einziger seine Emotionen unter Kontrolle zu haben schien, »Lucidus heißt dieser selbst ernannte Erleuchtete.«

»Herr Pfarrer«, sagte Hummel. »Können Sie mir erklären, was genau in dieser Sekte vor sich geht?« Er zog einen Prospekt, den er am Nachmittag beim Warten auf Elke mitgenommen hatte, aus der Hosentasche und schüttelte den Kopf. »Wir haben nur noch wenig Zeit, unser Karma zu verbessern. Nutzen wir sie!«, las er vor. Er blickte den Pfarrer fragend an: »Glauben die jetzt, dass sie wiedergeboren werden? Oder glauben sie an einen Gott, der alle richtet?«

Der Pfarrer, ein schmaler Mann von Anfang 60, blickte etwas hilflos drein. »Wenn ich das richtig verstehe, wurde man nach der Lehre der ›Kinder der Sonne‹ von Anbeginn bis jetzt immer wiedergeboren und hatte somit Zeit, an seinem Karma zu arbeiten. Dennoch gibt es eine Eschatologie.«

»Und des heißt?«, fragte der Maler.

»Bei dieser Sekte mischen sich christliche und ostasiatische Elemente. Einerseits geht es um Reinkarnation, andererseits gibt es ein wie auch immer geartetes göttliches Sonnen-Wesen, das ein Urteil fällen wird. Die einen werden gerettet, die Seelen der anderen zerstört.«

Riesle redigierte seinen eigenen Text. Die letzten Zeilen lauteten: »Kommt der Mörder aus den eigenen Reihen? Die ›Kinder der Sonne‹ stehen nun im Regen.« Wie immer etwas reißerisch, etwas anrüchig – genau, wie es ihm gefiel.

Allerdings gab es ein neues Problem: Der Text im Laptop ließ sich nicht senden. »Kein W-Lan? Kein Internet-Anschluss?«, fragte Riesle und stieß auf Verständnislosigkeit. Der Journalist grummelte einen Satz, in dem »hinter dem Mond« vorkam.

Der Pfarrer referierte derweil weiter: »Lucidus hat offenbar die Weisheit, wie man gewissermaßen gottgefällig lebt und für ein optimales Karma sorgt. Und er ist ein Medium, empfängt in angeblichen Séancen Anweisungen.« Er blickte in die Runde. »Es ist halt leider nicht mehr so einfach wie früher, als noch alle katholisch waren.«

»Jo«, maulte ein älterer Teilnehmer, der bis dahin noch gar nichts gesagt hatte. »In de' 50er Jahr sind die erschte Evangelische' ins Dorf komme'. Glaubt ihr, des wär' möglich g'wese', dass einer vo' uns e' Evangelische g'heiratet hätt'? Nei, sicher nit.«

Der Pfarrer nickte.

Riesle war mittlerweile auf der Suche nach Empfang einmal um die Gastwirtschaft gelaufen, aber es half nichts. Er musste wohl oder übel in der Redaktion anrufen und wie in der guten alten Zeit dem darüber mäßig begeisterten Kollegen den Text diktieren. Noch dazu via Festnetz aus der lärmigen Gaststätte, da auch das Handy den Dienst verweigerte. Das Bild ließ sich also nicht übertragen.

»Und dann habet mir auf ei'mol e' paar vo' dene Moslems do g'habt«, fuhr der Alte in seinem Vortrag fort. »Dagege' waret die Evangelische jo richtig harmlos.«

Die Runde nickte zustimmend.

»Ja!«, sagte der Maler. »Ich hätt' auch tausendmal lieber, dass meine Tochter en Evangelische' heiratet als so en Türk'.«

Wieder herrschte rege Zustimmung.

»Deine Tochter und en Türk'«, lachte der Wirt. »Davor tät'sch sie wohl sogar no' ins Kloster stecke'.«

Schweigen.

«Des isch ja au' nix Schlecht's«, bemühte er sich zu versichern, als der strenge Blick des Pfarrers ihn traf.

»Und jetzt habet mir no diese Irre im Dorf«, schimpfte der alte Mann weiter. »Während die Türke' wenigschtens für sich bleibe', probiere' uns die Irre' zu missioniere'.«

Er bestellte noch einen Weißburgunder.

»Wie denn?«, fragte Riesle interessiert, der seinen Artikel endlich durchgegeben hatte.

»Sie pflastern das Dorf mit Zetteln zu: ›Das Ende ist nahe.‹ ›Kommt aus dem Dunkel ans Licht – Hört auf den Erleuchteten.‹ Und so weiter«, zählte der Pfarrer auf.

»Sind denn schon Einheimische zu der Sekte übergelaufen?«, fragte Riesle.

»Bei den Älteren besteht die Gefahr nicht«, sagte der Pfarrer. »Junge Leute wollen halt eher mal etwas ausprobieren. Aber meines Wissens sympathisiert derzeit niemand aus dem Dorf mit den ›Kindern der Sonne‹.« Er nahm seine Brille ab und putzte sie mit dem Tischtuch, wovon sie nur unwesentlich sauberer wurde.

»Dass Sie, Herr Pfarrer«, meinte Riesle, »kein Interesse haben, dass die Sekte sich hier ausbreitet, leuchtet mir ein. Aber die anderen? Das sind doch Kunden für die Geschäfte hier. Die Sektenmitglieder müssen ja was essen, einkaufen und so weiter.«

Die Männer am Tisch schüttelten fast gleichzeitig die Köpfe. »Die lebe' doch völlig … völlig …«, suchte der Älteste nach dem passenden Wort.

»Autark?«, schlug der Pfarrer vor.

Der Alte nickte. »Die produziere' alles selbscht. Ich hab no' nie einen von dene' bei unserem Bäcker, unserem Metzger oder in unserem Lade' g'sehe'.«

»Und beim Friseur scho' gar nit – so lange Haar, wie die habe'«, erregte sich ein anderer.

»Von dene' hab weder ich noch irgend en andere hier jemals en Auftrag 'kriegt«, stimmte der Maler zu.

»Und mit ihrem Honig und ihrem andere' Krempel mache' sie uns no' Konkurrenz«, sagte der Polizist, der eine ganze Weile geschwiegen hatte. Er hatte sich überlegt, ob Riesle dieses Gespräch in einem Artikel verwenden würde. »Mir habet überhaupt nichts gege' Fremde«, betonte er deshalb.

»Allein scho', weil einige vo' uns wirklich en Nutze von Tourischte habe'«, fügte der Wirt hinzu. Ob er dazugehörte, blieb offen.

Hummel überlegte. In seinen Gedanken befragte er seinen besten Ratgeber – den Magen. Der war der Meinung, er müsse dem Mann unter die Arme greifen. »Hätten Sie vielleicht noch eine kleine Portion Wurstsalat?«

Die Runde starrte ihn an. Riesle entsetzt, die anderen anerkennend. »Des lob ich mir«, sagte der Alte dann. »En echte Schwarzwälder hät au' en rechte' Hunger. Komm, Hermann: Mach ihm no' einer.«

Der Wirt fügte sich.

»Des sind doch alles Perverse in dem Sonne'hof«, murmelte er, als er den Wurstsalat brachte.

»Warum Perverse?«, fragte Riesle interessiert.

»Des weiß doch jeder, dass es do freie Liebe gibt. Dass do jeder mit jedem ...«, meinte der Alte.

»Was?«, entsetzte sich Hummel mit vollem Mund. Fast wäre der zerkaute Wurstsalat auf der karierten Tischdecke gelandet. Er musste Elke doch noch heute Nacht da rausholen.

»Ist das wirklich so?«, fragte Riesle begeistert. Das gab der Geschichte erst den richtigen Kick.

»Na ja«, schwächte der Polizist ab. »Beweise dafür gibt's keine. Aber was mer so hört ...«

»Das werde ich gleich morgen recherchieren«, nahm sich Riesle vor.

»Sollen wir nicht sofort?«, fragte Hummel. »Ich glaube nicht, dass ich noch so lange warten kann.«

Riesle winkte ab. »Vergiss es: Jetzt kommen wir da wohl kaum rein. Morgen früh holen wir deine Elke raus – und hoffen, dass sie einiges zu erzählen hat.«

»Was hört man noch so über die Leute da drinnen?«, pirschte er sich weiter vor.

»Die essen kein Fleisch«, steuerte Hummel mit Blick auf den Wurstsalat nun bei.

»Allein des isch doch scho' krank«, regte sich jetzt der Maler auf. »Kein Fleisch. Des isch doch unnatürlich.«

»Und die Gefahr von Strahlen spielt dort eine große Rolle«, sagte der Pfarrer. »Deshalb gibt es kein Internet und meines Wissens auch kein Fernsehen.«

»Und wahrscheinlich auch kein Handy«, fiel Riesle ein. »Ich

habe da alle möglichen Protestschilder gesehen. Hat die die Sekte angebracht?«

Der Pfarrer schüttelte den Kopf. »Nein, die Sekte ist zwar auch gegen Mobilfunk, aber die Protestplakate sind aus dem Dorf.« Er wiegte den Kopf hin und her. »Die Mobilfunk-Debatte spaltet Großbiberbach und die umliegenden Dörfer.« Nervös nestelte er an seiner Soutane herum. »Die Sekte stößt auf einhellige Ablehnung. Aber der Streit, ob es einen Mobilfunkmasten geben soll, geht quer durch die Familien …«

»Warum denn?«, wollte Riesle wissen.

»Einige im Dorf sind gegen den Mast, weil sie Angst vor der Strahlung haben und fürchten, dass sich das Krebsrisiko erhöht. Und natürlich wegen der Landschaftsverschandelung. Es gibt auch schon eine Bürgerinitiative.«

Er deutete auf den anderen Tisch, wo das Trio die Köpfe zusammengesteckt hatte. »Und getrennte Stammtische. Die Herrschaften da drüben gehören zu den Mobilfunk-Gegnern.«

»Und unterstützen damit des Geschäft vo' der Sekte«, rief der Maler absichtlich laut. Noch wurde darauf von dem Außenseiter-Trio nicht reagiert.

Riesle schüttelte verständnislos den Kopf. »Wenn ich sehe, wie schlecht hier der Empfang ist, ist es doch höchste Eisenbahn für eine Verbesserung. Allein schon wegen der Touristen. Ich würde an keinen Urlaubsort mehr fahren, wo ich nicht über Handy erreichbar wäre.«

Hummel glaubte es ihm aufs Wort.

»Die gesundheitlichen Gefahren sind eben noch nicht ausreichend erforscht«, hielt der Pfarrer vorsichtig dagegen. Er schien sich als Moderator zwischen den verfeindeten Gruppen zu begreifen. Hummel beneidete ihn nicht darum. Bei aller Milde in seinem Gesichtsausdruck machte der Gottesmann auf ihn einen abgekämpften und etwas erschöpften Eindruck.

Am anderen Tisch regte sich nun etwas: »Dass ausg'rechnet Sie, Hochwürde', keine klare Stellung beziehe'! Mir Mensche habet ei'fach nit des Recht dazu, des ganze neumodische Teufelszeug ei'zuführe'. Des zerstört die Schöpfung!«, sagte der Älteste der drei, der seiner Kleidung nach wohl auch Landwirt war.

»Des könntet genauso die Sekteheinis sage«, empörte sich der Maler am Stammtisch. Der Pfarrer schwieg.

Wie ein Sektenvertreter sah der knorrige ältere Mann, der den letzten Vorwurf nun als »blödes G'schwätz« abtat, nicht gerade aus. Ein gestreiftes Hemd älteren Datums und tiefe Furchen im Gesicht, die wohl von einem arbeitsamen Leben stammten.

Eher ein »Kind der Sonne« hätte der neben ihm sitzende Mann mit Vollbart sein können. Er war mittleren Alters und modisch etwa Anfang der 80er-Jahre stehen geblieben. Batikhemd, verwaschene Jeans, Birkenstock-Sandalen.

»Der isch Lehrer in Triberg drübe'«, klärte der Maler am Stammtisch voller Verachtung auf. Lehrer waren hier offenbar ähnlich gut angesehen wie Sektenchefs. »En Zu'zogene«, lautete der weitere Kritikpunkt.

Das Außenseiter-Trio hatte seine Gespräche mittlerweile eingestellt und schaute lauernd zur anderen Gruppe hinüber. Immerhin: bedient wurden die Mobilfunkgegner hier noch.

»Es ist nicht einfach«, seufzte der Pfarrer. »Über Mobilfunkmasten steht eben weder im Alten noch im Neuen Testament etwas.«

»Aber darüber, dass de' Jesus die Händler aus'em Tempel g'jagt hat«, gab der knorrige Bauer zurück. »Geld und de' sogenannte Fortschritt sind nit alles.«

Der Pfarrer seufzte wieder und senkte seine Stimme, während er sich Riesle und Hummel zuwandte. »Ich sollte in diesem Konflikt keine Stellung beziehen. Zumal sowohl der Georg Brändle als auch der Robert Duffner beide regelmäßige Kirchgänger sind. Und der Dr. Duffner ist sogar im Kirchengemeinderat.«

Brändle war der knorrige Bauer, Duffner der Dritte am Widerständler-Tisch, ein unauffälliger Endfünfziger in einem weißen Hemd.

»Haben die Herren Kontakte zu der Sekte?«, fragte Riesle.

Der Pfarrer schüttelte den Kopf. »Ziemlich sicher nicht. Brändle und Duffner allein schon aus religiösen Gründen nicht. Der Brändle ist ...«

»Frömmer als Sie, Herr Pfarrer«, ergänzte der Polizist grinsend.

»... ein sehr gewissenhafter Mann, der sein Christsein absolut ernst nimmt«, sagte der Pfarrer. »Und der Dr. Duffner ist der Arzt hier im Dorf. Dessen Argumente kann man ja nicht einfach so wegwischen.«

»Und was sind die Beweggründe des Lehrers für den Protest?«, fragte Hummel, der sich schon der Optik wegen bereits ein fertiges Urteil über den Berufskollegen gemacht hatte. Solche Lehrer hatte er an seiner Schule nämlich auch. Das waren meist die Typen, die in Freiburg wohnten und morgens und abends je 70 Autokilometer auf sich nahmen, um nur ja nicht in einer kleineren Stadt wie Villingen-Schwenningen wohnen zu müssen, und weil Freiburg ja so aufgeklärt und mediterran war. Da war dann angesichts der schlechten Bahnverbindung der sonst allgegenwärtige Umweltaspekt auf einmal nicht mehr so gravierend.

»Der Herr Pädagoge? Der isch halt gege' alles«, feixte der Wirt. Keiner widersprach – nicht einmal der Pfarrer.

»Erzählen Sie mir doch noch was über diese Sekten-Leute«, versuchte Riesle weiterzubohren.

»Die glaube', sie könnte' fascht jede Krankheit heile'«, mischte sich jetzt der Polizist wieder ein.

»Wie das?«, fragte Riesle.

»Konkret kann ich Ihnen da keine Auskunft geben, aber aus dem Honig werden bestimmte Flüssigkeiten gewonnen, die von Lucidus geweiht und dann als Heiltrunk verabreicht werden. Dieser soll gegen alles Mögliche helfen – angeblich sogar gegen Krebs«, sagte der Pfarrer.

»Na prima«, meinte Riesle ironisch. »Und? Wirkt das Honigzeug?«

Mehrere in der Runde machten eine wegwerfende Handbewegung.

»Zumindest ist es nicht bewiesen«, meinte der Pfarrer. »Auch wenn die Sekte das behauptet.«

»Was wissen Sie denn über diesen Sektenchef?«, fragte Riesle.

»Wenig. Er ist ein durchaus charismatischer Mann – das

muss man ihm lassen«, räumte der Pfarrer ein und fasste sich an die Nasenwurzel. Er war wirklich müde.

»Lucidus war sogar einmal bei mir, weil er der Meinung war, seine Glaubensbrüder und er würden von uns verfolgt.«

»Stimmte das denn?«, fragte Riesle.

»Natürlich nicht«, meinte der Pfarrer. »Ein- oder zweimal haben wohl jugendliche Randalierer an dem Imkerhäuschen herumgeschmiert oder es sogar beschädigt. Es liegt ja außerhalb der Mauern des Sonnenhofs. Und wir als Kirchengemeinde hatten vor einigen Monaten eine Veranstaltung mit dem Sektenbeauftragten über die ›Kinder der Sonne‹. Da waren übrigens nicht nur viele aus dem Dorf, sondern erstmals auch fast alle von der Sekte im Publikum.«

»Wie viele sind das denn?«

»Gut 40 hier auf dem Sonnenhof, glaube ich«, sagte der Pfarrer. »Es gibt aber verschiedene Dependancen – drei oder vier auf der ganzen Welt.«

»Was wissen Sie über Mellitus?«, fragte Riesle weiter. Das Ganze entwickelte sich jetzt fast zu einem Interview mit dem Pfarrer. Die anderen schwiegen. Der Wirt tendierte immer offensichtlicher zum Feierabend.

»Mellitus galt als eines der eher moderaten Sektenmitglieder«, sagte der Pfarrer. »Und als eines der führenden ...«

»Und wer könnte ihn umgebracht haben?«

»Na, einer vo' dene Heinis«, mischte sich der Maler wieder ein.

»Warum?«, fragte Riesle.

»Ja, wer denn sonscht?«

»Ein Mobilfunk-Fan, der endlich Handy-Empfang haben wollte. Vielleicht jemand aus dem Dorf«, provozierte Riesle.

Außer heftigem Widerspruch und dem einen oder anderen Fluch erntete er damit aber nichts.

Die Runde löste sich nun rasch auf, weshalb der Journalist schnell zu dem anderen Tisch hinüberging. Er stellte sich den Mobilfunk-Skeptikern vor. »Haben Sie auch schon von dem Mord in der Sekte gehört?«

Die drei Männer nickten. »Schlimm«, sagte der Lehrer.

»Wie stehen denn Sie zu den ›Kindern der Sonne‹?«, forschte Riesle nach.

Wieder war der Lehrer der Erste: »Ich bin da tolerant«, meinte er.

»Tolerant?«, widersprach Bauer Brändle. »Mer darf nit immer allem gegenüber tolerant sei'. Denket Sie nu' an diese Mobilfunk-Mafia!«

Riesle wurde klar, dass das Trio eine reine Zweckgemeinschaft gegen den drohenden Masten war.

»Wir sind hier schon tolerant, aber das ist kein Grund, alles hinzunehmen«, sagte Dr. Duffner. »Wir wehren uns. Es gibt schließlich verschiedene Studien, nach denen in der Nähe von Mobilfunkmasten die Zahl der Tumorerkrankungen ansteigt. Das Risiko ist viel zu groß, zumal die Langzeitwirkungen noch nicht erforscht sind. Als Arzt muss ich meine Patienten davor schützen.«

»Aber es gibt doch viele andere Studien, die das Gegenteil beweisen«, sagte Riesle. So weit kannte er sich da schon aus.

»Und wer bezahlt die wohl?«, fragte Dr. Duffner, während seine beiden Gesinnungsgenossen nickten.

»Waren Sie eigentlich heute als Arzt am Tatort?«, fragte Riesle, einer spontanen Eingebung folgend.

Duffner nickte.

»Und?«, wollte der Journalist mehr hören, während Hummel allmählich die Augen zufielen. Seine privaten Probleme verhinderten derzeit einen entspannten Schlaf. Außerdem war die mit Burgbacher durchzechte Nacht nicht spurlos an ihm vorübergegangen.

»Ich kann Ihnen nur sagen, dass das Opfer schwere Stichverletzungen aufwies, an deren Folgen es verblutet ist.«

»Ist der Tod sofort eingetreten?«

»Zumindest relativ rasch.«

»Was glauben Sie: muss der Täter ein Mann sein?«, recherchierte Riesle weiter. Der Wirt hatte nun alle Gläser sowie Hummels leeren Wurstsalat-Teller am Stammtisch abgetragen und zeigte demonstrativ auf die Uhr. Lustlos planschte er anschließend mit einem Wischtuch im großen Spülbecken herum.

Der Arzt überlegte. »Da müssten Sie wohl den Kriminaltechniker fragen. Das Mordwerkzeug erscheint mir aber so gefährlich, dass womöglich auch eine Frau infrage käme. Die müsste aber mit äußerster Wucht zugestochen haben.«

»Waren Sie eigentlich vor der Polizei da?«

Duffner nickte. »Ein paar Minuten.«

»Wie viele Leute gehören eigentlich zu Ihrer Mobilfunk-Initiative?«, raffte sich nun Hummel zu Riesles Verdruss noch einmal auf.

»Mehr als 20«, gab der Lehrer Auskunft. »In wenigen Tagen gibt es wieder eine Veranstaltung. Wir müssen aufklären, denn der offizielle Informationsabend der Gemeinde war eine Farce. Dieser Mobilfunk-Berater hat mit falschen Karten gespielt.«

»Allerdings«, stimmte Bauer Brändle zu.

»Er sollte eigentlich objektiv sein und auch die Sorgen der Einwohner ernst nehmen. Aber die kümmern ihn nicht wirklich«, meinte auch Duffner.

»Es würd' mich nit wundere, wenn er von de' Mobilfunk-Mafia bezahlt wär«, sagte Brändle und starrte in sein beinahe leeres Glas.

»Aber die Mehrzahl der Einwohner ist doch für die Anlage, oder?«, fragte Riesle. Sich gegen ordentlichen Handy-Empfang stellen, das konnten seiner Meinung nach nur solche Sektenleute, noch im 19. Jahrhundert lebende Bauern, übervorsichtige Ärzte und grüne Lehrer. Eine prima Mischung.

»Die Leute sind ja auch von diesem sogenannten Experten falsch informiert worden«, meinte der Lehrer. Und der Bauer fügte hinzu: »Die Wahrheit isch doch kei' Frag', in der mer abstimme kann. Ich kann doch au nit abstimme', ob's de' Teufel gibt. Der isch Tatsach' – und danach muss ich mei' Handle ausrichte'.«

»Ich mach jetzt dicht«, knurrte der Wirt.

»Ich kenne alleine sieben oder acht Menschen, die hochgradig elektrosensibel sind«, berichtete Dr. Duffner.

Riesle schaute etwas spöttisch. Hummel war wieder in sich zusammengesunken.

»Dabei handelt es sich übrigens keineswegs um eine psychische Störung«, wehrte der Arzt ab. »Diese Leute sind verzweifelt auf der Suche nach einem Funkloch. Und die müssen ja auch irgendwo leben. Schon jetzt gibt's ja kaum noch Freiräume.«

»Raus jetzt, die Herre' – en schöne' Abend noch.« Das galt dem Skeptiker-Trio, das sich auch binnen kürzester Zeit klaglos davonmachte.

»Kommen Sie zu unserer Info-Veranstaltung?«, fragte der Lehrer zum Abschluss.

Riesle nickte und erhielt ein Flugblatt mit Termin und den Parolen, die sie bereits auf den Schildern entlang den Straßen rund um den Ort gesehen hatten.

Hummel wünschte kurz, dass der Wirt ihnen vielleicht doch den Zugang zur Schlafstatt verweigern würde, aber diesen Gefallen tat er ihm nicht.

Und so zählte Hubertus trotz seiner Müdigkeit die halbe Nacht Tiere. Nicht etwa Schäfchen, sondern die zahlreichen mehr oder weniger großen Insekten im Zimmer, die er im Lichtschein der vor dem alten Holzfenster stehenden Laterne herumschwirren sah. Er war sich fast sicher, dass sich außerdem unter seinem Bett ein Rattenpaar befand.

Riesle schnorchelte derweil auf der anderen Seite des Doppelbetts seelenruhig dem Tag entgegen.

Hummel dachte immer wieder an Carolin – und noch etwas mehr an Elke. Würde sie gut schlafen? Und: Würde sie alleine schlafen?

## 8. Erleuchtung

Als Riesle und Hummel gegen 8 Uhr die »Linde« ohne Frühstück verließen, hatte Hauptkommissar Claas Thomsen gerade die zweite Audienz bei Lucidus. Diesmal bereits als Leiter der »Soko Honig«. Denn zu diesem hatte ihn die Chefin der Polizeidirektion erwartungsgemäß noch in der Nacht bestimmt. Dass Befragungen da eigentlich nicht zu seinen primären Aufgaben zählten, kümmerte ihn nicht. Thomsen hatte nur ein gutes Gefühl, wenn er die wichtigsten Vernehmungen selbst durchführte. Und die gerade anstehende war zweifelsohne eine sehr wichtige. Nun 20 Soko-Kollegen an dem Mordfall kleben zu haben – das nervte ihn. Jeder der 20 war für ihn eine Art Konkurrent. Lieber wäre er den Fall ganz alleine angegangen. Mit maximal einem Kriminaltechniker – zur Untersuchung von Leichen und anderen ekligen Dingen.

Wie Hummel hatte auch Thomsen wenig bis gar nicht geschlafen. Nach der ersten Befragung des Sektenchefs und der Rückkehr in die Polizeidirektion war er erst gegen 3 Uhr morgens nach Hause gekommen, wo er sich endlich seinem Reinigungsritual hatte widmen können. Als er schließlich erschöpft aus der Dusche gekrochen war, hatte sich bereits die Sonne am Villinger Morgenhimmel gezeigt. Auch der »Schwarzwälder Kurier« war schon im Briefkasten gelegen. Er hatte ihn zusammen mit seinen Clomipramin-Tabletten konsumiert: Antidepressiva, die seine Ängste und Phobien eindämmen sollten. Bislang leider vergeblich.

Und Winterhalter? Der brauchte schon aus purer Gewohnheit nicht mehr als vier, fünf Stunden Schlaf. In der vergangenen Nacht waren es allerdings noch weniger gewesen. Er hatte gemeinsam mit den Kollegen den Tatort weiträumig nach weiteren Spuren abgesucht – allerdings ohne Ergebnis, wenn man von weiteren Blutspuren absah.

Bereits um 6 Uhr 30 hatten sie im Rathaus von Großbiberbach eine Einsatzzentrale für die Soko eingerichtet. Beim Bürgermeister war der nächtliche Anruf zunächst zwar nicht gerade auf Begeisterung gestoßen, doch dann hatte er klaglos und ganz aufgeregt höchstpersönlich Amtshilfe geleistet.

Winterhalters Frau hatte heute die Frühschicht im Stall übernommen, wo Hilde, seine Lieblingskuh, trächtig war. Wenigstens kurz hatte er Frau und Kuh noch Mut zugesprochen.

Als er das Thomsen im Auto erzählt hatte, war er – gelinde gesagt – auf kein besonderes Interesse gestoßen. Auch sonst hatte der Chef, wie Winterhalter ihn nun mit einem Schuss Ironie nannte, mal wieder eindrucksvoll seine soziale Inkompetenz unter Beweis gestellt. Er hatte auf seine Fragen entweder gar nicht reagiert oder so getan, als würde er den Dialekt nicht verstehen. Der Höhepunkt war der in angewidertem Ton vorgebrachte Satz »Sie riechen nach Stall« gewesen.

Natürlich tat er das. Na und? Das war eine saubere, ehrliche und notwendige Arbeit – genau wie die Kriminaltechnik.

Thomsen konnte es kaum erwarten, dass sie endlich da waren. Natürlich, weil ihn der Fall reizte, aber vor allem wegen des Geruchs im Wagen. Schon die fünf Minuten vom Rathaus zur Sekte kamen ihm wie eine kleine stinkende Ewigkeit vor. Wie er am frühen Morgen die halbe Stunde von Winterhalters Bauernhof bis ins Rathaus von Großbiberbach ausgehalten hatte, konnte er sich schon gar nicht mehr vorstellen. Nächstes Mal sollte Winterhalter sehen, wer ihn mitnahm. Soko-Leiter Thomsen stand dafür jedenfalls nicht mehr zur Verfügung.

Am Zielort fühlte sich der Norddeutsche wesentlich wohler. Alles war weiß, im großen Park sah man überall Blumen, die Sonne strahlte trotz der frühen Stunde schon mit reichlich Kraft, und der freundliche Glatzkopf, der sie quer durch den Park zu Lucidus' Gemächern brachte, roch besser als Winterhalter.

Auch wenn Thomsen die Motive, die Menschen dazu brachten, einer solchen Sekte beizutreten, völlig fremd waren. Er bemerkte, dass die Leute sich hier wohl zu fühlen schienen. Alle hatten einen entspannten Gesichtsausdruck.

»E' wen'g zu sauber und freundlich das Ganze«, murmelte ihm Winterhalter zu. »Fascht scho' gekünschtelt.«

Thomsen winkte ab.

Dann stutzte er. Eine der im Park meditierenden Frauen in Weiß, an denen sie eben vorbeigelaufen waren, kam ihm bekannt vor. Er versuchte, sie sich ohne dieses wallende Gewand vorzustellen. Eine »Kundin«, mit der er bereits beruflich zu tun gehabt hatte? Eine ehemalige Mitarbeiterin aus Kiel? Vielleicht eine der Sekretärinnen, die es in den Schwarzwald zu dieser Gemeinschaft verschlagen hatte?

Thomsen konnte die Frau einfach nicht zuordnen – und das ärgerte ihn, denn für gewöhnlich verfügte er über ein ausgezeichnetes Gedächtnis. Am liebsten hätte er die Dame sofort genauer unter die Lupe genommen, aber der freundliche Begleiter, der sich ihnen als »Irinus« vorgestellt hatte, schien es eilig zu haben. Natürlich, einen Sektenchef ließ man nicht warten.

Als sie nach etwa 200 Metern das in Richtung Wald gelegene herrschaftliche Gebäude, in dem sie schon in der Nacht mit Lucidus gesprochen hatten, betraten, fielen den Beamten wieder die zahlreichen Statuen ins Auge. Es war schon eindrucksvoll, gleich dem Mann gegenüberzustehen, den die meisten dieser Statuen überlebensgroß zeigten. Als hätte man ein Date mit Buddha persönlich, auch wenn Lucidus nur etwa die Hälfte wog.

An der gewölbten weißen Decke prangte die Sonne in verschiedenen Variationen, die ihnen »das Licht der Erkenntnis anbot«, wie Irinus erklärte.

Es war sehr still in dem dreistöckigen Haus, das im Gegensatz zu den anderen auf dem Anwesen kein ursprüngliches Schwarzwaldhaus war. Darin residierten die führenden »Kinder der Sonne«. Marmor spielte hier eine wichtige Rolle. Die Schritte der Besucher hallten im Treppenhaus. Irinus trug weiße Mokassins, die kaum Lärm machten.

Winterhalters Schuhe hinterließen gelegentlich Erd- und Strohspuren aus seinem Stall. Thomsen runzelte missbilligend die Stirn und kam am Ende der Treppe zu einem harten Urteil: sein Kollege war ein Bauerntrampel ohne Sinn für Stil, Ästhetik und Reinlichkeit. Es war sowieso immer wieder verblüffend, dass so jemand ein doch recht sorgfältiger Ermittler und Kriminaltechniker sein konnte.

Die Beamten wurden in ein großes Zimmer im ersten Stock

geführt. Auf dem Tisch lag die sekteneigene Zeitung, die »Gnade des Lichts« hieß, wie sie mit einem Blick auf die Titelseite erkennen konnten. An der Wand standen lateinische Sinnsprüche geschrieben.

Nach wenigen Minuten betrat Lucidus in Begleitung dreier Anhänger das Zimmer. Er war etwa 1,85 Meter groß, hatte dichtes, schwarzgelocktes Haar, das weich auf seine Schultern fiel, und trug eine randlose Brille. Auch er war ganz in Weiß gekleidet. Der einzige Unterschied zu seinen Jüngern: er trug mehr bunte Ketten.

Lucidus sprach mit weicher, verbindlicher Stimme.

Besonders fasziniert war Thomsen von seinen Augen, die von einem sehr klaren Blau waren und einen schon fast bohrend fixierten.

Gefärbte Kontaktlinsen, vermutete Winterhalter und schaltete das Diktiergerät ein.

»Sind die Herren Kommissare in ihren Ermittlungen schon weitergekommen?«, fragte Lucidus freundlich.

Thomsen nickte. Winterhalter schaute unschlüssig.

»Ich bin sicher, dass ich mit meiner Bitte um Diskretion bei Ihnen auf offene Ohren gestoßen bin«, fuhr Lucidus fort.

Sie saßen jetzt in weichen weißen Stühlen, und eine aparte junge Frau im hier üblichen weißen Gewand brachte Tee. Die drei Jünger zogen sich zurück.

»Für uns ist die Ruhe, die Entspannung wichtig«, betonte der Sektenchef. »Wir brauchen die Segnungen der Information und Technik von draußen nicht. Wir meditieren, bereiten uns vor ...«

»Auf de' Weltuntergang?«, entfuhr es Winterhalter, der beschlossen hatte, Lucidus nicht zu mögen.

»Ich würde mich sehr freuen, wenn wir auch darüber bald einmal miteinander reden könnten«, sagte der höflich und wandte sich wieder an Thomsen. »Herr Kommissar, es ist mein dringlichster Wunsch, dass Sie dieses Geschehen baldmöglichst klären können.« Er fixierte ihn durch seine randlosen Brillengläser mit seinen tiefblauen Augen.

Winterhalter war überzeugt davon, dass Lucidus seine Macht über die Sektenmitglieder schonungslos ausnützte.

»Uns ›Kindern der Sonne‹ hat der Täter nicht nur einen unserer Liebsten genommen, er hat auch sich selbst in seiner Entwicklung weit zurückgeworfen. Das Karma …«

»Ja, ja, schon«, mischte sich Winterhalter ein, »aber wir hier in der REALEN Welt …«

»Herr Kommissar«, wandte sich Lucidus ungerührt weiter an Thomsen. »Sie sprachen von einer Spur …«

»Wir haben möglicherweise die DNA des Mörders«, sagte der Hauptkommissar. »Sie wissen, was eine DNA ist?«

Lucidus lächelte, nahm seine Brille ab und nickte.

»Herr Kommissar«, sagte er dann mit seiner weichen Stimme. »Ich sorge dafür, dass jedes Kind der Sonne seine DNA-Probe bei Ihnen abgibt – auch wenn ich sicher bin, dass keines davon sich schuldig gemacht hat. Und wissen Sie, warum ich das weiß?«

Thomsen schaute ihn fragend an. Winterhalter reagierte gar nicht.

»Weil ich es meinen Kindern ansehen würde. Heute Morgen beim Sankirtan …«

»Wer ist das?«, fragte Thomsen, der endlich etwas in sein Notizbuch schreiben wollte.

»Das ist keine Person, sondern das gemeinsame Singen von Sanskrit-Mantras«, erläuterte Lucidus geduldig. »Wir loben das Göttliche. Dieser Teil unserer Spiritualität stammt aus dem Hinduismus. Wir haben keine Berührungsängste – und sind davon überzeugt, dass in diesem neuen Zeitalter eine große, universelle Spiritualität geboren wird.«

Winterhalter wurde allmählich unruhig.

»Spätestens beim Sankirtan also wäre mir das aufgefallen. Derjenige wäre verändert gewesen. Aber es war niemand verändert, abgesehen von Sanus – unserem jungen Bruder, der gestern die sterbliche Hülle von Mellitus gefunden hat.«

»Dann könnte dieser Sanus …?«, wollte Thomsen wissen.

»Sanus war nicht verändert, weil er schuldig geworden wäre, sondern weil er erstmals einen Menschen in diesem Zustand gesehen hat. Sanus ist frei von jeder Schuld. Ich habe ihn um Stillschweigen über die Ereignisse gebeten, noch bevor ich Sie gestern anrief.«

»Waren denn alle ›Kinder der Sonne‹ heute Morgen bei diesem Singen?«, fragte Thomsen weiter.

Lucidus nickte etwas selbstgerecht.

»Herr ... Lucidus: Wie viele Mitglieder hat Ihr Orden derzeit?«

»Insgesamt 150.«

Thomsen erschrak. »150 Leute hier auf dem Sonnenhof?« Da würden sie mit dem DNA-Vergleichstest aber ordentlich zu tun haben. Inklusive bürokratischer Schwierigkeiten.

»Nein«, beruhigte Lucidus. »Weltweit. Hier sind wir 42 – und drei Novizen.« Er rieb sich mit Daumen und Zeigefinger der rechten Hand die Nasenwurzel und setzte nach einer kurzen Pause die Brille wieder auf. »Entschuldigen Sie: 41. Ich zähle Mellitus mit, aber Sie meinen sicher Körper, nicht Seelen.«

»Genau«, sagte nun Winterhalter, der sich bemühte, die Sanftmut von Lucidus zu ironisieren. »Nur d' Körper, nit die Seele. Mir zählet immer nur d' Körper.« Gott, ging ihm dieser aufgeblasene Wichtigtuer auf den Geist.

Thomsen wunderte sich über Winterhalters Unprofessionalität. Da hatten sie doch wahrlich schon mit unangenehmeren Typen zu tun gehabt. Und mit ungewascheneren.

»Ich verspreche Ihnen, dass Sie eine Liste mit sämtlichen Mitbrüdern und -schwestern erhalten – und die dazugehörigen DNA-Proben bekommen Sie auch. Ich darf Sie im Gegenzug nochmals um Diskretion gegenüber meinen Sonnenkindern bitten.«

Thomsen überlegte. Konnte er das vor der Polizeichefin vertreten? Welches Risiko bestand? Freiwillige DNA-Vergleichsproben konnte man sehr schnell nehmen – und das war wichtig. Er würde das nachher bei der Soko-Sitzung den Kollegen erklären. Erhärteten sich in ein paar Tagen Verdachtsmomente gegen ein Sektenmitglied, wäre der Mord ohnehin nicht mehr geheimzuhalten. Bis dahin – warum nicht? Wahrscheinlich erleichterte es auch die Ermittlungen, wenn nicht jedes Sonnenkind Bescheid wusste. »Gut, vorläufig«, sagte er dann. »Es dürfte also in Ihrem wie in meinem Interesse sein, dass die Mitglieder Ihrer Gemeinschaft vorläufig möglichst hier zusammenbleiben.«

Lucidus nickte.

»Hielten sich denn zur Tatzeit Gäste auf Ihrem Anwesen auf? Vielleicht Angehörige, die zu Besuch waren?«, fragte Thomsen. »Oder haben Sie Angestellte, die nicht zu den ›Kindern der Sonne‹ gehören?«

Lucidus strich mit den Fingerspitzen über die farbigen Halsketten. »Wir haben natürlich immer Gäste – alleine schon wegen unseres berühmten Honigs und unseres Restaurants. Und es gibt immer mehr Menschen, die in unserem Laden etwas kaufen – und dort Genaueres über unsere Lehre und unseren spirituellen Weg erfahren möchten ...«

Winterhalter winkte ab. Geschenkt.

»Außerdem haben wir derzeit zwei potenzielle neue Schwestern, die vielleicht bald Novizinnen werden wollen«, lächelte Lucidus. »Sie sind noch Sonnenkinder auf Zeit und wohnen bei uns. Externe Angestellte gibt es nicht: Wir sind völlig autark.«

»41 plus drei Novizen plus zwei zur Probe, macht 46«, rechnete Winterhalter aus. »46 Körper, die wir überprüfen sollten.«

»Was werden Sie denn Ihren Mitgliedern sagen, warum wir die Proben brauchen?«, überging Thomsen die kleine Spitze. »Und warum so ein großer Medienauflauf herrscht? Denn das dürfte man auch innerhalb dieser Mauern mitbekommen.«

Mit den Medien wollte sich Thomsen generell nicht abgeben. Es genügte ihm, wenn er den Fall gelöst hatte. Für sich. Dann hatte er im Duell mit dem Mörder gesiegt. Was andere Menschen von ihm dachten, war ihm weniger wichtig. Zumindest solange er sich nicht in der Nähe einer Leiche übergeben musste ...

»Darum kümmere ich mich«, sagte Lucidus. Seine Stimme blieb immer gleich sanft. Thomsen war fasziniert zu sehen, wie sehr dieser Mann tatsächlich in sich zu ruhen schien.

»Ich würde unser Restaurant ›Ahimsa‹ gerne für ein paar Tage schließen«, schlug der Sektenchef vor. »Wenn Sie einverstanden sind, möchte ich unseren Informations- und Lebensmittelladen aber geöffnet lassen. Ihn führen zwei langjährige Schwestern, die ich in die tragischen Ereignisse einweihen werde. Wir sollten all den Suchenden weiterhin die Möglichkeit geben, sich über unseren Orden zu informieren.«

Würde dieser Lucidus das durch den Mord erzeugte Aufsehen zur Rekrutierung neuer Mitglieder nutzen? Winterhalter überlegte sich das. Und war es wirklich denkbar, dass er deshalb ein Verbrechen inszenierte? Nur um Medienresonanz zu erzielen? Wohl kaum. Schließlich würde der Mord trotz aller Abschottung irgendwann zu sämtlichen »Kindern der Sonne« durchsickern und vermutlich für erhebliche Unruhe sorgen.

»Werden Sie denn auch die Leute aus dem Dorf mittels DNA-Abgleich überprüfen?«, fragte Lucidus jetzt.

»Haben Sie einen bestimmten Verdacht?«, mischte sich Winterhalter ein.

»Wie ich Ihnen schon letzte Nacht sagte: Wir verdächtigen niemanden. Und wir wissen, dass die Feindseligkeit, die der eine oder andere uns entgegenbringt, diesem selbst schadet, nicht uns. Negative Gedanken greifen vor allem das eigene Karma an.«

»Aber es ist doch wohl klar, dass Sie im Dorf nicht gerade wohl gelitten sind«, meinte Winterhalter.

»Sehen Sie, Herr Kommissar, die einen mögen uns nicht, weil wir unsere eigenen spirituellen Wege gehen. Die anderen, weil wir in unserem Leben so klar und konsequent zu sein versuchen wie die Sonne. Ein Beispiel: Wir wehren uns dagegen, dass hier in der Nähe ein Mobilfunkmast gebaut wird. Völlig friedlich, versteht sich. Wir sind nämlich unter anderem hierhergezogen, weil dieses so ursprüngliche Fleckchen Erde in einem Funkloch liegt. Stellen Sie sich vor ...«

»Schon klar. Wenn es hier Handy-Empfang gäbe, hätten Ihre Mitglieder natürlich auch mehr Freiheiten und Sie weniger Kontrolle«, wurde Winterhalter wieder angriffslustiger.

Lucidus blieb mild gestimmt. »Unsere Brüder und Schwestern genießen die höchste Freiheit, die es gibt: sie wissen sich von der Göttlichkeit der Sonne beschützt.«

Winterhalters übermüdete Augen blitzten aggressiv.

»Was das Funkloch betrifft: diese neumodischen, aus kommerziellen Gründen erzeugten Strahlen machen krank«, dozierte Lucidus. »Denken Sie an Radioaktivität, denken Sie an Krebs. Wir sind es dem Schöpfergeist und uns selbst schuldig, dass wir im Einklang mit uns und der Natur leben ...«

»Und natürlich sind Sie auch Vegetarier«, mutmaßte Winterhalter.

Lucidus nickte. »Natürlich, Herr Kommissar.«

Thomsen erinnerte sich an den Matjes vom Vorabend. Seine Leibspeise.

»Aber nicht nur aus ethischen Gründen«, fuhr Lucidus mit seiner samtenen Stimme fort. »Die meisten Tiere werden in den Mästereien so gequält, dass ihr Adrenalinspiegel ansteigt. Wenn jemand Fleisch isst, nimmt er ein Übermaß solchen Adrenalins zu sich. Deshalb haben Fleischfresser auch oft ein so aggressives Wesen.«

In Winterhalters Fall stimmte dies für den Moment ohne Zweifel. »Bei mir wird überhaupt nix g'mäschtet. Und was des Fleischesse' betrifft: de' Hitler war auch en Vegetarier.«

»Es reicht, Winterhalter!«, rief Thomsen seinen Kollegen zur Ordnung und räusperte sich dann. »Hatte der Ermordete noch Kontakt zu seiner Familie?«, fragte er weiter.

»Wir sind seine Familie«, sagte Lucidus und lächelte wieder. »Aus seiner alten Welt gab es meines Wissens einen Vater, der ihn verstoßen hat, und eine Mutter, die früh starb. Ob er Geschwister hatte, weiß ich nicht. Von Kontakten ist mir nichts bekannt.« Diesmal schaute er Winterhalter durchdringend an: »Das Leben bei den ›Kindern der Sonne‹ war seine Erfüllung.«

Thomsen schrieb mit.

»Ich sagte Ihnen vergangene Nacht schon, dass Mellitus auf seinem spirituellen Weg bereits sehr weit vorangekommen war. Schon rein wirtschaftlich gesehen ist sein Abschied ein Schlag für uns. Er war der Experte für den Honig – und er war ein Meister darin. Wir vermissen ihn sehr – in jeder Hinsicht, auch wenn er immer bei uns bleiben wird.«

Thomsen machte sich pflichtschuldig wieder ein paar Notizen. Aus der linken Tasche zog er dann vorsichtig die in Klarsichthülle befindliche Karte mit dem bärtigen Mann und dem Bienenstock: »Ist diese Karte hier aus dem Besitz der ›Kinder der Sonne‹?«

Lucidus sah sie sich genau an: »Nein. Zweifelsohne war der heilige Ambrosius in gewisser Hinsicht ebenfalls ein Gesegneter. Alle Religionen haben wunderbare Menschen, die erleuchtet wurden. Aber diese Karte stammt nicht aus unseren Beständen.«

»Kennen Sie diese Schrift?«, erkundigte sich Thomsen und drehte die Karte um.

Lucidus beugte sich noch weiter nach vorne und studierte die krakeligen Worte. »Nein«, sagte er dann wieder. »Wo befand sich diese Karte?«

»Am Tatort«, sagte Thomsen etwas unpräzise.

»War Herr Mellitus gelernter Imker?«, fragte Winterhalter, der sich nun wieder im Griff hatte. »Ausbildung zum Tierwirt, Fachrichtung Imkerei – oder was es da gibt?«

»Er hatte schon einige Imkerlehrgänge belegt, bevor er zu uns kam«, meinte Lucidus. »Noch wichtiger für den Erfolg waren aber seine Intuition und seine Sensibilität im Umgang mit diesen wunderbaren Geschöpfen.«

»Er hat also früher schon mit Bienen zu tun gehabt?«, insistierte der Kriminaltechniker.

»Hummel!«, entfuhr es Thomsen.

Winterhalter schaute ihn fragend an. »Nein, Kollege – des waret eindeutig Biene. Hummle sind kräftiger.«

Zum ersten Mal an diesem Morgen strahlte Thomsen. »Nein, Winterhalter, Sie sagten irgendetwas von Bienen. Und so kam ich auf Hummel – Elke Hummel! Das ist die Frau, die ich draußen im Park gesehen habe. Letztes Jahr habe ich sie kennengelernt.«

Thomsen war sehr erleichtert. Sein Gedächtnis hatte ihn doch nicht im Stich gelassen, sondern lediglich etwas mehr Zeit benötigt. Aber was machte die Frau dieses Hobby-Schnüfflers bei den »Kindern der Sonne«?

»Ist eine Elke Hummel Mitglied bei Ihnen?«, fragte er nun.

Der Erleuchtete überlegte kurz. »Wie ich Ihnen schon sagte, nehmen unsere Brüder und Schwestern neue Namen an, wenn sie ihr altes Leben zurücklassen. Aber es ist vor wenigen Tagen ein neues ›Sonnenkind auf Zeit‹ zu uns gestoßen. Von diesem weiß ich, dass es zuvor Elke hieß. Nun heißt sie Fiducia – was ja Vertrauen oder Zuversicht bedeutet. Ich freue mich über sie.«

Thomsen wusste nicht, was er davon halten sollte. Hatte dieser Hummel, der ihn gestern Abend auch wieder belästigt hatte, es geschafft, seine Frau hier einzuschleusen? Und das schon vor dem Mord?

Von Fiducia würde er nach Möglichkeit persönlich die DNA-Probe nehmen. Und von Hummel sowie diesem aufdringlichen Riesle auch. Wenn das mit dem Speichel nur nicht so eklig wäre …

»Sagen Sie mal«, wollte Winterhalter noch wissen, »warum tragen Sie denn eigentlich alle Weiß?« Als Landwirt war ihm das völlig fremd. »Das ist doch ganz und gar unpraktisch. Da sieht man ja jeden Schmutzfleck.«

Thomsen sah ihn stirnrunzelnd an und meinte: »Also, mir gefällt es.«

»Vielen Dank, Herr Kommissar«, lächelte Lucidus wieder. »Es hat allerdings nicht mit Mode zu tun. Weiß hält Schamanah ab.«

»Wen?« Nun war auch Thomsen verblüfft.

»Schamanah – den Strahl Luzifers.«

Die beiden Beamten verabschiedeten sich.

»En' fürchterliche' Typ«, brach es aus Winterhalter heraus, während sie von Irinus wieder durch den Park zurück zum Eingangsbereich an der Straße gebracht wurden. Weitere Sektenmitglieder waren nicht zu sehen, dafür nun umso mehr Presseleute. Die Sonne stand schon recht hoch am Himmel. Es würde ein sehr heißer Tag werden. 28, vielleicht sogar 30 Grad. Selbst hier, auf 850 Metern über Meereshöhe.

Thomsen schaute streng: »Wir werden die im Zuge der Reihenuntersuchung alle überprüfen. Auch ihn, keine Sorge. Organisieren Sie jetzt mal eine Liste aller ›Kinder der Sonne‹ – mit Sekten- und bürgerlichem Namen. Und kümmern Sie sich um die Pressemeute.«

»Sollen wir wirklich alle Sektenmitglieder – männlich wie weiblich – speicheln lassen? Ich meine: Wenn wir auf die Auswertung des möglichen Täterblutes warten, dann wüssten wir immerhin schon, ob der Mörder ein Mann oder eine Frau war«, gab Winterhalter zu bedenken.

»Wir haben keine Zeit zu verlieren. Wenn sie es schon mal

freiwillig machen, dann überprüfen wir sie alle auf einmal. Und damit fertig.«

Winterhalter lief wortlos zurück in Richtung Eingangsbereich.

Derweil beschloss Thomsen, sich erst einmal in die Hintergründe der Sekte einzulesen. Drei Broschüren hatte er schon – und der Rest ließ sich sicher im Internet recherchieren.

Am besten fuhr er ins Rathaus zurück, während Winterhalter noch vor Ort zu tun hatte. Eine weitere gemeinsame Fahrt im Dienstwagen hielte er bestimmt nicht aus, solange der Kollege ungeduscht war.

## 9. Der Ö

Winterhalter hatte ordentlich damit zu tun, dem für die Öffentlichkeitsarbeit zuständigen Kollegen in seinem aussichtslosen Kampf gegen die Journalisten zu helfen. Denn der stand im wahrsten Sinne des Wortes mit dem Rücken zur Wand. Gegen die Mauer gelehnt, die das Gebäude von der Außenwelt trennte, war er der Pressemeute quasi schutzlos ausgeliefert.

»Mensch, Ö«, bollerte ein wuseliger Fotograf los. »Die komischen Vögel wollen uns nicht auf ihr Grundstück lassen. Dabei ist das doch Werbung für die!«

Andere fragten die absonderlichsten Dinge, schimpften über den fehlenden Handyempfang, wollten den bürgerlichen Namen des Opfers erfahren. War es verheiratet gewesen? Hatte es Kinder? Lebten die Eltern noch?

»Das ist doch keine Pressemitteilung – das ist ein Witz«, grollte der Mann vom SWR und schwenkte ein Papier, das der »Ö« an die Presseleute verteilt hatte. »Wir müssen ja schon froh sein, dass wir das Bundesland erfahren, in dem der Mord passiert ist!«

»Jetzt isch mal gut, die Herrschafte'«, mischte sich Winterhalter ein. »Hier kommt keiner rein. Und Sie müsse' auch nicht darauf warte'. Hier kommt nämlich heute auch keiner mehr raus. Lasset Sie uns unsere Arbeit mache'. Wir informiere' Sie, sobald es was Neues gibt. Wir stehe' noch ganz am Anfang der …«

»Finger weg!«, wurde er von einer lauten Stimme unterbrochen. Genervt drehte er sich in Richtung des Schreis um. Für einige dieser Journalisten musste man sich einfach nur schämen – sogar vor diesen Sekten-Leuten.

Doch der tobende Mann war gar kein Journalist. Er trug einen schwarzen und einen braunen Schuh sowie Bermuda-Shorts. Hubertus Hummel war von Irinus an der Eingangspforte aufgehalten worden.

Hummel hatte es als seine Pflicht angesehen, auf direktem Weg zu seiner Frau zu kommen. Wegen des Mordes und wegen der freien Liebe, die ja angeblich in der Sekte praktiziert wurde. Die ganze Nacht über hatten sich bei ihm Aktionismus, Angst und Schlaflosigkeit zu einem unschönen Cocktail gemixt. Zwischendrin hatte sich immer wieder Wut hinzugesellt. Es war wirklich typisch Elke, hier zu landen. Konnte sie denn nicht einfach mal ganz normal leben?

»Aha, Liebe und Frieden sind hier also das Motto?«, echauffierte sich Hummel in Richtung Polizei. »Aber dieser Sektentyp hat mich gerade angegriffen.«

Riesle überlegte, ob er das Chaos nutzen und einfach durch das nun halboffene weiße Tor huschen sollte. Er sah weiter drinnen beim Hauptgebäude aber mindestens zwei weitere wachsame Weißgekleidete stehen. Drei Polizisten waren nun zusätzlich damit beschäftigt, das Sektenanwesen zu sichern.

»Was gibt's denn Neues?«, fragte Riesle Winterhalter, nachdem sich Hummel wieder einigermaßen beruhigt und sein Hemd in die Bermudas zurückgesteckt hatte. Jetzt war ihm sein Auftritt eher unangenehm.

Der Ö reichte Riesle eine Kopie der Pressemitteilung, die er am Morgen verfasst hatte. »Ist mir doch schon alles bekannt«, winkte der Journalist lässig ab. »Neuigkeiten möchte ich erfahren.«

»Jetzt machen wir das Spiel mal umgekehrt«, meldete sich Winterhalter und zeigte auf Hummel. »Nun will ich mal was wissen. Herr Hummel, kann es sein, dass sich Ihre Frau da drin« – er zeigte hinter sich in Richtung Mauer, »befindet? Und wenn ja« – er hielt kurz inne, weil er via Zwei-Meter-Funkkanal eine interne Mitteilung erhielt –, »was macht die denn da?«

Hummel fuhr sich nervös über die Haare. Wahrscheinlich hatte die Polizei noch in der Nacht alle Sektenleute einzeln verhört.

Was sollte er nun Winterhalter sagen? Dass seine Ehe auf tönernen Füßen stand? Dass er indirekt selbst für Elkes Flucht hierher verantwortlich war?

Immerhin bedeuteten die Worte des Polizisten aber auch, dass Elke wohlauf war – andernfalls hätte das Winterhalter sicher erwähnt.

Hummel schwieg weiter. Dafür bohrte nun Riesle. »Sie haben

sie also gesehen? Wie geht es ihr? Sie will doch jetzt nach dem Mord sicher da raus, oder?«

»Wie lange ist sie denn schon drin?«, fragte Winterhalter zurück.

»Fünf Tage«, sagte Hummel. Und fügte unsicher hinzu: »Sie wollte mal ausspannen ...«

Winterhalter schaute spöttisch: »Bei denen? Bei diesem Lucidus? Na, das klappt ja prima. Da sollte sie lieber mal Urlaub auf meinem Bauernhof machen.«

Dann fasste er sich aber wieder: »Wir haben Ihre Frau nur kurz beim Meditieren gesehen. Aber ich kann Sie beruhigen: sie weiß noch gar nichts von dem Mord. Außer drei, vier Sektenleuten soll da vorerst keiner eingeweiht werden. Der Herr Lucidus möchte nicht, dass sich die Herrschaften beunruhigen ...«

»Aha«, machte Hummel.

»Übrigens«, fuhr Winterhalter fort, »die Sektenkleidung steht Ihrer Frau sehr gut.«

Noch ein Tiefschlag. Jetzt war Hummel endgültig bedient. Er schwieg.

Wie immer mit Glatze, wie immer im Anzug – der Kollege von der Deutschen Presse-Agentur. »Gibt's denn nun noch irgendetwas Neues?«

Winterhalter nickte. »Grad kam was über Funk. Der Herr Sektenchef Lucidus gibt um 13.30 Uhr eine Pressekonferenz. Hier, vor de' Tore' des Sonnenhofs.«

»Wenigstens etwas«, knurrte jetzt der SWR-Mann. »Und Sie« – er deutete auf Winterhalter – »kommen mal mit. Ich brauche einen O-Ton. Bitte klar und deutlich sprechen. Und möglichst ohne Ihren üblichen Dialekt – die Geschichte läuft nämlich bundesweit.«

Winterhalter ergab sich grummelnd in sein Schicksal.

## 10. Elkes neue Freundin

»Was mich am meisten fasziniert«, sagte Elke, »sind seine blauen Augen. Sie erscheinen mir wie Ozeane der Weisheit.«

Ihre Gesprächspartnerin nickte. Sie befanden sich in einem blumengeschmückten Saal, einer Art Aufenthaltsraum, an der Ostseite des Sonnenhof-Parks. Wie in alle Räume konnte auch in diesen dank des Glasdachs das Sonnenlicht hineinfluten. Sofern sie strahlte, sollte sich jedes »Kind der Sonne« an ihr erfreuen können, auch wenn man sich in geschlossenen Räumen aufhielt. Das Beste aus der Tradition mit neuen Erkenntnissen in harmonischen Einklang bringen, so lautete das Motto der Sekte in architektonischer wie theologischer Hinsicht.

»Er hat eine Ausstrahlung, wie sie kein normaler Mensch haben kann. Schon bei der ersten persönlichen Begegnung war mir das bewusst.« Die Frau war gut zehn Jahre jünger als Elke, aber ebenso zierlich. Sie hatte pechschwarzes Haar, das lang und wallend auf ihr weites Kleid und die bunten Ketten fiel.

»Ich fühle mich sehr zu ihm hingezogen – selbstverständlich mehr als Meister denn als Mann, also auf einer spirituellen Ebene.«

Das Gespräch drehte sich natürlich um Lucidus. Schon Brindurs Art hatte Elke sehr gefallen. Nachdem sie nun aber erstmals dem Erleuchteten vorgestellt worden war, hatte sie gewusst, dass sie hier richtig war. Er war charismatisch, feinfühlig, sensibel. Und ziemlich anders als Hubertus.

Wichtig war Elke, dass hier tatsächlich all die Wege, die sie in religiöser Hinsicht in den letzten Jahren gegangen war, in einen einzigen zu münden schienen. Die Anbetung der Natur, der Sonne. Einflüsse antiker Religionen, ostasiatischer Philosophien und auch christliche Elemente. Was die etablierten Religionen aus Machtgier und einseitiger Exegese versäumt hatten, wurde allem Anschein nach hier im tiefsten Schwarzwald praktiziert. Liebe, Frieden und eine vielversprechende Zukunft – zumindest für die, die sich bis zur Endzeit entsprechend weiterentwickelt hatten.

»Andromeda, warst du früher auch einmal probehalber hier – so wie ich jetzt?«, fragte Elke.

Die Angesprochene nickte. »Ja, es gefiel mir gleich sehr gut. Aber ich hatte noch mein bürgerliches Leben, war seit einem Jahr Lehrerin, hatte eine Beziehung, und mein Freund war nicht eben erbaut von der Vorstellung, ich könnte ein ›Kind der Sonne‹ werden.«

»Also bist du zurück in dein altes Leben?«, fragte Elke. Sie spielte nachdenklich mit ihrer Halskette.

»Ja«, nickte Andromeda. »Erst später wurde mir klar, dass Lucidus mein einziger Weg sein kann. Manchmal braucht es einiges, um zu einer solchen Erkenntnis zu kommen.«

Elke stimmte zu. »Das ist bei mir ähnlich. Ich fühle mich hier sehr wohl, weil ich mit meinem ganzen Wesen ernst genommen werde. Hier gibt es keine Unterschiede zwischen Männern und Frauen, keine Machtkämpfe. Es ist für mich eine Zeit der Prüfung. Kann ich mir ein solches Leben auf Dauer vorstellen?« Sie unterbrach sich. »Aber ich rede zu viel. Hast du nicht Dienst im Restaurant?«

Andromeda schüttelte den Kopf: »Nein, meine Liebe, rede nur weiter. Das interessiert mich sehr. Das ›Ahimsa‹ ist heute geschlossen. Vielleicht wird Inventur gemacht. Lucidus wird uns sicherlich nachher darüber aufklären. Du sprachst von einer Zeit der Prüfung ...«

»Ja. Ich könnte mir tatsächlich vorstellen, hier länger zu bleiben. Ich hatte mir zunächst vorgenommen, für einige Tage in unser kleines Wochenendhäuschen zu fahren, um dort in Ruhe zu meditieren. Aber Spiritualität funktioniert nicht immer nur allein, mitunter braucht man die Gemeinschaft. Ich bin inzwischen sehr froh, dass ich hierhergeführt wurde. Meine Seele bedeutet mir, dass ich angekommen bin. Ich möchte aber noch etwas in mich gehen, möchte noch lesen, fühlen – und erst dann entscheiden ...«

»Auch du hast einen Mann?«, fragte Andromeda.

»Hast du das nur vermutet, oder sieht man es mir an?«

»Ich habe gestern kurz gesehen, wie du dich mit einer jungen Frau unterhalten hast. Und ein kleines Kind war auch dabei.«

Elke lächelte. Maximilian war möglicherweise einer der

Gründe, weshalb sie noch nicht ganz mit ihrem bisherigen Leben abschließen wollte. Würde sie das aushalten, ihn nur noch sehr selten zu sehen? Und wie waren eigentlich die Besuchszeiten hier? Für gestern hatte man den Besuch genehmigt, auch wenn sie eigentlich in ihrem eigenen Interesse nicht allzu sehr von auswärtigen Einflüssen abgelenkt werden sollte. Sie würde sich erkundigen müssen.

»Ja«, sagte sie dann. »Das waren meine Tochter Martina und mein Enkel Maxi. Mein Mann hingegen ...«

»War gestern auch hier«, sagte Andromeda.

Elke war baff. »Wie bitte?«

»Er hat im ›Ahimsa‹ gegessen. Ich habe ihn bedient und kurz mit ihm geredet. Er hat nach dir gefragt ...«

Elke wusste nicht, worüber sie mehr verblüfft sein sollte. Darüber, dass Hubertus offenbar trotz ihrer klaren Absprache mit Martina genau wusste, wo sie sich aufhielt – und dann wohl auch noch versucht hatte, an sie heranzukommen. Oder darüber, dass er in einem vegetarischen Rohkost-Restaurant gegessen hatte ...

»Was empfindest du für ihn?«, fragte Andromeda nun.

Elke dachte lange nach. »Ich mag Hubertus wirklich«, sagte sie schließlich. »Aber unsere Ehe befindet sich möglicherweise gerade in Auflösung. Vielleicht ist auch das ein Zeichen, dass ich hierher gehöre ...«

»Hängst du noch an ihm?«

»Seit ich hier bin, habe ich eigentlich mehr denn je den Eindruck, dass er meiner Entwicklung im Weg steht ... Und mein Karma hat ohne ihn innerhalb der letzten Tage große Fortschritte gemacht. Das spüre ich ganz genau.«

Über die »Kinder der Sonne« hatte sie bereits früher einiges gelesen – wie über so viele andere Gruppen auch. Den eigentlichen Kontakt hatten Pergel-Bülows hergestellt. Sie hatten bei Brindur vor einigen Jahren ein Eheseminar besucht – damals, als er der Gemeinschaft noch nicht angehört hatte. »Er hat uns die Augen geöffnet«, hatte Regine geschwärmt. »Gemeinsam ganzheitlich den Seelenweg gehen«, hatte das Seminar geheißen. Danach war der Kontakt zu Gerhard, der jetzt Brindur hieß, nie mehr abgerissen.

Ein Eheseminar, dachte Elke. Hubertus hätte sich vermutlich lieber entleibt, als an so etwas teilzunehmen. Regine hatte mit Klaus-Dieter wirklich Glück gehabt. Eine echte Seelenverwandtschaft!

Und wenn es eine solche für sie in der Welt da draußen nicht gab, dann vielleicht hier. Zu Brindur vielleicht, aber auch zu Andromeda, die sie immer mehr mochte.

»Jetzt bist du also Novizin«, sagte Elke. »Hast du nie gezweifelt?«

»Natürlich lässt man nicht jeden Tag gleich viel Sonne in sein Herz und in seine Seele«, sagte Andromeda ehrlich. »Aber ich bin mehr denn je davon überzeugt, dass Lucidus mir Heil bringt. Meinem Leib und meiner Seele.«

Dann war es Zeit für die Mittags-Anbetung.

## 11. Soko »Honig«

Thomsen sehnte sich nach seinem Büro in Villingen zurück. Dort wäre er jetzt vermutlich richtig schön einsam gewesen. Hier dagegen in der provisorischen Soko-Einsatzzentrale ging es zu wie in einem Taubenschlag. Das Rathaus von Großbiberbach war eben einfach zu klein.

Im Sitzungssaal drängten sich die Beamten. Telefone, Computer, Faxe, Ausdrucke, Karten an der Wand.

Nach zehn Minuten kam auch Kollege Winterhalter schon wieder zur Tür herein.

In der Hand hatte er die Liste der Sektenmitglieder, die er im Sonnenhof organisiert hatte. Vor der Pressemeute würden sie die Liste aber zurückhalten – nicht nur, weil Lucidus ausdrücklich darum gebeten hatte.

Der Soko-Leiter ärgerte sich. Er würde schauen müssen, dass er ein eigenes Büro bekam. Vielleicht das des Bürgermeisters. Dessen Amtsgeschäfte konnten ja wohl nicht wichtiger als ein Mord sein.

Ein Kollege hatte ihm vorher gesteckt, dass es Widerstand gegen ihn als Soko-Chef gegeben habe, weil er kein »Team Player« sei. Natürlich war er das nicht. Aber dafür war er der Fähigste unter den Beamten. Der beste Kriminalist. Da war sich Thomsen sicher. Weniger denn je durfte er nun Schwäche zeigen. Und die Anti-Depressiva bloß nie in Gegenwart eines anderen Menschen nehmen – geschweige denn in der eines Polizisten.

»Wie sind Sie denn zurückgekommen?«, fragte er. Sein Tonfall verriet, dass ihn das eigentlich überhaupt nicht interessierte.

»Herr Riesle war so freundlich, mich mitzunehmen. Sie waren ja schon weg.«

»Was? Dieser Schmierfink? Sie sollten sich nicht zu viel mit dem abgeben. Der versucht Sie doch nur auszuquetschen.«

Irgendwie waren sie schon jetzt wie ein altes Ehepaar. Noch dazu ein Ehepaar, das es versäumt hatte, sich vor 20 Jahren scheiden zu lassen. Jede Eigenart des anderen störte sie – und dabei arbeiteten sie gerade mal seit elf Monaten zusammen.

Thomsen schien in dieser seltsamen Beziehung eher den weiblichen Part zu übernehmen. Er beklagte sich über Schmutz, Geruch und alle möglichen Fehler, legte dem »Partner« nahe, sich doch zu waschen, mäkelte, kompensierte seinen Frust mit intensiver Körperpflege, nahm Tabletten. Winterhalter, also gewissermaßen der Mann, tat, was überdrüssige Ehemänner meistens so tun: er hörte nicht zu.

Stattdessen dachte er an Hilde, seine trächtige Kuh. Wann das Kälbchen wohl kam? Er würde gleich mal zu Hause anrufen – sobald das unauffällig möglich war.

Thomsen holte ein paar Sagrotantücher aus seiner Tasche und begann, die Tasten seines Laptops akribisch zu reinigen. Er wickelte das Tuch so, dass sich eine kleine, feste Spitze bildete. Mit dieser versuchte er dann, die Ritzen zwischen den Buchstaben zu desinfizieren.

Winterhalters Blick war zwar auf den eigenen Bildschirm gerichtet, doch gelegentlich lugten die Augen unter den buschigen Brauen hervor und beobachteten das Prozedere des Kollegen. Er hatte schon mehrfach solche Putzaktionen miterlebt, war aber dennoch immer wieder erstaunt …

Thomsens Blick wanderte derweil angeekelt über den Fußboden, wo in den Ecken und unter den Heizkörpern große Staubflusen hingen. Für eine Putzfrau hatte die Gemeinde wohl kein Geld mehr. Er wurde immer unruhiger. Hatte es in solch ländlichen Gegenden nicht auch des Öfteren Mäuse und ähnliches Ungeziefer in den Wohnungen? So alt, wie dieses Rathaus schien, würde ihn das nicht wundern.

Er bemerkte, dass Winterhalters Augen immer wieder zu ihm hinüberwanderten.

»Was sitzen Sie so tatenlos herum, Kollege? An die Arbeit! Rufen Sie gleich mal den Staatsanwalt an, und informieren Sie ihn, dass wir möglichst schnell einen DNA-Reihentest durchführen wollen. Ein richterlicher Beschluss ist dafür ja nicht notwendig, da alle Teilnehmer freiwillig mitmachen. Wir brauchen aber die Einverständniserklärungen und Verstärkung durch polizeiliche Ortskräfte.«

Jetzt war Schluss mit der Schwarzwälder Gemütlichkeit. Er würde den Kollegen schon Beine machen. Die Polizeichefin wusste sicher, warum sie ihm die Leitung anvertraut hatte.

»Rufen Sie auch noch mal im Sonnenhof an, und lassen Sie nachfragen, wer mit der Sekte Probleme hatte. Wir brauchen Namen! Oder fahren Sie gleich selbst noch einmal hin und klären das mit Lucidus – möglichst ohne ihm dabei an die Gurgel zu gehen ... Dann befragen Sie gemeinsam mit den Kollegen diese potenziell Verdächtigen. Im Zweifelsfall sollten wir auch von denen eine Speichelprobe nehmen – zunächst auf freiwilliger Basis.«

Zum Glück hatte er als Soko-Leiter die Freiheit, Aufgaben zu delegieren. Andererseits: Würde den beauftragten Kollegen auch jedes Detail auffallen? So wie ihm selbst? Er würde die Vernehmungsprotokolle und Ermittlungsberichte sehr aufmerksam lesen müssen.

Thomsen wählte den Weg ins Internet. Wenigstens das klappte. Das Rathaus war der einzige Ort in Großbiberbach mit WLAN, wie der Bürgermeister stolz berichtet hatte. Erstaunlich, wenn man bedachte, wie schlecht der Handyempfang in diesem Nest war. Er brauchte erst noch mehr über die Sekte, ehe es ans Eingemachte ging. Thomsen holte das Ambrosius-Kärtchen in der Klarsichthülle aus seiner Tasche. Dann betrachtete er es von beiden Seiten. Es war wohl wahrscheinlich, dass der Mord religiöse Hintergründe hatte. Einer dieser erzkatholischen Eingeborenen? Nach einer neuerlichen Putzprozedur der Tastatur galt es, sich über die Sekten im Allgemeinen und im Schwarzwald im Besonderen zu informieren.

»Der Schwarzwald wird zum europaweiten Eldorado der Sinnsucher«, las er die Schlagzeile eines Online-Artikels des »Schwarzwälder Kurier«. Gründe dafür seien in den alten Kultstätten ebenso zu finden wie in der Abgeschiedenheit und der mythischen Ausstrahlung der Landschaft. Schon immer habe der Schwarzwald die religiöse Phantasie beflügelt und Randgruppen aller Art angezogen.

Die nächste Stunde war er damit beschäftigt, sich von einer Homepage zur anderen zu klicken – und es gab einige davon. Ihm schwirrte der Kopf. Buddhismus, Hinduismus, Shintoismus und Taoismus – so ziemlich alle religiösen Gruppierungen der Menschheit hatten sich in irgendwelchen alten Schwarzwaldhöfen eingenistet. Nur auf eine Homepage der »Kinder der Sonne« stieß er nicht.

Dafür aber irgendwann auf die Nummer eines Sektenbeauftragten der katholischen Kirche. Vielleicht konnte der ihm weiterhelfen. Er versuchte es, während Winterhalter einen Anruf des Ö entgegennahm. Lucidus sei bei der Pressekonferenz von allen Seiten gefilmt und fotografiert worden, habe aber eigentlich keine konkreten Verdächtigungen geäußert, lediglich vor den Schäden durch nicht-natürliche Strahlung gewarnt und zu »allumfassender Liebe« aufgerufen. Fragen habe er keine beantworten wollen – stattdessen allen seine Freundschaft angeboten.

»Ei'fach en scheinheilige Kerle«, murmelte Winterhalter und griff zum Telefon, um Lucidus zu erwischen, was sich nicht ganz leicht gestaltete.

Thomsen erreichte den Sektenbeauftragten schneller. Dieser bestätigte ihm den Inhalt des Zeitungsartikels: »Es vergeht kaum ein Monat, in dem wir nicht von einer neuen religiösen Gemeinschaft erfahren.«

Thomsen überlegte, wie er auftreten sollte. Als jemand, der eher in sich gekehrt und eigentlich sogar scheu war, neigte er gegenüber Unbekannten mitunter zu einem sehr bestimmenden Ton. »Und jetzt sind Sie in Sorge, dass Ihnen Ihre Schäfchen davonlaufen?«, fragte er mit tiefer Stimme.

Der Sektenbeauftragte erklärte, es gehe keineswegs um Konkurrenz. Vielmehr habe man die Verantwortung, die Öffentlichkeit über neue religiöse Gruppierungen aufzuklären und vor etwaigen Gefahren zu warnen.

»Viele der buddhistischen oder hinduistischen und auch quasi alle der über 50 anthroposophischen Einrichtungen im Schwarzwald scheinen uns unproblematisch«, meinte er. »Was nicht heißt, dass sie mit der katholischen Lehre vereinbar wären.«

»Klar.«

»Das betrifft auch die meisten esoterischen Einrichtungen: Sie kennen sicher das Zentrum des berühmten Psychologen Graf Dürckheim in Todtmoos-Rütte …«

»Natürlich«, sagte Thomsen – obwohl er keine Ahnung hatte.

»Außerdem haben wir auch ein waches Auge auf die eine oder andere vorkonziliare Gruppierung, die ebenfalls in einigen Dörfern des Schwarzwaldes Dependancen errichtet hat.«

»Aha«, sagte Thomsen nun. Den harten Ermittler würde er hier kaum durchhalten können, wenn er wirklich etwas erfahren wollte. »Und was heißt vorkonziliar?«

»Ha, Chef«, unterbrach Winterhalter sein eigenes Gespräch und gab den versierten Katholiken. »Zweites Vatikanisches Konzil – nie davon gehört? Johannes der XXIII. – den werden Sie doch kennen, oder? Und vorkonziliar sind halt die besonders Altmodischen …«

Thomsen winkte wütend ab. Dann wandte er sich wieder seinem Gesprächspartner am Telefon zu. »Erzählen Sie mir etwas über die ›Kinder der Sonne‹. Ich habe keine Homepage von denen gefunden. Warum?«

»Weil sie davon überzeugt sind, dass Computer und Internet schädlich sind. Sie glauben, dass die gefährlichen …«

»Strahlen – natürlich«, entfuhr es Thomsen. Allmählich kam er in das Thema rein.

»Genau«, bestätigte der Sektenexperte. »Deshalb ist es der Gruppe auch wichtig, dass ihr Sonnenhof in einem Funkloch liegt. Strahlen spielen eine sehr große Rolle in der Sektentheologie. Strahlen darf demzufolge nur die Sonne.«

Er räusperte sich. »Die ›Kinder der Sonne‹ gehören zu den neuoffenbarisch-mediumistischen Gruppierungen. Lucidus wird als einziges Medium zu einem Gott gesehen, der sich in der Sonne manifestiert. Sie sprechen auch von einem ›Sol Invictus‹, dem Sonnengott. Der scheint eine Anleihe bei der römisch-antiken Sonnenreligion zu sein. In der Symbolik orientieren sich die ›Kinder der Sonne‹ in Teilen auch an der katholischen Symbolsprache, die …«

Thomsen klinkte sich aus. Sein Blick ging zu Winterhalter, der wohl endlich zu Lucidus durchgestellt worden war.

»… gleichwohl ist die Seelenwanderungslehre nur schwer vereinbar mit christlichen Überlieferungen. Da rekurrieren die ›Kinder der Sonne‹ ebenso auf antike Vorstellungen, etwa auf

Empedokles, dessen Ideen ja von Platon weiter ausgebaut wurden …«

Thomsen schwieg beharrlich.

Der Pfarrer am anderen Ende der Leitung schien in seinem Element zu sein. »Wie Empedokles lehren auch die ›Kinder der Sonne‹, dass die unsterbliche Seele schon vor der Geburt existiert und göttlichen Ursprungs ist. Infolge moralisch verwerflicher Taten muss sie sich aber in zahlreichen Verkörperungen reinigen. Die Reinigung erfolgt etwa durch vegetarische Ernährung und …«

»Warum ist es da drin eigentlich so sauber?«, klinkte sich Thomsen wieder ein und schaute auf das Bild von Bundespräsident Horst Köhler, der in Schwarz-weiß und mit strahlendem Lächeln im schiefen Goldrahmen neben der Tür hing.

Der Sektenpfarrer hielt inne: »Wie bitte?«

»Warum es da drin so sauber ist? Die sind alle in Weiß, der Rasen ist kurz geschoren, Blumen blühen. Ich hingegen sitze hier …« Allmählich überkam Thomsen der große Frust. Sein Duschzeremoniell war genauso für die Katz gewesen wie die Anti-Depressiva. Dazu ein Kollege, der immer noch den Duft der großen weiten Tierwelt an sich hatte, ein Büro, das deprimierend, staubig, beengt und laut war. »Ach, vergessen Sie's«, sagte er dann und forderte unwirsch: »Können Sie mir das Ganze bitte so erklären, dass ich es verstehe?«

Der Pfarrer räusperte sich. »Entschuldigung: Also – bei den ›Kindern der Sonne‹ handelt es sich nach unseren Maßstäben zweifelsohne um eine Sekte. Das Weiße, Aufgeräumte und Blühende hat den Sinn, die göttliche Sonne zu erfreuen. Die Sekte ist der Meinung, dass im Zeitalter des Wassermanns – hier trifft sie sich mit den New-Age-Philosophien – die Erkenntnis für eine ganz neue Art von Spiritualität gekommen ist. Gewissermaßen eine Gruppierung, die das Edelste und Wahrste aus sämtlichen großen Religionen und Philosophien zusammenfasst.«

»Und inwiefern ist das problematisch?«

»Für einen Katholiken?«

»Nein, natürlich nicht«, sagte Thomsen mit Nachdruck, während Winterhalter irgendetwas von Hilde und einem »Kälble«

brabbelte. Er schaute sein Gegenüber scharf an, das daraufhin sein Telefonat hastig beendete.

»Glauben Sie, ich rufe Sie als Katholik an? Ich bin doch kein Katholik! Ich bin Kriminalhauptkommissar, wie ich eingangs sagte – und es geht hier um Mord! Ein Sektenmitglied ist gestern ermordet worden.« Offenbar hörte der Mann ihm genauso wenig zu wie umgekehrt.

»Ha, Chef«, mischte sich jetzt auch noch Winterhalter in Mundart ein. »Warum soll en Katholik denn kei' Kommissar sei'? Schauet Sie nu' mich an.«

Wieder machte Thomsen seinem Kollegen mit einer wegwerfenden Handbewegung klar, dass er zu schweigen hatte.

Der Sektenbeauftragte räusperte sich: »Was die Eschatologie betrifft, so gehen die ›Kinder der Sonne‹ davon aus, dass die Erde in absehbarer Zeit zerstört werden wird.«

»Und das war's dann?«, fragte Thomsen.

»Keineswegs. Hier kommen nämlich die ufologischen Elemente zum Tragen.«

Thomsens Miene verfinsterte sich. »Wie bitte?«

»Diejenigen, die in ihrer Entwicklung schon weit genug sind, werden dann von Außerirdischen gerettet.«

»Ein guter Witz«, sagte Thomsen, der Witze nicht mochte. »Und was glauben die nun wirklich?«

Der Sektenbeauftragte war irritiert. »Diese Thematik eignet sich nur bedingt für Witze«, antwortete er dann pikiert. »Die Verbindung mit Außerirdischen ist in Sektentheologien gar nicht so selten. Erinnern Sie sich an die Raelianer? Oder an die Selbstmorde der Mitglieder von ›Heavens Gate‹ vor ein paar Jahren?«

Thomsen überlegte. Doch, da war mal was gewesen.

»Die Mitglieder der ›Kinder der Sonne‹ sind davon überzeugt, dass sie von Außerirdischen abgeholt und auf einem anderen, noch sonnennäheren Planeten abgesetzt werden – vermutlich auf der Venus.«

Thomsen schaute so verblüfft, dass der ihm gegenüber sitzende Winterhalter schmunzeln musste.

»Ihr Ziel ist, der Sonne spirituell immer näher zu kommen«, beendete der Sektenexperte seinen theologischen Vortrag. »Und zumindest räumlich wäre das bei einem Leben auf der Venus ja gegeben.«

Auch Thomsen war nun danach, möglichst schnell an die Sonne zu kommen. Genauer: an die frische Luft. Dieser ganze schwer verdauliche theoretische Unsinn …

»Gibt es noch etwas, das ich Ihrer Ansicht nach wissen sollte?«, fragte er ermattet.

»Lucidus gilt als jemand, der unter Zuhilfenahme dieses bekannten Honigs Sektenmitglieder heilen kann – auch Schwerkranke.«

»Sie meinen, er ist ein Schwindler?«

Der Sektenpfarrer druckste herum. »Aus meiner Sicht gibt es gewisse Zweifel an seiner Erleuchtung. Aber ein Schwindler? – Dafür kenne ich ihn zu wenig.«

»Eine letzte Frage: Am Tatort fanden wir eine Karte, auf der der heilige Ambrosius zu sehen ist. Was wissen Sie über ihn?«

»Er war Bischof von Mailand und ist Schutzheiliger der Imker.«

Das hatte Winterhalter auch gesagt. Der schien sich tatsächlich ganz gut auszukennen. Vielleicht brauchte er ihn in diesem Fall wirklich noch einmal, überlegte Thomsen. Er selbst hatte zumindest in Sachen Religion die schlechteren Karten – konnte sich nur auf seine Logik und seinen Instinkt verlassen. Ob man in diesem Milieu allerdings mit Logik weiterkam?

»Der Legende nach hat ein Bienenschwarm Ambrosius schon als Kleinkind Honig in den Mund geträufelt. So wurde die honigsüße Sprache des Heiligen erklärt.«

Für Legenden interessierte sich Thomsen nicht. Er blickte auf die Karte: »Kennen Sie folgenden Spruch: ›Seht zu, dass eure Arbeit der eines …‹«

»… Bienenstockes ähnelt«, ergänzte der Pfarrer. »Denn eure Reinheit und eure Keuschheit sollen mit den arbeitsamen, bescheidenen und enthaltsamen Bienen verglichen werden.«

»Genau. Und hatte dieser Ambrosius Verbindungen zu einer anderen Heiligen? Rosina?«

»Zur heiligen Rosina? Sicherlich nicht. Da liegen Jahrhunderte dazwischen. Da sehe ich keinerlei Verbindung.«

Thomsen überlegte, ob er den Mann weiter einweihen sollte. Warum eigentlich nicht? »Wir haben am Tatort ein Heiligenbildchen mit diesem Spruch und dem Wort ›Rosina‹ gefunden. Außerdem hat jemand handschriftlich ergänzt: ›Du bist des Ambrosius nicht würdig …‹ Worauf könnte das hindeuten?«

Wieder überlegte der Pfarrer längere Zeit. »Auf theologisches oder moralisches Fehlverhalten«, sagte er dann. »Oder auf schlechten Honig.«

## 12. Herzenssache

Hubertus Hummel hatte zwar keinen Sektenbeauftragten zur Hand, dafür aber in Riesle einen Mitstreiter, der gleichzeitig drei Kilometer entfernt das weltweite Web nach Informationen über die »Kinder der Sonne« durchforstete. Das wenige, was er auf allgemeinen Seiten über Sekten fand, beruhigte Hummel zwar nicht, aber immerhin gab es keine handfesten Beweise für Sex-Orgien, wie sie die Stammtischrunde im Gasthaus kolportiert hatte.

Zum preisgekrönten Honig der Sekte gab es relativ viele und überwiegend positive Einträge, ansonsten fand er noch ein paar Hinweise wegen des Mobilfunk-Streites. Offenbar war geplant, diesen Mobilfunkmasten unmittelbar in der Nähe des Sonnenhofes zu errichten. Die Sekte fürchtete also um ihr Funkloch. Daran, dass sie sich den Protesten anschloss, bestand aber von Seiten der örtlichen Mobilfunkgegner offenbar kein Interesse. Hubertus klickte von einer Mobilfunk-kritischen Homepage zur anderen, überflog Warnungen vor Krebs, Berichte von elektrosensiblen Menschen, die in Wohnwägen in den wenigen verbliebenen Funklöchern des Schwarzwaldes hausten.

Eine halbe Stunde später saß er frisch geduscht und endlich mit einer langen Stoffhose statt der demütigenden Bermudashorts in seinem Arbeitszimmer, machte sich Notizen, biss in die zweite Tafel Schokolade zur Beruhigung seiner Nerven und überlegte.

Warum ließ er die Sekte nicht einfach Sekte sein, machte sich mit Carolin einen schönen Abend oder gar ein schönes Leben und gönnte seiner Ex-Frau ihren Willen?

Er verließ den Computer und fand sich kurz darauf im Wohnzimmer vor dem Fernseher wieder. Wo die Packung Chips herkam, die er dann aufriss, wusste er selbst nicht. Lustlos zappte er hin und her und landete schließlich bei den »Simpsons«. Wie er so die Fettmacher in sich hineinstopfte und auf die Mattscheibe starrte, hatte er plötzlich den Eindruck, in Homer Simpson sein Spiegelbild zu sehen.

Schnell drückte er den Aus-Knopf, lief in den Flur und stieß beim Blick in den Spiegel auf den immer noch dort klebenden Zettel: »Boden einmal wöchentlich saugen. BITTE.«

Eine schwierige Situation – und überall Probleme. Elke, Carolin, vielleicht auch Martina und Maximilian, nicht zuletzt sein Auto, genauer das von Pergel-Bülows, die im »Simpsons«-Kosmos wohl in etwa der Familie Flanders entsprachen.

Hummel hatte nach dem Unfall am Vortag nicht mehr gewagt, Pergel-Bülow den Wagen zurückzugeben, denn das Reh hatte doch beträchtlichen Schaden am Kühler hinterlassen.

Es war aber auch definitiv keine gute Idee gewesen, stattdessen Klaus das Hybridauto zur Reparatur zu überlassen, der sich in den Monaten seiner Einsamkeit zum Technik-Freak entwickelt hatte. Er hatte sogar eine kleine Werkstatt auf dem Welvert-Gelände angemietet, einem Kasernen-Areal, das nach dem Abzug der französischen Streitkräfte leer gestanden hatte und nun erst nach und nach wieder bebaut wurde. Dort stand der Wagen jetzt. Klaus hingegen saß zu Hause, nachdem er mehr sporadisch in der Redaktion vorbeigeschaut und zum Ärger der Kollegen verkündet hatte, in Sachen »Sektenmord« weiter zu recherchieren.

»Nächste Woche bist du aber Blattmacher«, hatte die Kollegin Beuger gemurrt. Viel mehr konnte sie allerdings nicht sagen, denn Klaus' Geschichte war in der Konferenz sehr gelobt worden.

In der Küche kam Hummel nach zwei Espresso Doppio und zwei altbackenen Croissants zu einem Entschluss: er würde Carolin anrufen und sich baldmöglichst mit ihr verabreden.

Das war jedenfalls besser, als hinter Elke samt Brindur, eigenartiger Weltanschauung und weißer Tunika herzurätseln – Hubertus merkte, dass ihm das alles nicht guttat.

Da klingelte es an der Haustür.

Pergel-Bülows.

»Hallo«, sagte Hummel lahm und kam gleich zur Sache. »Der Hybridwagen ist wirklich toll. Äh ... Wäre es möglich, dass ihr ihn mir noch einen Tag leiht? Ich würde gerne einen 48-Stunden-Test machen. Weil ...« Er rang nach Worten.

»Aber natürlich: Der Wagen ist doch nicht so wichtig, Hubertus«, sagte Klaus-Dieter. »Wir sind gestern Abend mit dem Rad zu unseren Bekannten gefahren. Das ist ja auch gesünder.«

Wahrscheinlich gab es einfach nichts, was die Nachbarn jemals aus der Fassung bringen konnte.

»Ich bezahle natürlich die Kosten bei eurem Car-Sharing-Verein«, murmelte Hummel und bat die beiden in den Flur. Hatte er das zuvor überhaupt jemals getan?

»Schon gut, Hubertus«, sagte Regine, die interessiert auf den Klebezettel des Gäste-WCs schaute. »Hast du etwas von Elke gehört?«

Hubertus schüttelte den Kopf. »Ihr?«

Jetzt schüttelten die Pergel-Bülows ihre Köpfe, hatten aber gleich eine positive Nachricht für ihn. »Wir sind sicher, dass alles in Ordnung ist.«

Allmählich war Hubertus' Kopf wieder so klar, dass er sich erinnerte, wer seine Frau eigentlich in diese Situation gebracht hatte. Damit war das mit dem Auto abgegolten. Mindestens.

»Ich weiß, wo sie steckt. Und ich weiß auch, dass dort ein Mord passiert ist!«

Auf zerknirschte Gesichter hatte er jetzt vergebens gehofft.

»Aber Hubertus: Mach dir keine Sorgen. Elke geht es gut. Wir spüren das. Und dann ist ja auch noch Brindur bei ihr.«

Na dann.

»Und was, wenn sie jetzt eigentlich gar nicht mehr dort sein will? Vielleicht wird sie gegen ihren Willen festgehalten?«

»Aber Hubertus«, schüttelte Klaus-Dieter mitleidig den Kopf. »Das ist eine Gemeinschaft freier Individuen. Mach dir keine Sorgen um die liebe Elke. Trotz dieses ... Zwischenfalls.«

Ob der Weißtannenhonig des Sonnenhofs, den sie ihm zum Abschluss überreichten, doch Ausdruck ihres schlechten Gewissens war? Er entschied sich jedenfalls dafür, ihn nicht gegen die Wand zu werfen.

Der Nachmittag war toll gewesen. Hubertus und Carolin waren gemeinsam durch die Villinger Innenstadt spaziert – und zum ersten Mal war es ihm eigentlich egal gewesen, ob sie jemand zusammen sah. Den anschließenden Kaffee tranken sie in Carolins Wohnung in Sankt Georgen. Hubertus hatte diese ganze Sektengeschichte so satt. Seine Wut auf die Pergel-Bülows war in eine Wut auf Elke übergegangen – und als er sich wieder beruhigt hatte, wollte er eigentlich nur noch Abstand zu ihr gewinnen. Er und Carolin unterhielten sich über alles Mögliche – und es war so schön unkompliziert. Über ganz Alltägliches. Über die Lehrerkollegen, das Wetter, irgendwelche Urlaubsziele und sogar über Sport. Selbst sein Heißhunger, der ihn in den letzten Tagen verfolgt hatte, ließ nach. Das war vielleicht das sicherste Indiz dafür, dass er sich wohlfühlte.

Natürlich würde es angesichts der Situation nicht so völlig belanglos bleiben können.

»Liebst du mich, Hubertus Hummel?«, hatte Carolin nach einer ganzen Weile gefragt, und er hatte nach bestem Wissen und Gewissen »Ja, ich glaube schon« sagen können. Elke war jetzt wesentlich weiter weg als die tatsächlichen Kilometer bis zum Sonnenhof.

»Hast du eigentlich das Bild von Maximilian noch?«, fragte Carolin, nachdem sie sich auf der Couch in der Zweieinhalb-Zimmer-Wohnung über den Dächern der kleinen »Bergstadt« geküsst hatten.

Hubertus nickte: »Natürlich«, sagte er und zog das Bildchen aus dem Geldbeutel.

»So süß«, sagte sie nur und streichelte den Kleinen.

Dann wurde sie wieder ernst: »Bist du dir inzwischen wirklich sicher, dass du über deine Ex-Frau hinweg bist?« Hubertus fiel zwar auf, wie selbstverständlich sie das »Ex« betonte, aber er nickte. Es war die reine Wahrheit – zumindest im Moment.

»Du«, flüsterte Carolin einige Umarmungen später und strich noch mal über das Bild. »Ich könnte mir vorstellen, auch bald so einen zu haben.« Sie zeigte auf Hubertus: »Von dir.«

Als es auf der Couch ans Eingemachte ging, musste Hummel dann aber nach kurzer Zeit passen. Er fuhr sich wieder einmal über seine von den Zärtlichkeiten verwuschelten Haare und steckte sein Hemd in die Hose. »Ich fürchte«, sagte er, »ich kann nicht. Noch nicht«, fügte er hinzu.

Er umarmte Carolin, die stumm nickte.

Hubertus fühlte sich schlecht, als sie kurz darauf ins Badezimmer schlich. Hoffentlich hatte sie begriffen, dass er das psychisch und nicht physisch gemeint hatte. Aber vielleicht fand sie es sogar noch schlimmer, wenn es psychische Gründe hatte.

Weinte sie jetzt? Dazu bestand doch wirklich kein Anlass. Sollte er sie trösten? Hubertus blickte durch das große Fenster auf die Dächer von Sankt Georgen.

Da Carolin immer noch nicht auftauchte, lief er im Zimmer umher, in ihre Arbeitsecke, betrachtete den Stundenplan, die Lehrbücher. Sein Blick fiel auf den Wandkalender, auf dem die ein oder andere Eintragung zu sehen war. August, September, Oktober, November. Der 22. Dezember war mit dickem schwarzem Filzstift durchgestrichen. Hummel fragte sich nur kurz, warum.

Dann fiel der Groschen. Klar – das musste Carolins 40. Geburtstag sein.

Er rechnete. 40 Jahre, vier Monate. So alt würde sie mindestens bei der Niederkunft sein. Aber nur, wenn es ganz schnell ging. Und Hummel spürte: das ging bei ihm nicht.

Als Carolin wieder ins Wohnzimmer trat, war Hubertus klar, dass sie wirklich geweint hatte, auch wenn sie zu lächeln versuchte. »Entschuldige«, sagte sie. Ihr zuvor so dezenter Lidstrich war verschmiert.

Hummel nahm sie in die Arme und überlegte, ob er zu einer Erklärung ansetzen sollte.

Er musste es nicht, denn im selben Augenblick klingelte sein Handy.

»Mann – wo bist du denn?«, dröhnte Riesles Stimme aus dem Hörer. »Ich habe gerade an deiner Haustür geklingelt, um dich abzuholen.«

»Wohin denn?«, fragte Hummel zögerlich.

»Na, zu den Irren. Mir ist etwas Geniales eingefallen. Wir kommen doch an Elke nicht ran.«

»Jaa …«, sagte Hummel, der an dem Gespräch kein größeres Interesse hatte.

»Ich habe hier einen klitzekleinen Sender. Den bauen wir jetzt in irgendwas von Elke ein. Einen Ring, ein Amulett – irgend so einen Esoterik-Kram, den sie sonst gerne bei sich hat. Sie wird ja nicht alles mitgenommen haben.«

»Und?«, fragte Hummel, während Carolin so tat, als würde sie in ihrer Küche aufräumen.

»Und dann geben wir das Ding an der Pforte dieser Sonnen-Heinis für Elke ab. Sobald sie's anzieht, können wir sie abhören und bekommen mit, was sich da drinnen tut. Mit meiner Abhöranlage müsste das gehen.«

»Aha«, sagte Hummel.

»Ah, da kommt ja gerade Martina angefahren«, sagte Riesle. »Der werde ich das auch mal gleich verklickern.«

»Lass das mal lieber«, meinte Hummel. »Du willst jetzt also wieder zum Sonnenhof?«

»Na klar – wir übernachten dort noch mal in diesem netten Schrammel-Gasthof und quetschen die Einheimischen weiter aus. Morgen hören wir dann Elke und ihre Sekte ab.«

Hummel schaute Carolin nach, die mit dem Rücken zu ihm über die kleine Spüle wischte.

»Also, wann bist du da, Huby?«

»Nicht vor morgen«, sagte Hummel und beendete das Gespräch.

## 13. Speichelprobleme

»Isch des wirklich Ihr richtiger Name?«, fragte Winterhalter entnervt. Das war seine dritte DNA-Reihenuntersuchung – und mit Abstand die lästigste. Nicht nur, dass diese »Kinder der Sonne« mit ihren langen Haaren sowie den weißen Tuniken fast alle gleich aussahen – sie benahmen sich auch genau gleich. Wie von Lucidus ferngesteuerte Klone. Immerhin waren sie recht freundlich. Wie Lämmer auf dem Weg zur Schlachtbank, dachte sich Winterhalter. Allerdings wusste er aus eigener Erfahrung, dass das Sprichwort im wirklichen Tierleben so nicht zutraf.

Die beiden einheimischen Polizisten, die vorübergehend zur Soko »Honig« abgeordnet waren und die er mit auf den Sonnenhof genommen hatte, waren zum ersten Mal bei einer solchen Untersuchung dabei. Dementsprechend stellten sie sich bei den MHAs – den Mund-Höhlen-Abstrichen – an. Sie hatten einem der Sektenbrüder das Stäbchen so tief in den Rachenraum gerammt, dass der sich fast übergeben hatte. Fortan widmete Winterhalter sich persönlich den weiblichen Sektenmitgliedern, ehe diese beiden Trampel auch hier Schaden anrichteten. Den Männern sollten die Polizisten die Wattestäbchen nur noch reichen, damit diese damit selbst an der Mundschleimhaut entlangfuhren.

»So«, sagte er freundlich zu Andromeda, nachdem sie das Wattestäbchen mit Speichel benetzt und er es in ein Cellophantütchen gepackt hatte. Winterhalter zeigte dabei so viel Fingerspitzengefühl wie bei der Reparatur der alten Kuckucksuhren, denen er sich an langen Winterabenden widmete. »Wenn Sie jetzt bitte noch das Belehrungsformblatt mit der Einverständniserklärung unterzeichnen würden.«

Thomsen war an diesem Morgen in seinem Büro in der Villinger Polizeidirektion geblieben, um von dort aus zu recherchieren.

Damit hatte er ein gutes Gespür bewiesen. Mehrere Anwesende, die sich größtenteils in dem Aufenthaltsraum befanden, in dem sich am Vortag Fiducia und Andromeda unterhalten hatten, verfügten über keinen Ausweis. Den brauchten sie nicht mehr, wie sie erklärten. Also musste Winterhalter sich die Namen buchstabieren lassen, zumal er die Namensliste geschickterweise an der Wand des SOKO-Raumes vergessen hatte. Eine Heidenarbeit.

Wenn es eine Übereinstimmung mit der DNA am Tatort gab, konnte man sich immer noch auf die Suche nach den Ausweisen machen, dachte sich Winterhalter. Hoffentlich beeilte sich das Landeskriminalamt mit der Untersuchung der Tatort-DNA. Dem LKA oblag nämlich die Aufgabe, die eingehenden Fälle zu priorisieren. Morde erfuhren dabei ohnehin eine bevorzugte Behandlung. Bei ihrem Fall spielten zudem das starke öffentliche Interesse und wohl auch die guten Kontakte nach Stuttgart eine wichtige Rolle. Sie würden also in Kürze wissen, ob es eine Übereinstimmung gab, zumal sich Blut und Speichel relativ schnell untersuchen ließen – im Gegensatz zu Schweiß etwa.

»Wie heißet Sie?«

»Andromeda.«

»Buchstabiere' Sie des bitte?«

Die Angesprochene tat, wie geheißen.

»Und de' Vorname?«

»Das ist der Vorname.«

»Gut«, seufzte Winterhalter, »dann halt de' Nachname.« Den Kühen auf seinem Hof die Brandzeichen zu verpassen war im Vergleich dazu einfach.

»Ich habe keinen.«

Winterhalter stöhnte. »Ich mein Ihren bürgerliche' Name'… Ihren Taufname'.«

»Wir sollten uns duzen. Wir duzen uns alle«, sagte das bezaubernde Wesen. Und: »Ich bin gar nicht getauft. Ich habe erst durch Lucidus zur Spiritualität gefunden. Und ich bin so dankbar und voller Hoffnung …«

»Scho' klar«, unterbrach Winterhalter, dem das Theater allmählich reichte. »Noch einmal ganz langsam.« Er bemühte sich jetzt, überdeutlich Hochdeutsch zu sprechen. »Wie lautete Ihr Name, ehe Sie hierhergekommen sind?«

»Barbara.«

»Ja. Und der Nach…«

»Gerstbauer.«

»Geburtsdatum?«

»5.3.1979.«

»Na also, Gott sei Dank«, stöhnte Winterhalter, schrieb den Namen ohne nochmalige Nachfrage auf und wollte sich dann der nächsten Probandin zuwenden.

»Äh, Herr Winterhalter«, kam jedoch einer der örtlichen Polizisten aus der anderen Ecke des Raumes auf ihn zu. »Wir haben da einen Mann, der sich weigert, seinen bürgerlichen Namen zu nennen. Er sagt, den habe er hinter sich gelassen, als er ein ›Kind der Sonne‹ wurde.«

»Gott verdammi noch e'mol«, entfuhr es Winterhalter. »Mit BSE-Rinder' wär' des Heckmeck kleiner. Prüg'le Sie notfalls de' Name 'us dem Körnerfresser raus.«

Dann räusperte er sich verlegen. Der Kollege, der als Einziger seinen Dialekt-Ausbruch verstanden hatte, machte sich wieder an die Arbeit.

Winterhalter setzte eine freundliche Miene auf und sprach wieder das Amtsdeutsch: »So, jetzt wären Sie an der Reihe. Wir kennen uns, nicht wahr?« Das galt der zierlichen Mittvierzigerin, die nun in schöner Mädchenschrift das Belehrungsformblatt unterzeichnete. »Sie sind …?«

»Fiducia«, sagte die Dame in der weißen Tunika.

»Jaaaa …«, sagte Winterhalter wie der Lehrer einer Erstklässlerin.

»Aber Sie sind doch …«

»Sie kennen mich unter dem Namen Elke Hummel«, sagte die Zierliche schnell und hoffte, das Thema wäre damit beendet.

»Genau! Aber was mache' Sie hier?«, fragte Winterhalter weiter.

»Ich suche nach spiritueller Erkenntnis. Und ich glaube, ich habe sie hier gefunden«, sagte Fiducia.

»Ha, dann gratulier' ich dazu«, meinte Winterhalter, der somit die Hoffnung aufgegeben hatte, noch einen normalen Bewohner anzutreffen. Er hatte Frau Hummel nur einmal kurz kennengelernt. Damals schien sie zumindest noch etwas weltzugewandter gewesen zu sein.

Die Wahrscheinlichkeit, dass sie sich im Auftrag ihres Mannes auf den Sonnenhof eingeschlichen hatte, war wohl eher gering. Schließlich – das hatte er überprüft – war sie tatsächlich schon einige Tage vor dem Mord hier angekommen. Hatte sie gar etwas mit dem Verbrechen zu tun? Das erschien ihm so unwahrscheinlich wie die ganze Atmosphäre hier.

»Wir werden Ihnen eine DNA-Probe abnehmen, wenn Sie einverstanden sind und keine datenschutzrechtlichen Einschränkungen befürchten. Herr Lucidus hat …«

Sie nickte. »Der Erleuchtete hat uns berichtet.«

»Was genau?«

»Er sagte, Mellitus sei jetzt an einem anderen Ort.«

Das konnte man durchaus so sagen. »Hat Ihr Erleuchteter auch gesagt, was genau passiert ist?«

»Nur, dass er sicher sei, bald eine neue Offenbarung zu empfangen. Bis dahin sollten wir einfach unser Vertrauen schulen.«

»Haben Sie nicht genauer nachgefragt?«

»Warum?«, antwortete Fiducia. »Ich habe in meinem Leben zu viel gezweifelt. Jetzt kann ich Vertrauen beweisen. Ich kann warten.«

Winterhalter spürte die Versuchung, Elke Hummel das tatsächliche Geschehen zu erzählen. Aber sie hatten dem Sektenchef schließlich zugesagt, vorerst zu schweigen. Eine Frage konnte sich Winterhalter aber dennoch nicht verkneifen: »Was sagt eigentlich Ihr Mann dazu, dass Sie jetzt hier sind?«

Die Antwort sprach Bände: »Es ist schmerzhaft, zu erkennen, dass man wider Erwarten doch keine karmische Beziehung zu einem Menschen hatte.«

Winterhalter wandte sich wortlos an die nächste Sektenanhängerin.

Eine halbe Stunde später waren alle 25 weiblichen und 21 männlichen »Kinder der Sonne« gespeichelt – inklusive Novizen und Sonnenkinder auf Zeit. Auch die Cellophantüte mit den aufgeklebten Initialen sowie dem Geburtsjahr »1960« für Lucidus alias Dieter Koberne befand sich in der Obhut der Beamten. Er hatte seinen Speichel vorbildlich als einer der Ersten abgegeben.

Geschafft. Und gerade noch rechtzeitig. Denn die »Kinder der Sonne« begaben sich zu ihrer mittäglichen Meditation, die Staatsdiener ins Rathaus der kleinen Gemeinde, wohin vier der Dorfbewohner bestellt worden waren.

## 14. Bienen und Burgbacher

Die Schwenninger Steige war eine steile Erhebung, die Hummel in seiner Jugend hassen gelernt hatte. Sie verband Villingen und Schwenningen miteinander. Der jugendliche Hubertus hatte den Weg meist einmal die Woche mit dem Rad in Richtung Schwenninger Eisstadion zurückgelegt, sofern es die Witterungsverhältnisse zugelassen hatten. Vollkommen verschwitzt war er dort oft angekommen. Nach dreieinhalbstündigem Stehen in der zugigen Eishalle, unablässigen Anfeuerungsrufen für seine blauweißen Eishockey-Helden des Schwenninger ERC und der anschließenden Rückfahrt im Dunkeln war ihm in regelmäßigen Abständen eine Grippe sicher gewesen.

In dieser Beziehung drohte an diesem Morgen keine Gefahr – mal abgesehen davon, dass Hummel schon seit mindestens 20 Jahren nicht mehr Rad fuhr. Es war draußen 24 Grad warm, und er saß im Kadett seines Freundes Klaus Riesle.

»Also, wie war die Nacht?«, fragte dieser anzüglich, während er bergauf mit Tempo 100 einen Golf überholte und dicht vor diesem wieder einscherte. »Muss ja klasse gewesen sein, wenn du dafür deinen ältesten Kumpel, deine Tochter und deine Frau versetzt …«

Hummel schwieg.

»Na komm schon. Wie ist sie so?«

Hubertus wurde nicht gesprächiger.

»Jetzt erzähl schon.« Riesle stieß ihn mit dem rechten Ellbogen an.

»Erzähl du mir lieber, warum wir nach Schwenningen fahren«, forderte Hummel.

Als Riesle am Morgen den »Schwarzwälder Kurier« durchgeblättert hatte, war ihm auf dem Terminplan einer Landesgartenschau-Sonderseite etwas ins Auge gestochen. Im Rahmen der Aktion »Grünes Klassenzimmer« für Kinder und Jugendliche gab es dort heute einen »Honig-Tag«. Unter dem Motto »Was Maja uns Leckeres schenkt« würde ein »echter Imker vom Sonnenhof« die Herstellung von Honig erklären.

Obwohl er gerade mal vier Stunden geschlafen hatte, war Riesle plötzlich hellwach gewesen.

Imker vom Sonnenhof? Riesle hatte Hummel in der Vom-Stein-Straße abgeholt, wo er nach einem harmonischen Frühstück bei Carolin nach dem Rechten gesehen hatte. Viel zu sehen gab es indes nicht. Tochter und Enkel waren außer Haus, und nicht einmal die Nachbarn zeigten sich.

»Also, wie lief's mit der lieben Carolin? Sag schnell, dann habe ich nämlich noch eine Neuigkeit für dich«, lockte Riesle.

»Es geht dich zwar nichts an, aber wir haben die halbe Nacht geredet und uns lediglich immer wieder in den Arm genommen. Mehr war da nicht.«

Das stimmte. Es war Romantik pur gewesen, auch wenn Hummel irgendwann der fürchterlichen Nacht zuvor in dem Gasthaus hatte Tribut zollen müssen. Er war eingeschlafen. Doch selbst sein Schnarchen hatte Carolins Gefühle für ihn offensichtlich nicht negativ beeinflusst.

»Tja, Pech«, konstatierte Riesle. »Aber so leicht gibt sich dir die Dame eben nicht hin.«

»Wenn du's genau wissen willst: ich wollte nicht«, antwortete Hummel, hatte aber sofort das Gefühl, etwas Falsches gesagt zu haben.

»Ha!«, sagte Riesle, dessen Mimik sich zu einem widerwärtigen Grinsen veränderte – und Hubertus hasste ihn augenblicklich dafür.

»Klar, du warst ja schon immer eher ein Softie«, fügte sein vermeintlicher Freund hinzu.

Hummel sparte sich die Antwort. Hätte er Riesle vorhalten sollen, dass er im Gegensatz zu ihm immerhin jemanden im Arm gehabt hatte und sich nicht die Nächte allein vor dem Fernseher oder mit irgendwelchen Basteleien vertreiben musste?

Der Journalist neckte ihn weiter. »Habt ihr gute Gespräche geführt? Au Mann, da geht's hinter den Mauern dieser Sekte sicher heftiger zur Sache …« Er war nicht mehr zu bremsen. »Und deine Elke mittendrin …«

Hummel hatte für sich selbst Verständnis, als er nun die Beherrschung verlor: »Du bist ein oberflächlicher Idiot geworden, Klaus. Und noch dazu ein ... ein sozial inkompetenter!«

Das saß.

»Aha«, gab Klaus zurück. »Der sozial inkompetente Idiot ist gestern Abend ohne seinen Kumpel zum Sonnenhof gefahren und hat noch mal in der Kneipe mit diesen Leuten aus dem Dorf gesprochen.« Wütend gab er seinem Kadett die Sporen. »Und wozu? Um rauszukriegen, was mit deiner Elke los ist.«

»Nein«, widersprach Hummel. »Um noch mal Stoff für eine weitere Geschichte zu haben. Wenn du schon nur zwei Stunden täglich in der Redaktion sitzt, musst du wenigstens abends was zu dem Fall liefern.«

Sie kabbelten sich oft, aber das war nach längerer Zeit mal wieder ein richtiger Streit. Fast wie damals, mit 16, als Klaus mit dieser toupierten Brünetten um die Häuser und sonst wohin gezogen war und deshalb Hubertus vernachlässigt hatte. Auch jetzt schien sich indirekt wieder eine Frau zwischen sie zu stellen. Nur waren sie mittlerweile 30 Jahre älter.

Nach dem Tempo zu schließen, mit dem Riesle nun auf die Ortseinfahrt von Schwenningen zuraste, war er tief getroffen. Zwar konnte auch Hummel für gemeinhin ganz gut schmollen, aber in der derzeitigen Lage musste er wohl Großmut zeigen und einlenken. Schließlich nutzte es weder Carolin noch Elke, wenn sie hier direkt neben der Polizei-Fachhochschule einen Unfall bauten.

»Okay«, sagte Hummel. »Ich nehme das mit dem ›sozial inkompetent‹ zurück.«

Riesle reduzierte die Geschwindigkeit minimal. Von 90 auf 85. Nun waren sie bereits innerorts. »Und den ›Idioten‹ und das andere auch. Lass uns jetzt professionell vorgehen.«

Riesle drosselte das Tempo auf 70. Das war für seine Verhältnisse in geschlossenen Ortschaften völlig normal. Die Krise war überwunden.

»Wenn jemand von den Sektenheinis bei dieser Imker-Vorführung ist, werden wir ihn ausquetschen«, kündigte er an. Und dann: »Jetzt zu meiner Neuigkeit ...«

Die schien Hummel aber nicht gerade brennend zu interessieren. »Vielleicht ist Edelbert auch auf dem Landesgartenschau-Gelände. Neuerdings probt er fast rund um die Uhr, um die verlorene Zeit wegen der rausgeschmissenen Schauspieler wieder reinzubekommen«, sagte er gedankenverloren.

»Eigentlich ein Witz, dass diese ›Kinder der Sonne‹ echten Kindern ihre Sektenprodukte vorführen dürfen«, monierte der Journalist. War das vielleicht auch eine Geschichte?

Hummel stimmte einerseits zu. Andererseits war sein Hass auf die »Kinder der Sonne« nach der schönen Nacht mit Carolin nun nicht mehr ganz so groß. Irgendwie schien ihm jetzt, als beträfe ihn das Ganze etwas weniger. »Die haben halt offenbar den besten Honig weit und breit und dazu ein paar Auszeichnungen. Und Straftaten kann man diesem Lucidus und seinen Leuten ja wohl nicht nachweisen ...«

»Oho! Neuerdings sehr liberal, der Herr«, spottete Riesle. »Willst du aber nicht endlich wissen, was ich herausgefunden habe?«

»Aber sicher«, antwortete Hummel so überzeugend wie möglich.

»Also, pass auf.« Schwungvoll nahm der Kadett eine Ampel bei Dunkelgelb. Das daneben angebrachte Radar-Blitzlicht schien sich zu überlegen, ob es auslösen sollte. Es entschied sich dagegen. Wahrscheinlich nur, weil Wagen und Besitzer alte Bekannte und schon häufiger fotografiert worden waren.

»Mellitus ist wenige Stunden vor seiner Ermordung noch im Dorf gesehen worden«, sagte Riesle triumphierend.

»Oh«, antwortete Hummel, um seinem Freund eine Freude zu machen. »Aber ist das denn so ungewöhnlich?«

Riesle fixierte Hummel und nahm die nächste Ampel in Richtung Bahnhof. Diesmal bei Rot. Er wusste, hier drohte kein Blitzer. »Erstens ist es doch schon ungewöhnlich, dass einer dieser Sektenheinis nach draußen geht, und zweitens ...«

»Wer hat ihn denn eigentlich gesehen?«

»Der Wirt. Stell dir vor, dein Kumpel Riesle hat mit dem Wirt noch ein paar Schwarzwälder Kirschwasser getrunken und ...«

»... ist dann besoffen nach Hause gefahren, obwohl er schon mal den Führerschein wegen Alkohol am Steuer weg hatte«, ergänzte Hummel.

»Und hat etwas Interessantes herausgefunden. Beispielsweise, dass selbst der Mobilfunk-freundliche Wirt glaubt, dass dieser Handymasten-Berater alles andere als objektiv war. Aber zurück zu meiner Spur: Wo also war Mellitus?«

Hummel musste passen.

»In der Kirche.« Riesle lachte. »In der Kirche.« Er schlug Hummel auf den Oberschenkel. »Verstehst du, Alter?«

Hummel verstand nicht. »Was macht denn ein ›Kind der Sonne‹ in der Kirche?«

Riesle lächelte triumphierend: »Wusste ich doch, dass dich das interessiert.«

Hummel dachte nach. »Da gibt's doch nur die eine Kirche – und das ist eine katholische. War der Pfarrer gestern Abend auch wieder im Gasthof?«

Riesle schüttelte den Kopf. »Leider nicht. Den knöpfe ich mir aber nachher noch vor.«

»Vielleicht war es was wegen des Mobilfunks?«, schlug Hubertus vor. »Eventuell hofft die Sekte ja, mit der Kirchengemeinde eine Art Aktionsbündnis hinzubekommen – falls die auch dagegen ist.«

»Überzeugt mich nicht«, meinte Riesle – und Hummel musste ihm recht geben. Er kannte seinen Freund und diesen leicht triumphierenden Gesichtsausdruck aber gut genug, um zu wissen, dass der noch ein Ass im Ärmel hatte.

»Du weißt doch noch was, Klaus. Oder nicht?«

»Allerdings«, sagte dieser genüsslich. »Der Wirt ging Mellitus nämlich nach, als er sah, wie dieser die Kirchenpforte öffnete. Und dann …«

»Und dann?«, fragte Hummel gespannt.

»Ging Mellitus in den Beichtstuhl.«

»In den Beichtstuhl?«, fragte Hummel fassungslos. »Zum Beichten?«

Riesle nickte wieder. »Der Wirt hat bestätigt, dass montags von 15 bis 16 Uhr Beichte ist. Und es war 15 Uhr 45.«

Hummel sagte gar nichts mehr.

Und Riesle nichts Wichtiges. Lediglich: »Ein Sonnenkind beim Beichten. Das haut doch den stärksten Pfarrer um …«

Um 11 Uhr sollte das »Grüne Klassenzimmer« beginnen. Dank Riesles skrupellosem Fahrstil waren sie annähernd pünktlich, obwohl sie noch einen ordentlichen Weg zu Fuß zurücklegen mussten. Die Industriebrache rund um den Schwenninger Bahnhof hatten die Landesgartenschau-Verantwortlichen in einen Park von beachtlicher Größe verwandelt. Hummel und Riesle hatten indes weder Zeit für die Ausstellung des Landesfischereiverbandes noch für den Naturspielplatz am Neckarufer, der Maximilian sicher gefallen hätte. Auch Sonnenblumen, Begonien und Fleißige Lieschen in der Sommerblumenausstellung blieben vorerst unbestaunt.

Schon aus einigem Abstand sahen sie, dass die Bienen-Veranstaltung nicht ausgefallen war. Eine in Weiß gekleidete Person hantierte etwas ungeschickt mit einem Gegenstand herum. Sie hatte einen Imkerhut nebst Schleier auf dem Kopf und war deshalb zunächst nicht zu identifizieren. Etwa 25 Kinder und Jugendliche standen um einige Bienenkästen herum. Die meisten gespannt, andere ein bisschen ängstlich, obwohl auch sie eigens angefertigte kleine Imkerhüte trugen, die mit lächelnden Biene Majas verziert waren.

Hummel bekam derweil von einem älteren Mann einen Werbezettel in die Hand gedrückt. Als der ihm auch noch wortreich etwas erklären wollte, näherte sich Hubertus schnell den Bienenkästen und ließ den Verteiler einfach stehen.

Der Imker stellte eine Art Blasebalg an, der daraufhin Qualm erzeugte. Dies sei ein »Smoker«, erläuterte er. »Ich tue den Bienen nichts«, sagte die Person leise. Nun erkannten Hummel und Riesle den Mann: es war Sanus, Mellitus' Assistent. Er bewegte sich zwar unsicher, doch sie bemerkten nach und nach, dass er durchaus etwas von seinem Metier verstand. »Ich bringe die Bienen dazu, sich in ihre Waben zu verkriechen, um ihre Honigblase vollzusaugen«, erläuterte Sanus. »So kommt man als Imker besser an den Honig.«

Ein Kind nach dem anderen durfte nun den »Smoker« betätigen. Etliche gehörten der Aufschrift auf ihrem T-Shirt nach zum »Jugend-Rotkreuz Rottweil«.

Einige erwachsene Besucher der Landesgartenschau verfolgten ebenfalls interessiert die Vorführung.

Sanus wechselte nun an einen anderen Stand, wo die Kinder fertigen Honig probieren durften.

»Ausgezeichneter Honig vom Sonnenhof« prangte auf einem Schild. Am Stand kredenzten zwei milde lächelnde Sektenmitglieder den Kindern Honig auf kleinen Probierlöffeln. Denen schmeckte es, allerdings blutete bald darauf eines aus der Nase. Die älteren Jugend-Rotkreuzler waren in ihrem Element und beratschlagten. »Hast du gebohrt?«, fragte einer. »Vermutlich Sommergrippe«, diagnostizierte ein anderer. Und der Dritte meinte etwas altklug: »Bestimmt Fructoseintoleranz. Hat mein Bruder auch.« Er hatte auch noch einen guten Rat: »Hinsetzen und nach vorne beugen. Auf keinen Fall nach hinten, sonst wird das Blut verschluckt.«

Riesle blickte aufmerksam um sich. »Hätte ich mir denken können«, brummte er dann Hubertus zu.

»Was?«

»Der dort hinten.« Der Journalist wies auf einen schnauzbärtigen Mann in gestreiftem Hemd und brauner Stoffhose, der nur wenige Meter weiter in Richtung der »Partnerschaftsgärten« auf einer Bank saß und betont unauffällig die aktuelle Ausgabe des »Kurier« las.

»Das ist Geppert. Oberkommissar. Wundert mich nicht, dass die Polizei diesen Termin auch im Auge hat.«

Während einige Besucher Honiggläser kauften und andere die Listen mit Goldmedaillen und anderen Auszeichnungen des Sonnenhof-Honigs studierten, knüpfte sich Riesle Sanus vor.

»Hallo, Riesle vom ›Kurier‹: Wir kennen uns vom Sonnenhof. Sie haben doch die Leiche gefunden.«

Der zurückhaltende junge Mann schien nicht besonders erpicht auf diese Konversation zu sein. Er nickte scheu und schaute hilfesuchend zu Glaubensbruder und -schwester, doch die waren mit dem Honigverkauf beschäftigt.

»Hatte Mellitus eigentlich Feinde?«, fragte Riesle nun.

Sanus schüttelte den Kopf. »Wir sind ein Orden der Liebenden – und der Friedfertigen.«

Der etwas stereotype Text kam Riesle bekannt vor. »Warum darf Ihre Gemeinschaft hier überhaupt Honig präsentieren?«, fragte er dann.

»Weil wir die meisten Preise in der Region erhalten haben. Unser Blütenhonig hat im letzten Jahr mehrere Auszeichnungen bekommen – unter anderem eine Goldmedaille vom Landesverband badischer Imker. Und unser Weißtannenhonig erst!« Jetzt schien Sanus etwas aufzutauen.

»Der Bezirksimkerverein hätte die Präsentation doch sicher lieber selbst gemacht, oder?«, forschte Riesle.

Hummels Blick fiel derweil zum ersten Mal auf den Werbezettel, den ihm der alte Mann zuvor in die Hand gedrückt hatte. Von wegen Werbung: »Sektenhonig – ein fader (Bei)Geschmack«, lautete die Überschrift.

Sanus schaute beunruhigt, denn der Inhalt des Flugblattes war ihm wohl ebenfalls bekannt. Der ältere Mann war nicht untätig geblieben und hatte das Pamphlet auch unter vielen anderen Besuchern verteilt.

Hummel überflog den Text. Es wurde kräftig gegen die »Kinder der Sonne« gewettert. Von einer »üblen Sekte« war die Rede und davon, dass es ein Skandal sei, dass diese auf der Landesgartenschau auftreten dürfe. Rund um den »Sektenhof« solle man wegen der »Faulbrut« ein Sperrgebiet einrichten.

»Was ist eine Faulbrut?«, fragte Hummel.

»Eine bakterielle Bruterkrankung bei Bienen«, antwortete Sanus leise. »Sie ist anzeigepflichtig – und wenn sie festgestellt wird, gibt es eine Sperrzone rund um den Bienenstand.«

»Und die gibt's bei Ihnen?«

Sanus schüttelte den Kopf. »Dieser Kaltenbach nennt uns nur immer so: Faulbrut. Weil er der Meinung ist, wir würden nichts arbeiten und nur von Spenden leben. Er will es nicht besser wissen.«

Riesle staunte. »Clever, dieser Herr ...« Er schaute auf das Impressum des technisch eher einfach aufgemachten Flugblattes: »Julius Kaltenbach. Bei jemandem, der sich halbwegs auskennt, bleibt nur hängen, dass der Sonnenhof-Honig in Verbindung mit dieser Faulbrut-Krankheit genannt wird.«

»Wieso verklagen Sie ihn nicht?«, fragte Hummel.

»Lucidus sagt: Um zu wissen, dass man im Recht ist, braucht man keine irdischen Richter.«

Da war es wieder, dieses Getragene, Abgehobene, das Hubertus so nervte.

»Hier gibt es gar keine Werbung für Ihre Gemeinschaft. Warum nicht?«

»Wir hatten die Auflage, nur über unseren Honig informieren zu dürfen, nicht aber über die spirituellen Erkenntnisse der Sonnenkinder«, sagte Sanus. »Weder schriftlich noch mündlich.« Er schaute Hummel nicht wütend, nicht aggressiv, eher freundlich an. Dem Lehrer war klar: Dieser junge Mann glaubte an Lucidus, und egal, ob er gehirngewaschen, problembeladen oder was auch immer war – er schien überzeugt.

»Haben Sie sonst noch einen Verdacht, wer außer Imkern Mellitus Böses wollte?«, fragte Riesle wieder.

Sanus zuckte erneut mit den Schultern. Das schien seine Hauptbeschäftigung zu sein. Aus den Partnerschaftsgärten kam nun der Kriminalbeamte in Zivil auf sie zu.

Riesle beachtete ihn nicht, sondern schaute sich nach Kaltenbach um. Doch der war nicht mehr zu sehen. Er drängte zum Aufbruch. Hummel hatte nur noch eine Frage. Der hier musste es doch nun wirklich wissen: »Stimmt es, dass es bei Ihnen absolute sexuelle Freizügigkeit gibt?«

Sanus starrte ihn an. Der Kriminalbeamte ebenso.

Schnell zog Riesle seinen Freund weg. Die Blicke des Kommissars verfolgten die beiden. Dann wandte sich der Beamte Sanus zu.

»Ich glaube, der Alte ist hier rübergegangen«, meinte Riesle und deutete auf ein renoviertes Bahnwärterhäuschen, das »Biwakschachtel« hieß, wie ein Schild mit dem Landesgartenschau-Logo »Die Natur verbindet« erklärte.

Eine Blasmusikkapelle spielte irgendwo in der Nähe. Busladungen von Touristen irrten scheinbar ziellos umher.

Hummel lief hinter seinem Freund her, der sich bereits unter die Leute gemischt hatte, die sich gerade über die ideale Herstellung von Kompost aufklären ließen. Als sie immer noch erfolglos ein paar Minuten später eine Auswahl verschiedener vorbildlicher Gartentypen nach dem Imker durchstöberten, stießen sie dort auf Riesles Kollegen Eckner, der mit Stift und Kamera bewaffnet gerade von irgendeinem der zahllosen Termine kam. »Na, prima: Kommst du heute ausnahmsweise mal in die Redaktion?«, knurrte dieser.

»Mördersuche«, keuchte Riesle. »Gibt sicher wieder 'ne Titelgeschichte. Halt Platz frei.«

»Wichtigtuer«, schimpfte Eckner halblaut, zog wütend an seiner Pfeife und ließ den Kollegen stehen.

»Klaus«, sagte Hummel nun. »Mir reicht's.« Er zog das gefaltete Imker-Flugblatt aus der Hosentasche. »Wir haben die Adresse von diesem Kaltenbach. Das genügt doch wohl.«

»Du meinst, wir sollten nachher mal zu ihm nach Großbiberbach fahren?«, meinte Klaus.

»Du wolltest ja sowieso noch mit dem Pfarrer sprechen.«

Riesle nickte. »Gut, machen wir.«

Beim »Wir« war Hummel sich nicht so sicher. Eigentlich genügte es ihm, wenn Riesle ihn auf dem Laufenden hielt. Er setzte sich an einen der wenigen freien Tische und bestellte sich eine »Schwarzwald-Pizza«, die genau genommen ein Flammkuchen war.

Klaus, der sich für ein Schnitzel mit Pommes entschieden hatte, rekapitulierte. »Also: Der Imker der Sekte wird umgebracht. Tatverdächtig sind«, er legte die Gabel aus der Hand und zeigte mit seinen Fingern, »erstens: irgendjemand aus der Sekte. Vielleicht wollte dieser Mellitus aussteigen und zum Katholizismus übertreten, was seinen Beichtbesuch erklären würde. Möglicherweise war ja Lucidus selbst der Täter.«

»Vielleicht aber auch dieser komische Brindur, der Elke verschleppt hat«, meinte Hummel schmatzend. »Dass unser Freund Sanus Mellitus umbringt, weil er zum eigentlichen Sektenimker aufsteigen möchte, halte ich hingegen für ausgeschlossen«, vermutete er. »Der scheint mir so unsicher, dass er froh gewesen wäre, die Nummer 2 zu bleiben. Er kann einem beinahe leidtun.«

Riesle nickte: »Außerdem schien er fast Angst zu haben, dass ihm selbst auch noch jemand was antun möchte.« Er riss eine weitere Ketchup-Tüte mit den Zähnen auf und färbte seine Pommes damit rot. »Machen wir mal weiter. Zweitens: jemand aus dem Dorf, der mit der Sekte ein Problem hatte. Von diesen Typen am Stammtisch würde ich es gleich mehreren zutrauen.«

»Drittens: ein von der Mobilfunkmafia gedungener Mörder, weil die ›Kinder der Sonne‹ gegen diesen Masten kämpfen«, war wieder Hummel an der Reihe.

»Viertens: der Wirt dieser Spelunke«, meinte Riesle nun lauter, weil die Blasmusikkapelle erneut zu spielen angefangen hatte. Der »Hoch- und Deutschmeistermarsch« animierte vor allem die betagteren Gäste zum Mitklatschen. Hummel hoffte, dass nicht gleich noch geschunkelt würde.

»Der Wirt? Erschien der dir verdächtiger als seine Gäste?«, brüllte Hummel zurück.

»Als ich mich gestern gepflegt mit ihm betrunken habe, hat er jedenfalls Gift und Galle gespuckt«, klärte Riesle ihn in gleicher Lautstärke auf.

Hubertus fuhr sich durch die verschwitzten Haare. Er musste dringend duschen. Vielleicht nachher bei Carolin. »Wer sagt eigentlich, dass Mellitus wirklich beim Beichten war? Die Aussage stammt doch einzig vom Wirt. Vielleicht hat er aus irgendeinem Grund gelogen.«

Riesle spießte seine letzte Pommes auf. »Müssen wir überprüfen, halte ich aber nicht für zwingend«, sagte er dann.

»Wir haben bisher übrigens nur männliche Verdächtige«, gab Hummel zu bedenken.

Die Blasmusiker spielten jetzt das »Fliegerlied«: »Und ich schwimm', schwimm', schwimm'.« Einige Gäste machten symbolische Kraulbewegungen. Hubertus schaute den Hobby-Pantomimen fassungslos zu.

»Hast du gesehen, wie scharf dieser Meißel war?«, wandte er sich dann wieder Riesle zu. »Damit hätte selbst Maximilian jemanden schwer verletzen können …«

»Ich muss gleich nachher unbedingt den Ö und Winterhalter anrufen – allein schon wegen der DNA-Auswertung«, nahm sich Riesle vor.

»Fünftens: der seltsame Imker Kaltenbach. Er hat ganz offensichtlich was gegen die Sekte, sieht in ihr eine Konkurrenz und diffamiert sie als Faulbrut«, führte Hummel die Liste der Verdächtigen fort.

Riesle nickte: »Allerdings wäre er ein selten dämlicher Mörder, wenn er kurz nach der Tat fröhlich weiter direkt vor den Sekten-Leuten seine heftige Abneigung kundtut.«

Hummel nickte: »Er scheint mir aber in gewisser Hinsicht ein Getriebener zu sein.«

»Apropos getrieben«, sagte Riesle nun wieder leiser, weil die Kapelle Pause machte, um dann bald darauf zu verträglicherem Liedgut zurückzukehren. »Tatverdächtiger Kategorie sechs: ein Ehemann, der es nicht verkraftet hat, dass seine Frau in die Sekte gegangen ist.«

»Mäßig witzig«, urteilte Hummel und erhob sich. »Abgesehen davon: Elke einen Talisman mit einem Sender unterzuschieben und sie abzuhören zu wollen – schlag dir das mal endgültig aus dem Kopf.«

»Wir fahren jetzt nach Großbiberbach«, entschied Klaus, ohne auf die Worte seines Freundes einzugehen, und blickte unternehmungslustig auf die Pflanzenraritäten, die sie umgaben.

»Was ist eigentlich mit dem Schaden an Pergel-Bülows Hybridwagen?«, fragte Hummel plötzlich. Den hatte er fast schon vergessen.

»Bis morgen früh«, sagte Klaus im Brustton der Überzeugung. Hummel stöhnte. Auch wenn es die unangenehmsten Nachbarn waren, die man sich denken konnte: Allmählich wurde es peinlich – und teuer.

Sie überquerten das Gelände in Richtung Parkplatz, jeder in seine Gedanken versunken.

Auf der Showbühne im nordwestlichen Bereich des Landesgartenschau-Geländes gab es im Moment keine Musikvorführung. Stimmung herrschte aber dennoch auf der Bühne unter weißen, geschwungenen Zeltdächern. Den Verursacher konnte Hubertus schon von Weitem erkennen: »Dilettanten! Du willst dich doch wohl nicht ernsthaft als Schauspieler bezeichnen?«, brüllte Edelbert Burgbacher einen blonden jungen Mann an, der geradezu verängstigt wirkte.

»Ich weiß wirklich nicht, warum ich mich mit euch abgebe!«, schrie der Impresario jetzt. Dass sich bereits Zuschauertrauben um die Bühne gebildet hatten, kümmerte ihn herzlich wenig.

»Das ist eine Generalprobe! Wenn das übermorgen auch so läuft, können wir uns als Höhepunkt zum Ende des Stückes alle erschießen.« Er scheuchte eine junge Frau im lila Ornat auf die Bühne. »Oder schon vorher! Das ist kein Regenbogen-, sondern ein Albtraum!«

Keifend verließ die Schauspielerin die Bretter, die für sie im Moment offenbar keineswegs die Welt bedeuteten. »Ich brauche einen Regisseur, der mich fördert, und keinen Sklaventreiber!« Sie zog ihr lila Kostüm aus und schleuderte es Burgbacher vor die Füße.

»Gute Stimmung«, kommentierte Riesle anerkennend. Das neu zusammengestellte Ensemble schien kurz vor dem Generalstreik zu stehen. Burgbacher war so in Rage, dass er seine Freunde nicht bemerkte.

»Schnell weg hier«, sagte Hummel leise und schob Klaus vor sich her in Richtung Ausgang.

## 15. Verdächtige Zeugen

Winterhalter atmete tief durch. 11:57 zeigte die Digitalanzeige im Wagen. In drei Minuten würde der erste der einbestellten vier Dorfbewohner im Rathaus sein, deren Namen Lucidus nach langem Hin und Her als diejenigen genannt hatte, die am ehesten Probleme mit der Sekte hatten. Einige Nachbarschaftsbefragungen hatten die Kollegen bereits am Vortag absolviert.

Bei der ersten Vernehmung war die Rollenverteilung etwas unklar. »Auch Ihnen noch mal ein herzliches Willkommen in unserer Gemeinde«, flötete der Bürgermeister und schüttelte sowohl Winterhalter als auch seinem Begleiter die Hand. »Grüß dich, Karl-Heinz«, sagte er zu dem Beamten aus dem nahe gelegenen Polizeiposten in Triberg. Dieser wohnte aber offenbar in Großbiberbach. »Hallo, Schorsch«, gab der zurück. Ob die Entscheidung klug war, die Ortskräfte in die Soko mit einzubeziehen?

Der Bürgermeister hob sich von der Restbevölkerung durch einen Anzug ab, der an seinen dürren Armen schlackerte.

Winterhalter überlegte: Dialekt oder Hochdeutsch? Womöglich konnte er sich mit Letzterem mehr Respekt verschaffen.

»Herr Bürgermeister«, begann er deshalb in dessen Dienstzimmer mit gespitzter Zunge, um allzu viele Sch-Laute zu vermeiden. »Was halten Sie von diesen ›Kindern der Sonne‹?«

»Nun ja …« Der Bürgermeister suchte erkennbar nach den richtigen Worten – und versuchte genau wie Winterhalter, den Dialekt zu vermeiden, obwohl sie sich wahrscheinlich auch im breitesten Schwarzwälderisch hätten miteinander verständigen können.

»Sie stören den Ortsfrieden.« Ja, dachte der Bürgermeister, das hatte er gut gesagt.

»Warum?«

Diesmal musste er noch länger überlegen. »Dadurch, dass sie negative Werbung für unsere Gemeinde machen. Und wissen Sie, was das Beste ist?«

Winterhalter wusste es nicht.

»Die haben neulich angekündigt, eine Liste für die Kommunalwahl nächstes Jahr aufzustellen. Schließlich seien sie auch Bürger dieses Ortes. Die!« Offenbar hätte er ihnen das Bürgerrecht gerne entzogen.

»Die halten sich für besonders fortschrittlich mit ihrer Pseudo-Religion, haben aber keinerlei Verständnis für mich und meine Bevölkerung.«

Seine Bevölkerung. Das war nicht schlecht.

»Jetzt mal ganz konkret, Herr Bürgermeister. Es gibt Knatsch wegen des Mobilfunks, oder?«

»Auch«, räumte der ein. »Sie wissen ja vielleicht mittlerweile selbst, wie mäßig hier die Verbindungen sind. Wir sitzen in einem schönen Hochtal. Allerdings im Hochtal der Empfangslosen. Zur Attraktivität eines Ortes gehört heutzutage nun mal auch ein funktionierendes Mobilfunknetz. Übrigens hat ein durchaus kritischer Fachmann die Unbedenklichkeit des geplanten Standortes erst jüngst in einer Bürgerversammlung bestätigt.«

»Aber das Dorf ist gespalten, oder? Und dieser geplante Mast soll in der Nähe des Sonnenhofes stehen?«

»Ja, aber nicht, um diese Sektenleute zu ärgern, sondern weil es der beste Platz ist.«

»Ach, noch etwas, Herr Bürgermeister: Wo waren Sie vorgestern Abend zwischen 17 und 19 Uhr 30?«

»Wie meinen Sie denn das?«

»Ein Alibi«, sagte Winterhalter genüsslich, während dem örtlichen Polizisten fast die Dienstmütze vom Kopf rutschte. »Ein Alibi zur Tatzeit. Haben Sie eines?«

»Ist das Ihr Ernst? Sie meinen also wirklich …«

»Und wenn wir schon dabei sind«, setzte Winterhalter noch einen drauf, »wären Sie auch zu einem DNA-Test bereit?«

Der Bürgermeister schwieg perplex.

Es hatte gutgetan, diesen selbstgefälligen Menschen, der von »seiner Bevölkerung« sprach, etwas vom hohen Ross herunterzuholen, dachte sich Winterhalter. Der erinnerte ihn nämlich an den einen oder anderen Hochwohlgeboren aus seinem eigenen Dorf.

Na, ja, vielleicht war der nächste potenzielle Verdächtige sympathischer. Er wartete schon einige Minuten vor dem Ratssaal, wo die Kollegen von der Soko eifrig telefonierten, protokollierten, recherchierten.

Rosafarbenes Gesicht, üppige Figur und eine Küchenschürze um: das musste der Wirt sein. Er hatte schlechte Laune, die seinen Bluthochdruck noch verstärkte. »Isch Ihne' klar, dass ich jetzt eigentlich in meiner Küch' stehe' müsst'?«, fluchte er. »Wer zahlt mir de' Verdienschtausfall?«

»Ich nicht«, bemerkte Winterhalter trocken und weiter auf Hochdeutsch. »Es geht hier um einen Mord. Aber lassen Sie uns zur Sache kommen: Sie haben ein Problem mit der Sekte?«

»Wer sagt des?«, fragte der Wirt aufmüpfig.

»Der Sektenchef«, parierte Winterhalter unter Verzicht auf jegliche Diskretion.

»Die sind doch gege' alles und jeden. Gege' Fleisch ...«

»Verstehe. Das Rohkost-Restaurant nimmt Ihnen Kunden weg ...«

Der Wirt nickte, fügte aber hinzu: »Aber au sonscht. Was mer da alles hört: Da muss ja jeder mit jedem ...«

»Ja, wirklich?« Winterhalter dachte kurz an Elke Hummel. Dann setzte er die Befragung fort: »Was halten Sie eigentlich von dieser Mobilfunk-Debatte?«

»Vo' dene Sekte'vögel geht e' größere G'fahr aus als vo' de' Handystrahle'.«

»Letzte Frage: Wo waren Sie am Tatabend zwischen 17 und 19 Uhr 30?«

»In de' Linde«, sagte der Wirt.

»Zeugen?«

»Gege' dreiviertelsechs isch die Bedienung komme', die Gerlinde. Weil um 18 Uhr habe mer ja aufg'macht.«

»Und davor?«

»Hab ich Kischte g'schleppt, e' neue Speisekart' g'schriebe' und e' paar andere Sache vorbereitet.«

»Allein?«

Der Wirt nickte.

»Kannten Sie denn das Opfer?«

»So vom Sehe'.«

»Vom Sehe'. Und wann haben Sie ihn das letzte Mal gesehen?«

Der Wirt schien mit sich zu ringen.

Winterhalter war schon einen Schritt weiter: »Hören Sie, wenn Ihnen für einen Teil der potenziellen Tatzeit ein Alibi fehlt, dann möchte ich auch Sie fragen, ob Sie etwas gegen eine freiwillige DNA-Probe einzuwenden hätten?«

Nun schien der Wirt ausgerungen zu haben. »Ich hab' diesen Mellitus e' paar Stunde' vor seinem Tod no' g'sehe'.«

»Aha. Und wo?«

Winterhalter war bass erstaunt, als er von Mellitus' Beichte hörte. »Ha, dann sollt mer aber sofort de' Herr Pfarrer frage' ...«

Blieb nur das Problem, wie mit den beiden weiteren Zeugen zu verfahren war, von denen einer schon im Büro des Bürgermeisters wartete, wie der Dorfpolizist diensteifrig vermeldete.

Winterhalter überlegte: Sollte er den einheimischen Beamten hier die weiteren Befragungen durchführen lassen und selbst zum Pfarrer fahren? Oder war der gute Mann befangen, weil er die Leute hier so gut kannte? Vielleicht doch ein ganz anderes Soko-Mitglied? Auswahl gab's eigentlich genug. Einige Kollegen rauchten stundenlang vor dem Rathaus und schienen nur darauf zu warten, dass man sie endlich benötigte. Dafür waren manche Spuren doppelt abgeglichen worden. Winterhalter hatte den Eindruck, dass die Struktur in der Soko suboptimal war.

Er kam zum Schluss, das hier lieber alleine zu Ende zu bringen. Der Pfarrer würde ja wohl kaum weglaufen.

»Herr Kommissar Winterhalter?«, kam die Sekretärin auf ihn zu. »Sie werden am Telefon verlangt.« Er tappte ihr ins Vorzimmer hinterher. Thomsen wollte wissen, was es Neues gab. Winterhalter rapportierte brav.

»Der Tote war zuvor beim Pfarrer?«, staunte auch Thomsen nicht schlecht. »Dann nehme ich mir den vor. Ich bin ohnehin auf dem Weg zu Ihnen.«

»Jo, gut, Chef«, sagte Winterhalter unbegeistert. »Aber, wenn der wirklich da gebeichtet hat – Sie wissen, was ein Beichtgeheimnis ist?«

»Ersparen Sie mir Ratschläge, und vernehmen Sie die beiden weiteren Zeugen«, befahl Thomsen, der wie immer, wenn er nicht ganz sattelfest war, auf seine Autorität pochte.

## 16. Im Beichtstuhl

Die Kirche von Großbiberbach war nicht zu übersehen. Majestätisch wachte sie über das Dorf und vermittelte das katholische Selbstbewusstsein, dass hier seit vielen Jahrhunderten ausschließlich der eine Glaube zählte. Die beiden barocken Türmchen waren nicht sehr hoch, dennoch fand sich im Ort kein Gebäude, das es in dieser Hinsicht mit dem Gotteshaus hätte aufnehmen können.

Vielleicht würde der geplante Mobilfunkmast höher werden, überlegte Thomsen. Schon das dürfte dem Pfarrer nicht gefallen.

Obwohl Kirchen außerhalb der Gottesdienste doch eigentlich Oasen der Stille waren, fühlte sich Thomsen von ihnen keineswegs angezogen. Sie rochen für ihn nach vorgestern. Der in Villingen omnipräsente Dekan des Münsters hatte ihm im vergangenen Dezember großzügig versichert, er freue sich auch, wenn ein »norddeutscher Protestant« einen seiner Weihnachtsgottesdienste besuche. Thomsen hatte freundlich genickt, war aber natürlich nicht hingegangen. Er hatte ohnehin verschwiegen, dass er gar nicht getauft war.

Der Rasen vor der dem heiligen Benedikt geweihten Kirche war schön grün und frisch gemäht. Einen Parkplatz fand der Soko-Chef ohne Probleme. Die große Glocke schlug gerade einmal, und die Sonne brannte heiß auf den Asphalt des Kirchplatzes.

Wenigstens das war ein Vorteil von Kirchen, dachte sich Thomsen. Wenn er sich richtig erinnerte, war es dort drinnen stets angenehm kühl, was an einem solchen Sommertag sehr gelegen kam.

»Beichte: Mo 15–16, Mi 13–14 Uhr«, informierte ein mit einer Kordel befestigtes Schild an der schweren braunen Kirchenpforte.

Thomsen schaute auf seine Uhr. Kurz nach eins – daher die Glocke. Der Pfarrer war also gerade bereit zum Beichtgespräch.

Mit großer Anstrengung öffnete er einen der beiden schweren

Türflügel. Beichtete heutzutage wirklich noch jemand? War das nicht ein Relikt aus dem Mittelalter?

Er betrat das Halbdunkel der Kirche und musterte das mächtige, aus Stein gemeißelte Weihwasserbecken mit einem skeptischen Blick. Seine Hände mit diesem bakterienverseuchten Wasser zu benetzen – ein Unding.

Vorne sah er den Altar, auf der rechten Seite ein größeres schrankartiges Möbelstück, vor dem drei ältere Frauen saßen. Zwei von ihnen knieten und murmelten irgendetwas vor sich hin. Ihre Hände waren gefaltet.

Unschlüssig nahm Thomsen ein paar Reihen hinter den Betenden Platz und musterte den hölzernen Beichtstuhl mit seinen Verzierungen. Auch hier tippte er auf Barock. Links und rechts befanden sich Türen. Sie waren geschlossen, kein Geräusch drang nach draußen. Was tun? Eine der Türen aufreißen und hoffen, dass sich der Pfarrer dahinter befand?

Auf der rechten Seite des Beichtstuhls öffnete sich plötzlich knarzend eine Tür, und eine weitere ältere Frau kam heraus. Obwohl sich gerade eine andere Seniorin aufmachte, dorthin zu laufen, ergriff Thomsen die Gelegenheit. Er drängte sich vor, stürmte zur Tür und begab sich unter einem empört gezischten »Sie, ich bin d'Nächschte« ins Innere. Er war in einem engen Kabuff gelandet, das ihm ein Gefühl von Beklemmung verursachte. Zu seiner Rechten befand sich eine alte Holzbank, zu seiner Linken ein tiefes, schmales Bänkchen, hinter dem sich zur Mitte des Beichtstuhls eine Trennwand mit einem nicht zu durchschauenden Gitter erhob.

Unschlüssig stand Thomsen ein paar Sekunden da und entschloss sich dann, auf dem tieferen Bänkchen Platz zu nehmen.

Ganz allmählich gewöhnten sich seine Augen an die Dunkelheit, sodass er hinter der Trennwand schemenhaft eine Person erkennen konnte. Diese zeigte zunächst keine Regung.

Nach einigen Sekunden räusperte sich Thomsen.

Nun meldete sich auch die andere Seite. Er hörte ein geflüstertes »Gott, der unser Herz erleuchtet, schenke dir wahre Erkenntnis deiner Sünden und Seiner Barmherzigkeit«.

»Äh«, sagte Thomsen, wo eigentlich ein »Amen« besser gepasst hätte.

Doch jetzt wich auch der Mann auf der anderen Seite vom Text ab. »Bitte hinknien«, flüsterte es – und Thomsen gehorchte.

Der Pfarrer wollte nun ganz offensichtlich Sünden hören – aber die behielt der Kriminalbeamte mal lieber für sich.

»Es geht nicht um mich«, flüsterte er – und merkte förmlich, wie die andere Seite erstarrte. Die ungewohnte Umgebung schüchterte den Hauptkommissar etwas ein. Wahrscheinlich hatte das Ambiente des Beichtstuhls auch genau diesen Zweck.

Thomsen überwand sich und lüftete sein Inkognito: »Kriminalhauptkommissar Thomsen, Kripo Villingen-Schwenningen«, sagte er. »Ich habe einige Fragen wegen des Mordes an dem Sektenmitglied Mellitus alias Michael Göllner.«

Immer noch sagte der Pfarrer – daran, dass er es war, bestand wohl kein Zweifel – nichts.

»Wir haben erfahren, dass das Mordopfer einige Stunden vor seinem Tod bei Ihnen gebeichtet hat.« Schnaufend verließ Thomsen nun die devote, kniende Position und machte es sich auf der etwas breiteren Bank bequem.

Immerhin kam diesmal eine Antwort – und zwar eine empörte: »Aber doch nicht hier!«

»Doch, genau hier war das«, bekräftigte Thomsen und überlegte. Eventuell sollte er den Beichtstuhl nach etwaigen Spuren absuchen lassen. Vielleicht hatte Mellitus ja seine Sünden auf einem Zettel notiert, und man konnte noch einen Fetzen davon sicherstellen. Besonders vertraut konnte er mit der katholischen Form der Beichte doch kaum gewesen sein.

Thomsens Augen verengten sich. Er schaute konzentriert auf den Boden. Mit den Händen wollte er das Halbdunkel aber nicht absuchen. Möglicherweise gab es ja sogar Ratten. Denen war bekanntlich nichts heilig.

»Hier handelt es sich um ein Sakrament. Verlassen Sie sofort den Beichtstuhl!«, zischte der Pfarrer nun.

»Ich ermittle in einem Mordfall«, gab Thomsen zurück. »Also: Was hat das Sektenmitglied gebeichtet?«

Wieder einige Sekunden nichts. Dann die fassungslose Frage: »Sind Sie katholisch?«

Thomsen schüttelte den Kopf, was der Pfarrer freilich nicht sehen konnte.

Er wartete aber offenbar auch gar nicht auf eine Antwort: »Haben Sie schon mal vom Beichtgeheimnis gehört?«, fragte er jetzt mit Nachdruck.

Thomsen beschloss, wieder einmal Stärke zu zeigen. »Ich wiederhole: Es handelt sich hier um eine Morduntersuchung. Wenn Sie mir Mellitus' Aussage verschweigen, machen Sie sich verdächtig.«

Für einige Sekunden war der Pfarrer baff. Langsam fing er sich: »Das ist doch wirklich... Verlassen Sie bitte sofort den Beichtstuhl!«

»Wo waren Sie denn zur Tatzeit?«, fragte Thomsen unbeirrt weiter. Schon ein paar Mal hatte er einen Tatverdächtigen durch seine Sachlichkeit dazu gebracht, zu explodieren und dabei mehr preiszugeben, als dieser eigentlich vorgehabt hatte.

Die betenden Damen wunderten sich. »Isch's jetzt scho' vorbei? Die Schtund isch doch no' gar nit 'rum?«, fragte die eine halblaut. Es war das erste Mal, dass der Herr Pfarrer schon vorzeitig aus dem Beichtstuhl kam – noch dazu, während auf der anderen Seite ein reuiger Sünder saß.

## 17. Ein katholischer Kommissar

Jene zwei Zeugen, die Kommissar Winterhalter auf dem Rathaus vernommen hatte, hätten unterschiedlicher kaum sein können. Der erste war überaus schrullig. »Imker Julius Kaltenbach«, wie er sich vorstellte, war ohne Alibi und trug einen alten, ranzigen Pullover. Er hatte üppigen Haarwuchs, vor allem aus der Nase, und gab an, sich im möglichen Tatzeitraum auf seinem abgelegenen Hof in der Nähe von Großbiberbach aufgehalten zu haben – »ganz allei', ich bin ja no' en Jungg'sell«.

Noch?, fragte sich Winterhalter. Der durch die natürliche Höhensonne Gegerbte war laut Personalausweis über 60. Ein Alter, das man ihm durchaus ansah. Die Falten hatten sein Gesicht tief zerfurcht. Und er war nicht gerade das, was man eine gepflegte Erscheinung nannte. Das tat seinem Optimismus aber wohl keinen Abbruch, bei der Suche nach der Richtigen noch fündig zu werden.

»Wie sind Sie überhaupt auf mich g'komme'?«, fragte Kaltenbach grantig.

«Mir verfolget alle Spure und sind Ihne' keine Reche'schaft schuldig«, passte sich nun Winterhalter dem rauen Wälder-Tonfall an. In diesem Fall würde man wohl mehr aus dem seltsamen Zeugen herausbekommen, wenn man Dialekt sprach.

Die Sekte hatte großen Verkaufserfolg mit ihrem Honig. Das konnte doch gerade in solchen Krisenzeiten Neider wie Kaltenbach auf den Plan rufen. Der war der nächstgelegene Imker und schien seiner Erscheinung nach eher in ärmlichen Verhältnissen zu leben.

»Kannte' Sie den Imker der Sekte?«, fragte Winterhalter.

»Aha, do weht de' Wind also her. Ihr verdächtigt mich.« Zeitungen schien der Mann immerhin zu lesen. Oder zumindest am Dorfklatsch teilzunehmen.

»Nit direkt!«

»Nit direkt, was soll des heiße'?«, polterte der Zeuge. Dabei drang ein Schwall des schalen Mundgeruchs zu Winterhalter hinüber. Sogar er, der eigentlich recht hart gesotten war, musste die Luft anhalten. Der Kriminalbeamte beschloss, wieder auf Hochdeutsch umzuschalten. Sich mit diesem Kaltenbach gemein zu machen war wohl doch nicht ratsam.

»Diese ›Kinder der Sonne‹ sind ja ziemlich erfolgreich mit ihrem Honig, nicht wahr?«

Die Äderchen auf Kaltenbachs wulstiger Nase wurden dick vor Aufregung. »Ich mag's nit, wenn sich andere in meinem Gebiet tummle. Noch dazu solche Irre. Und ich war scho' früher da als die. Oder würdet Sie des möge', wenn plötzlich einer e' zusätzliche Polizei eröffne' tät?«

Das sei ja wohl etwas anderes, sagte der Kriminalbeamte. Er verkörpere ja schließlich den Staat.

Winterhalter erinnerte sich, dass es in großen Teilen des Schwarzwaldes im vergangenen Jahr ein Bienensterben gegeben hatte – auch in der Nähe seines Heimatortes. »Welche Auswirkungen hatte denn dieses große Bienensterben auf Ihre Imkerei?«

»Des hat mir scho' Sorge g'macht, auch wenn ich mich insgesamt nit wege' de' Nachfrage beschwere' kann.« Er sei ja nur ein kleiner Imker.

»Gibt es durch solche Ereignisse so etwas wie Solidarität zwischen den Imkern?«, wollte Winterhalter noch wissen. »Es sind doch fast alle im Schwarzwald davon betroffen.«

»Solidarität? Für oder gege' was?«, fragte Kaltenbach zurück. »Gege' diese Varroamilbe, die sich bei de' Biene' festgebisse' und des ganze Biene'sterbe verursacht hat?«

Mit anderen Imkern habe er keine Probleme – und auch denen sei der Sonnenhof ein Dorn im Auge. Nicht zuletzt, weil keiner wisse, wie viele Bienenvölker die wirklich verloren hätten. Und wie viele Völker sie überhaupt besäßen. Das seien üble Geheimniskrämer – in jeder Hinsicht.

Auf die Frage, ob er mit einem freiwilligen DNA-Test einverstanden sei, reagierte der Imker erst mal mit einem unwirschen »Neumodische' Scheißdreck«. Der Kommissar erklärte ihm, dass man durch eine Speichelprobe seine Identität bestimmen könne. »Des muss ich mir no' gut überlegge'«, raunzte der Imker.

Winterhalter beschloss, es nach Möglichkeit so einzurichten, dass Thomsen bei der Abgabe der Probe zugegen war. Allein der Gedanke daran bescherte ihm einige Minuten der Vorfreude.

Der letzte Vernehmungskandidat war ein krasser Gegensatz zu Imker Kaltenbach: ein parfümierter, freundlich auftretender Anzugträger Anfang, Mitte 40. Sein grau meliertes, kurz geschnittenes Haar verlieh ihm eine seriöse Note. Er nannte sich »Mobilfunk-Berater«. Ein Berufsbild, von dem Winterhalter noch nie etwas gehört hatte. Kein Problem. Der Mann schien sich darin zu gefallen, es dem Kommissar engagiert gestikulierend in einer Art Referat zu erklären.

»Schon gut, schon gut«, unterbrach der ihn bald. Die Information, dass er die Gemeinde bei der Standortwahl des noch zu errichtenden Mobilfunkmasts berate, genügte ihm.

»Darf ich Sie fragen, wie ich Ihnen in dieser Sache helfen kann?« Berater Reinhard Konzmann strich über seine seidene, anthrazitfarbene Krawatte und bleckte die Zähne zu einem – wie Winterhalter zugeben musste – durchaus gewinnenden Lächeln. Vor allem im Vergleich zu seinem Zeugen-Vorgänger.

»Das dürfen Sie. Die ›Kinder der Sonne‹ haben Sie einen der vehementesten Vertreter der neuen Mobilfunkanlage in der Nähe des Sonnenhofes genannt. Lucidus, der Sektenchef, hat angegeben, dass es zwischen Ihnen und dem Mordopfer zu Meinungsverschiedenheiten gekommen sei.« Winterhalter fixierte sein Gegenüber.

»Das ist zutreffend«, entgegnete der Mann. »Herr Mellitus war wie seine Sekte der Ansicht, dass der Mobilfunkmast das Leben der Menschen und der Bienen beeinträchtige. Das wurde mir auch bei der Bürgeranhörung mehr als deutlich gemacht.«

»Moment: Wieso beeinträchtigt Mobilfunk die Bienen?«, fragte Winterhalter.

»Es gibt Studien, die angeblich belegen wollen, dass Mobilfunkmasten die elektromagnetische Erdstrahlung so verändern, dass die Bienen verwirrt werden und nicht mehr zu ihrem Stock zurückfinden. Herr Mellitus hatte die vergangenen Jahre wie so viele andere Imker Bienenvölker verloren. Jetzt sah er durch Mobilfunkstrahlen auch seine restlichen Bienen bedroht. Diese

Studien sind aber meines Erachtens wissenschaftlich nicht haltbar. Ich habe versucht, Herrn Mellitus und seinen Freunden die Zusammenhänge aufzuzeigen. Vergeblich. Die Sekte hat gedroht, mit einem Sitzstreik die Errichtung des Mastes zu blockieren.«

Er bleckte wieder die Zähne. »Ich sehe es als meine Pflicht an, gegen Vorurteile auf beiden Seiten anzugehen und aufzuklären. Es gibt keinerlei Belege dafür, dass Mensch oder Tier durch die Mobilfunkstrahlen Schaden nehmen. Aber glauben Sie mir: Ich bin wahrlich keiner, der nicht auch die Risiken und Gefahren sieht.«

»Natürlich!« Winterhalter schaute griesgrämig. Schon wieder verfiel der Anzugträger ins Dozieren. Dann räumte er aber ein, dass man Kinder nicht stundenlang mit dem Handy telefonieren lassen solle. Er habe völliges Verständnis für eine gewisse Verunsicherung. Es gehe ja auch darum, die Gräben zwischen den unterschiedlichen Ansichten nicht noch tiefer werden zu lassen. Aber summa summarum könne er nach bestem Wissen und Gewissen solche Mobilfunkmasten befürworten, wenn sie an einer verantwortbaren Stelle errichtet würden – so wie in diesem Fall. Dann sagte er: »Neulich, Herr Kommissar, ist nicht weit entfernt von hier eine Frau vergewaltigt worden. Und wissen Sie auch, warum?«

Winterhalter hatte keine Lust zu raten. Der Mobilfunk-Berater schien das zu bemerken, jedenfalls gab er unmittelbar Antwort: »Weil die Frau keinen Handy-Empfang hatte und deshalb keine Hilfe holen konnte. Der Verbrecher hat sie ein paar hundert Meter verfolgt, als sie abends durch den Wald joggte. Sie war völlig hilflos. Sagen Sie mal ehrlich: Das ist doch schrecklich.« Er schaute Winterhalter freundlich an: »Leider ist der Täter immer noch nicht gefasst.« Sofort hob er abwehrend die Hände: »Kein Vorwurf an Sie und Ihre Kollegen. Sie haben genug zu tun – keine Frage.«

Das Beispiel zeige aber doch eindrücklich, dass die Gefahren des Mobilfunks eher theoretischer Natur seien, der Nutzen aber ein ganz praktischer. »Oder stellen Sie sich vor, jemand erleidet in dieser abgelegenen Gegend einen Herzinfarkt. Wie wollen Sie da schnell Hilfe holen?«

»Haben die Gegner überhaupt noch eine Chance, die Errichtung des Mastes zu verhindern?«, konterte Winterhalter.

»Sicher ist zwar noch nichts, aber wahrscheinlich. Der Gemeinderat wird demnächst über meinen Standortvorschlag abstimmen. Ich denke, er hat gute Chancen, befürwortet zu werden.«

»Aha. Und dieser Standort wird in unmittelbarer Nähe des Sektenhofes sein?«

»Wenn Sie so wollen ... Ich habe die Anhöhe zwischen Sonnenhof und Großbiberbach vorgeschlagen, weil man von dort die beste Reichweite hat. Gleichzeitig sind die Menschen der geringstmöglichen Strahlung ausgesetzt, sodass eigentlich auch die Skeptiker beruhigt sein müssten. Eine wirklich optimale Lösung.«

Winterhalter nickte, ging wortlos hinaus und ließ den Anzugträger für ein paar Augenblicke sitzen. Er rief im »Gasthof Linde« an und bestellte einen großen Wurstsalat mit Schwarzwurst und Zwiebeln – die schwäbische Variante.

»In zehn Minuten, bitte.« Der Wirt hatte sich für seinen Tipp mit der Beichte von Mellitus einen zusätzlichen Kunden verdient und Winterhalter seinen Speck zu Hause auf dem Küchentisch vergessen.

»Wo waren Sie denn vorgestern zwischen 17 und 19 Uhr 30?«, fragte der Kommissar, nachdem er wieder Platz genommen hatte. »Und Zeugen, bitte!«

»Ich könnte Ihnen so an die 300 nennen«, sagte der Mobilfunk-Berater. »Ich war bei einem Empfang der Stadt Villingen-Schwenningen auf der Landesgartenschau. Sie müssen wissen, dass ich mich für die russische Partnerstadt Tula engagiere. Und da wurden einige Gäste willkommen geheißen.« Wieder hatte er sein Lächeln parat.

Winterhalter drückte auf den Aus-Knopf des Aufnahmegeräts und bat den Zeugen, sich für weitere Fragen zur Verfügung zu halten. »Ihr Alibi überprüfen wir natürlich.«

»Selbstverständlich!« Der Mann drückte Winterhalter seine Visitenkarte in die Hand.

Als er seinen Gaumen bereits auf den Wurstsalat eingestellt hatte, kam der Dorfpolizist in den Vernehmungsraum. »Herr Winterhalter, es gibt ein Problem in der Kirche. Der Pfarrer wird im Beichtstuhl von einem angeblichen Kommissar belästigt …«

Winterhalter wusste sofort, dass diese Angelegenheit keinen Aufschub duldete. Und sie war nicht nur dienstlicher Natur. Er fühlte sich auch als Katholik verpflichtet, sofort einzuschreiten.

Als er an der Kirche eintraf, fand er seine schlimmsten Vorahnungen bestätigt.

»Da sitzt ein Geisteskranker im Beichtstuhl, gibt sich als Polizist aus und verlangt von mir, dass ich das Beichtgeheimnis breche. Unvorstellbar.« Der Dorfpfarrer umklammerte krampfhaft sein Gebetbuch.

»Ich kümmere mich darum, Herr Pfarrer«, sagte Winterhalter ebenso behutsam, wie er die Kirche betrat und sich im Weitergehen rasch mit Weihwasser bekreuzigte. Einige Frauen waren in ein erregtes Geflüster mit Hauptkommissar Thomsen vertieft.

»Ah, Winterhalter. Gut, dass Sie kommen! Erklären Sie diesen Damen mal, dass die Beichtstunde für heute beendet ist.« Thomsen schien über das Eintreffen des Kollegen richtiggehend erfreut. Ein wirklich seltener Umstand.

»Des isch ja wohl e' Frechheit. Sie könne' doch nit einfach hier rein platze' und die Beichtstund' störe'«, flüsterte die Korpulenteste der Damen. Ihre dennoch vibrierende Stimme verriet, dass sie ihren kräftigen Sopran auch regelmäßig im Kirchenchor zur Entfaltung brachte.

»Winterhalter, erklären Sie dieser Dame, dass die Kripo dringlich in einem Mordfall ermittelt und dabei keine Rücksichten auf irgendwelche Veranstaltungen der Kirchengemeinde nehmen kann.« Offenbar schien Thomsen der Meinung zu sein, seine Worte könnten, von Winterhalter in Schwarzwälder Dialekt gedolmetscht, mehr Wirkung haben. »Bitte begleiten Sie die Damen jetzt nach draußen. Und dann besorgen Sie mir diesen Pfarrer. Der ist einfach verschwunden«, beklagte sich Thomsen lautstark.

»Pssst«, machten die Frauen.

Winterhalter begleitete statt der Damenriege seinen Kollegen nach draußen. Und zwar via Seitenausgang.

»Mensch Chef, des könnet Sie doch nit mache«, rief er aufgeregt. Er fasste sich wieder etwas, sagte aber nicht weniger eindringlich: »Sie können doch nicht in einem Beichtstuhl eine Vernehmung vornehmen.«

Winterhalter wusste gar nicht, wo er mit seinem Vortrag anfangen sollte. Er hatte ja schon am Tatort bemerkt, dass Thomsen in Sachen Religion ein einigermaßen unbeschriebenes Blatt war. Aber so unbeschrieben? In sachlichem Hochdeutsch sagte er: »Also: In einen Beichtstuhl einfach so hineinzugehen, ist ohnehin schon eine heikle Sache. Und was das Beichtgeheimnis betrifft ...«

»Das wird bald kein Geheimnis mehr sein«, sagte Thomsen entschlossen.

»Chef, das deutsche Zivil- und Strafprozessrecht räumt den Seelsorgern ein Zeugnisverweigerungsrecht ein. Das heißt, dass die auch einen Mord, der ihnen in der Beichte anvertraut worden ist, nicht anzeigen müssen. Egal, was da gesprochen worden ist, es unterliegt der Verschwiegenheit.«

»Aber das ist doch lächerlich. Das Mordopfer Mellitus war ja nicht mal ein Katholik. Zur Beichte war der doch gar nicht zugelassen.«

»Aber Chef ...«, setzte Winterhalter erneut an, kam jedoch nicht zu Wort.

»Dieser Pfarrer will womöglich was vertuschen«, meinte Thomsen mit Blick auf den Geistlichen, der wenige Meter entfernt das »Gotteslob« noch fester umklammerte. Der rote Einband bog sich schon.

Winterhalter schnaufte vernehmlich. »Egal, was der Herr Pfarrer dort erfahren hat: Wenn er es Ihnen weitersagen würde, könnte er exkommuniziert werden.«

Das musste man nicht mal einem Gemüts-Atheisten wie Thomsen erklären. Der Norddeutsche merkte allmählich, dass er wohl etwas zu weit gegangen war.

»Wie sind die Befragungen verlaufen?«, kam er deshalb auf ein anderes Thema.

»Gut«, sagte Winterhalter. Er erstattete Bericht und kündigte an, die Alibis der Vernommenen noch überprüfen zu lassen.

Einmal juckte es Thomsen noch: »Und diesen Pfarrer! Ich werde wenigstens dafür sorgen, dass der auch eine DNA-Probe abgeben muss.«

»Normalerweise müssten Sie jetzt erst mal ein halbes Dutzend Reuegebete sprechen und dann Ihr Monatsgehalt in den Opferstock schmeißen«, sagte Winterhalter und zog Thomsen sanft, aber bestimmt von der Kirche weg.

## 18. Imkerhof Kaltenbach

War der Sonnenhof schon abgelegen, so schien das Häuschen von Imker Julius Kaltenbach wirklich im tiefsten Schwarzwald zu liegen. Hubertus hatte aufgehört zu zählen, wie oft sie noch ein Seitensträßchen genommen hatten, ehe sie endlich am Ende eines schmalen, lang gezogenen Tales auf das mit Schindeln besetzte Häuschen zufuhren. Zum Glück hatte Klaus sein Navigationsgerät mitgenommen, denn erst an der letzten Abzweigung hatte ein Schild auf den »Imkerhof Kaltenbach« hingewiesen.

»Hof scheint mir etwas übertrieben. Ist wohl eher ein Imkerhöfchen«, lästerte Klaus.

Hubertus gefiel das kleine, morbide Haus mit der verwitterten Fassade. Es erinnerte ihn ein wenig an sein eigenes winziges Wochenendhäuschen, das er sich in der Nähe von Villingen zugelegt hatte. Sein fachmännisches Auge erkannte, dass auch hier einiges zu reparieren war. Der Dachstuhl hing schon etwas durch, die Schindelfassade hatte Risse, und ein paar Fensterscheiben waren gesplittert. Man hätte das Häuschen glatt für unbewohnt halten können.

»Hat was von einem Hexenhäuschen. Würde mich jetzt nicht wundern, wenn gleich das Fenster aufginge und ein altes Weib mit Kopftuch, krummer Nase und Warze darauf herausschaute.«

Riesle stimmte zu und parkte den Wagen vor der Einfahrt, die direkt in den Dachstuhl des Gebäudes führte. Steile Hanglage. Das Haus hatte Schwarzwald-typisch ein überdimensional wirkendes Walmdach, das an den Seiten beinahe bis zum Boden reichte. Es hatte fast den Anschein, als würde sich das Häuschen vor dem rauen Klima in den Hang hinein und unter das Dach verkriechen wollen.

Der Journalist betätigte zweimal die Hupe. Vielleicht war es besser, den Hausbesitzer vorzuwarnen. »Da hat's bestimmt keine Klingel«, rechtfertigte er sich.

Sie stiegen aus, liefen am Haus entlang und den Hang

hinunter. Aus dem Seitentrakt des Gebäudes hörten sie Hühner gackern. Vor der rustikalen kleinen Eingangstür lag eine offene Feuerstelle. Das Rinnsal einer Quelle gluckerte daneben vor sich hin und ergoss sich in einen hölzernen Bottich.

»Hallo, Herr Kaltenbach!«, rief Hummel.

Doch die Antwort, die vom Seitentrakt kam, war nur ein »Määäh«.

»Schafe hat er auch noch. Wohl ein kompletter Selbstversorger«, bemerkte Riesle.

»Und dort oben sind vermutlich die Bienenstöcke.« Hummel zeigte auf die kastenähnlichen Gebilde, die ein paar Meter weiter oben am Hang zu kleben schienen. Auf der anderen Seite des Tales war das Gefälle geringer. Doch ein Blick auf den Horizont verriet, dass dies die der Sonne zugewandte Seite war. Durchaus ratsam, auf jener Seite zu wohnen, dachte sich Hummel. Denn im Winter konnte es in diesen engen Schwarzwaldtälern empfindlich kalt und schattig werden. Da war man um jeden noch so spärlichen Sonnenstrahl froh.

Riesle klopfte ein paar Mal kräftig gegen eines der Fenster. Keine Antwort. Dann nahm er den schnörkellosen, gusseisernen Griff der Haustür in die Hand. Offen. Natürlich. »Mit Einbrechern rechnet er wohl nicht.« Klaus betrat den finsteren, kleinen Gang und rief noch einmal nach Kaltenbach. Nichts.

»Klaus, lass uns später noch mal herkommen. Wir können da doch nicht einfach hineinspazieren.«

»Aber natürlich können wir. Das siehst du doch.« Schon hatte Klaus die rustikale Wohnstube betreten. Kachelofen, niedrige Decke und eine schier endlose Reihe kleiner Fenster, die überraschend wenig Licht ins Innere fallen ließen. In etwa das Gegenteil des Sonnenhofes.

»Komm, wir schauen uns ein wenig um«, sagte Riesle und erntete nur Kopfschütteln seines Freundes. Der Journalist betrachtete ein paar Fotos an der Wand. Sie zeigten einen Mann in der Schutzkleidung eines Imkers. Einmal hantierte er mit dem Rahmen eines Bienenstocks, dann wieder stand er neben einer seltsam aussehenden Maschine, aus der Honig zu laufen schien. Auf allen Fotos war er allein und machte ein einigermaßen grimmiges Gesicht. Er wirkte so einzelgängerisch, dass man fast darüber staunte, dass ein Fotograf zugegen gewesen war. Oder handelte es sich um Selbstauslöser-Aufnahmen?

Tiere waren wohl die einzigen Kreaturen, die ihm hier draußen Gesellschaft leisteten. Unzählige Bienen, die den großen Hut des Mannes umschwirrten, eine Katze, ein Hund und Hühner waren im Hintergrund der Bilder zu sehen.

Über den Fotos hingen ein paar Auszeichnungen, Gold- und Silbermedaillen, eine Urkunde mit dem Motiv »Biene in Wabe« für den »Imker Julius Kaltenbach anlässlich der bienenwirtschaftlichen Ausstellung – Honigprämierung 1984 für die Sorte Weißtannenhonig«. Sie waren durchweg älteren Datums.

Der bärtige Mann mit der großen Mütze, der vom Sims des Kachelofens aus stoisch die ungebetenen Besucher betrachtete, kam Hubertus bekannt vor.

»Klaus, das da oben ist er doch, der …«

»… Schutzheilige der Imker, Hubertus. Bingo!«

»Ambrosius von Mailand«, konkretisierte Hummel.

Riesle nahm das Kärtchen mit dem aufgedruckten Ambrosius-Bild in die Hand. »Und weißt du was, Hubertus? Das ist genau das gleiche, das die Polizei in der Brusttasche des Mordopfers gefunden hat. Siehst du, es hat sich schon gelohnt, sich hier ein bisschen umzusehen.«

»Allerdings ist der Mann auch Imker. Wieso soll er da nicht ein Bildchen des Schutzheiligen seines Berufsstandes auf dem Kachelofen stehen haben?«, wandte Hummel ein.

»Wir könnten uns mal schlau machen, wo es diese Kärtchen gibt und wie häufig die im Umlauf sind. Ist zumindest mal ein Ansatz«, sagte Riesle. Neben dem Kärtchen stand eine Blechschatulle. Der Journalist kramte ausgiebig darin herum.

Als er aufschaute, schienen die roten Äderchen auf der Nase des Imkers hinter Hubertus gleich zu platzen. Die Augen, die unter den Brauen hervorstarrten, verhießen nichts Gutes. Auch nicht die kleine, handliche Axt, die der Mann in der schwieligen Hand hielt, während er die beiden Eindringlinge grimmig fixierte.

Er hatte gesehen, wie der Schlankere der beiden sich an seiner Schatulle zu schaffen machte. Das reichte ihm.

»Ihr Strolche!«, brüllte er und stürmte in die Wohnstube. Die Axt erhob er dabei so drohend, dass Hummel und Riesle sofort erkannten: Diskussionen waren hier überflüssig – raus hier! Nur wie? Der Fluchtweg schien durch den Hausbesitzer versperrt. Riesle entdeckte in letzter Sekunde noch eine Tür zu einem weiteren Raum. Er ließ die Schatulle scheppernd auf die Holzdielen fallen, riss die Tür auf, und beide stürmten hinein, um sich nun mit aller Macht von innen gegen die Tür zu stemmen. Doch der Imker war trotz seiner über 60 Jahre ein kerniger Naturbursche. Nicht so korpulent wie Hummel, dafür so kräftig wie die beiden Freunde zusammen. Er drückte mit solcher Wucht gegen die Tür, dass diese sich bereits einen Spalt weit öffnete. Gleichzeitig stieß er wilde Flüche aus.

»Mach was, Klaus, der bringt uns um«, rief Hubertus und starrte mit schreckgeweiteten Pupillen den Gekreuzigten an, der an der gegenüberliegenden Wand hing. Keine Zeit für ein Stoßgebet. Klaus sah nur einen Ausweg: er zerrte eine kleine Kommode unter den Türgriff. Zum Glück konnte er das Ganze so verkeilen, dass sich die Tür keinen Zentimeter mehr bewegte. Jetzt müsste der Imker schon die Axt benutzen, um zu ihnen vorzudringen. Womöglich tat er das aber auch gleich. Der Raum hatte keine weiteren Türen.

Dafür aber wenigstens ein Fenster. Riesle wies stumm in jene Richtung und riss schon die Fensterflügel auf. Hummel hechtete hindurch, fast wie zu seinen besten Zeiten als Torwart der Fußballjugend. Figurbedingt wirkte der Sprung jetzt wie in Zeitlupe. Er landete weich auf einer von Stroh und Hühnerkot bedeckten Wiese. Es stank fürchterlich. Riesles Landung war ebenfalls sanft, zudem auch sauberer – auf Hummel!

Sie rappelten sich auf. Das hysterische Bellen, das sie nun hörten, verhieß ebenfalls nichts Gutes. Es kam wohl von der Vorderseite des Hofes, von der aus sie ins Gebäude gelangt waren.

»Hubertus, schnell zum Auto, über die Rückseite«, hechelte Klaus. »Der Typ ist ein Psychopath. Der hetzt sicher seinen Bluthund auf uns.«

Der Bergsprint, den sie den Hang hinauf hinlegten, war beachtlich. Klaus war natürlich als Erster oben. Aber auch Hummel schlug sich tapfer. Einzig sein Sprung über die Jauchegrube wäre fast ins Auge gegangen.

Als er das Auto erreichte, saß der sportlichere Klaus schon auf dem Fahrersitz und hatte den Motor angelassen. Mit der Axt fuchtelnd schoss der Imker von der anderen Seite um die Hausecke. Hummel setzte den ersten Fuß ins Auto. Am anderen machte sich nun Harro zu schaffen – der Deutsche Schäferhund des Imkers, der schneller als sein Herrchen gewesen war. Hummel sah, wie sich Harros spitze Zähne in seine Schuhsohle bohrten. Er erwartete jede Sekunde einen stechenden Schmerz, konnte jedoch den Hund abschütteln und die Autotür zuschlagen. Klaus setzte zu einer rasanten Rückwärtsfahrt an. Durch die Windschutzscheibe sahen sie, wie der Imker und sein Hund hinterherkamen, aber auch im Rückwärtsgang waren die Eindringlinge schneller.

Riesle ließ den Wagen an einer etwas breiteren Stelle eine Achsendrehung machen. Dieses eine Mal war Hummel froh, dass sein Freund ein passionierter Autofahrer war. Nach einem Umweg inklusive zahlreicher Serpentinen landeten sie irgendwann wieder auf der Landstraße in Richtung Großbiberbach. Der Puls beruhigte sich.

»Du stinkst ja vielleicht«, waren die ersten Worte, die Riesle nach dem Schockerlebnis zu Hummel sagte. »Wie ein ganzer Hühnerstall.«

Der schaute in den Fußraum und inspizierte seinen völlig zerrupften Schuh. Er war froh, dass die Bisse nicht weiter vorgedrungen waren.

## 19. Neue Schuhe und alte Gesichter

Klaus Riesle starrte auf das alte, chromverzierte Armaturenbrett seines Opel Kadett. Mit seinen Fingern trommelte er ungeduldig auf dem ledernen Sportlenkrad herum. Sie hatten eine heiße Spur. Eigentlich ein Grund, weiter zu recherchieren und gegebenenfalls sogar den Imker zu beschatten.

Und was machte Hummel? Er kaufte Schuhe. Ja, Schuhe. Und Riesle musste geduldig am Sankt Georgener Bärenplatz vor dem Geschäft warten und den Chauffeur spielen. Zuletzt hatte er das vor etlichen Jahren für eine Ex-Freundin getan, die einen Schuh-Tick gehabt hatte. »Ein Tag ohne Schuhkauf ist ein verlorener Tag«, hatte die modebewusste Charlotte damals stets gesagt.

Hummel war alles andere als ein Schuh-Fetischist. Riesle stellte dennoch fest, dass er sich bei der Auswahl offenbar ähnlich schwertat wie Charlotte. Gefühlte zwei Dutzend Mal hatte Hummel mit Schuhen durch das große Schaufenster gewunken. Pantomimisch wollte er Riesle offenbar fragen, für welches Modell er sich entscheiden sollte. Es war bizarr: Hummel bekam tatsächlich Züge seiner Ex-Freundin. Glücklicherweise nur, was die Verhaltensweise betraf, nicht etwa optisch. Riesle reagierte ähnlich wie damals, hob stets nur die Hände hoch oder zuckte mit den Achseln. Ab dem vierten Mal hatte er gestenreich auf seine Armbanduhr gezeigt.

Er räumte ja ein, dass sein Freund mit dem zerbissenen rechten Schuh schlecht herumlaufen konnte. Nur, das allein war ja nicht der Grund für den Kaufrausch. Hummel hatte eine Verabredung mit »seiner Carolin« und brauchte schnell adäquaten Ersatz, der idealerweise auch seiner neuen Freundin gefallen sollte. Daran störte sich Riesle ebenso wie an der Tatsache, dass er Hummel anschließend direkt zu Carolins Wohnung kutschieren sollte, damit der dort den Abend und die Nacht verbringen konnte. Dass dem Journalisten in dieser Hinsicht schon seit Langem kein Erfolg mehr beschieden war, steigerte das Gefühl, von seinem Freund im Stich gelassen zu werden.

»Könntest du mich eventuell auch morgen früh wieder abholen?«, schlug Hummel zögerlich vor. Er merkte, dass die Laune seines Kumpels auf dem Nullpunkt war, und schaute auf seine weiße Neuerwerbung. Vielleicht doch eine Spur zu elegant? Oder zu deutlich aus der Serie »Älterer Herr hat jüngere Freundin«?

»Sehr wohl, Herr Direktor. Und darf ich auch noch die frischen Frühstücksbrötchen mitbringen?«, grollte Riesle. »Ich serviere sie den Herrschaften gerne direkt ans Bett. Prosecco dazu?«

»Komm schon, Klaus, spiel jetzt nicht den Beleidigten. Heute Abend erreichen wir doch sowieso nichts mehr. Ehrlich gesagt, bin ich nach der Aktion bei diesem Kaltenbach auch ziemlich fertig«, beschwichtigte Hummel.

»Dann fahr ich dich nach Hause. Und du schläfst dich dort aus, um morgen früh topfit zu sein«, konterte Riesle. »Ich glaube nicht, dass das der Fall ist, wenn du jetzt bei dieser Carolin …«

»Mach dir keine Sorgen, Klaus. Wir gehen das alles ganz behutsam an«, meinte Hummel, was sein Freund nur mit einem hämischen »Ja sicher« kommentierte.

Klaus lenkte den Wagen in Richtung Seebauernhöhe, Hummel die Aufmerksamkeit noch einmal auf den Fall. »Dieser Imker könnte schon der Mörder sein, oder?«

Der Journalist nickte: »Die Sektenimkerei scheint ihm zweifelsohne ein Dorn im Auge zu sein. Aus dem Flugblatt auf der Landesgartenschau spricht ja eine heftige Abneigung. Und die Tatsache, dass er genau das gleiche Bild vom heiligen Ambrosius auf dem Kachelofen stehen hat …«, meinte der Journalist.

»Stimmt«, meinte Hummel, nachdem er Klaus vor Carolins Haustür dirigiert hatte. »Wenn er den Mord aber tatsächlich begangen hat, müsste er sich danach doch eigentlich unauffällig verhalten und nicht mit Flugblättern auf sich aufmerksam machen. Aber vielleicht ist es bei ihm so wie bei den Mördern, die es an den Tatort zurücktreibt.«

»Du hast ja gerade gesehen, wie der ausgerastet ist. Auf mich jedenfalls machte er wirklich den Eindruck eines Irren«, analysierte Riesle. »Meinst du, wir sollten morgen trotzdem noch mal versuchen, mit ihm Kontakt aufzunehmen?« Er machte eine Pause. »Vielleicht nur telefonisch ...«

Hummel betrachtete das italienische Schuhmodell, für das er sich entschieden hatte. In den letzten 46 Jahren hatte er sich eher weniger mit Schuhmode beschäftigt. »Ich weiß nicht recht, ob das was bringt«, meinte er dann.

»Schickes Modell. Vielleicht etwas zu jugendlich für dich«, lästerte Riesle derweil und hatte noch einen Tipp parat: »Am besten, du stellst dich gleich unter die Dusche. Du riechst noch immer ganz schön nach Hühnerstall. Guter Geruch ist der Damenwelt nämlich noch wichtiger als schicke Schuhe.«

Eine halbe Stunde später war Klaus wieder mal alleine mit seinem Polizeifunkgerät. Es war früher Abend, und zum Glück herrschte gerade Hochbetrieb. Vielleicht könnte er sich noch für die tagesaktuelle Arbeit der Redaktion nützlich machen? Drei Stunden hatte er am Nachmittag dort Dienst geschoben und gemerkt, dass die Kollegen ihm seine Alleingänge übel nahmen. Vermutlich war er allmählich bei ihnen ebenso beliebt wie Thomsen bei seinen Soko-Leuten – mit dem Unterschied, dass Riesle keine Führungsposition innehatte. So oder so würde er sich noch mal in der Redaktion melden müssen und für den folgenden Tag eine Hintergrundgeschichte über den Sektenmord ankündigen. Ein Grund mehr, nun zum Lauschangriff auf die Sekte anzusetzen. Irgendwo musste er seine Infos ja herbekommen.

Ein kleiner Blechschaden bei Mönchweiler, eine gestohlene Handtasche in Villingen sowie ein paar betrunkene Jugendliche in Schwenningen, die in den großen Ferien vermutlich nichts mit sich anzufangen wussten, vermeldete die samtweiche Frauenstimme im Polizeifunk. Keine Meldungen, mit denen er würde punkten können.

Schon des Öfteren hatte sich Riesle vorgestellt, wie diese Beamtin wohl aussah. Wenn man von der Stimme auf das Äußere schließen konnte, musste sie eigentlich sehr hübsch sein. Blond, lange, gelockte Haare, schlanke Figur, so Mitte bis Ende 20. Also genau Riesles Zielgruppe. Vielleicht sollte er sich ja mal mit ihr verabreden. Nur wie? Er konnte ja schlecht über Polizeifunk ein Rendezvous mit ihr ausmachen. Abgesehen davon fehlte ihm leider auch der dafür notwendig Sprechknopf an seinem Gerät. Es war nur zum Abhören ausgerichtet, nicht aber zur Kontaktaufnahme.

Die schöne Frauenstimme war es nun auch, die ihn aus den Gedanken riss. Diesmal vermeldete sie ein brennendes Fahrzeug an der Straße zwischen Langenschiltach und Großbiberbach: »Örtliche Feuerwehr ist alarmiert.«

Ein brennendes Auto? Das klang nach einem ordentlichen Bildreiz für die morgige Ausgabe. Eventuell würde er den Zorn der Kollegen ja doch noch mildern können. Riesle beschloss, sich das Ganze aus der Nähe anzusehen, gab ordentlich Gas und war nach einigen Minuten tatsächlich der Erste am Ziel. Das Fahrzeug brannte einige hundert Meter abseits von der Straße am Waldrand. Dorthin führte lediglich ein schmaler Weg. Zu verfehlen war der Brand aber nicht. Schon von der Hauptstraße aus führte ihn der Rauch in die richtige Richtung. Von hier aus konnten es nicht mehr als fünf Kilometer zum Sonnenhof sein.

Ein Unfallkontrahent war nicht zu sehen, nicht einmal ein Baum, gegen den der Wagen hätte geprallt sein können, wie Riesle zunächst vermutet hatte. Kurzschluss? Brandstiftung gar?

Der Journalist kannte die Gesichter, die kurz nach seinen ersten Fotos vom Unglücksort eintrafen. Den Maler und den dicken Wirt aus der »Linde« identifizierte er trotz ihrer großen Helme. In kleinen Orten lief man sich eben bei jeder Gelegenheit wieder über den Weg. Die Herrschaften gehörten also offenbar auch der Freiwilligen Feuerwehr Großbiberbach an. Die »großen Geschwister« – nämlich die Wehren aus Triberg und Sankt Georgen – waren dröhnend bald ebenfalls zur Stelle.

Riesle drückte weitere auf den Auslöser, bemühte sich, löschende Einsatzkräfte, Feuerwehrautos und den brennenden Wagen alle zusammen auf ein Foto zu bekommen. Dabei musste er sich beeilen, denn den Feuerwehrleuten gelang es relativ schnell, den Brand zu löschen.

Nun hielt Riesle auch auf den verkohlten Innenraum des Wagens. Er war dabei so mit seiner Kamera beschäftigt, dass er zunächst gar nicht bemerkte, was er da eigentlich fotografierte. Ein ausgebranntes Auto – nicht die Top-Meldung, aber dank des spektakulären Bildes war ein Platz in der morgigen Ausgabe sicher.

Während er weitere Nahaufnahmen produzierte, arbeitete es jetzt in seinem Hirn. Wo waren eigentlich die Insassen des Wagens? Bis zur Ankunft der Feuerwehr war er doch der einzige Mensch vor Ort gewesen. Er schaute noch genauer hin, legte den Automatismus des Fotografen ab, dachte nach. Ein, zwei Sekunden benötigte er noch, dann überkam ihn ein heftiger Schauer: Die Person hinterm Steuer hatte es offenbar nicht mehr rechtzeitig geschafft, den brennenden Wagen zu verlassen. Das war eine verkohlte Leiche, die er da in vielfacher Ausfertigung fotografiert hatte!

Von den Überresten des verbrannten Körpers stieg beißender Qualm in den tiefblauen Abendhimmel auf.

Als die Soko-Mannschaft mit mehreren Fahrzeugen und Blaulicht vorfuhr, rückte der Großteil der Feuerwehrleute bereits wieder ab. Hauptkommissar Claas Thomsen erkannte sofort das Unheil – auch wenn kaum noch auszumachen war, dass es sich um einen menschlichen Körper handelte, der da hinter dem Lenkrad kauerte. Der Anblick bereitete ihm ein solches Unbehagen, dass auf seiner ganzen Haut sofort ein heftiges Kribbeln einsetzte.

Wasserleichen, die aufgedunsen waren, fürchtete Thomsen am meisten. Und die kannte er aus seiner Kieler Zeit recht gut – der Nord- und Ostsee sei Dank ... Auf Platz zwei seiner persönlichen Horror-Rangliste folgten jedoch Brandleichen. Schon jetzt wusste er, dass er wegen dieser hier in der nächsten Nacht kein Auge würde zumachen können. Statt im Bett zu liegen, würde er wieder unter der Dusche stehen.

Während Thomsen vor lauter Ekel gar nicht auffiel, dass Riesle um das Unfallauto herumsprang, stellte sich Winterhalter hinter den Journalisten. Er konnte sein Entsetzen hinter dem trockenen Humor verbergen, den er sich im Laufe der Jahre auch bei schrecklichsten Szenen angeeignet hatte: »Respekt, Herr Riesle. Geht doch! Sie scheinen sich meine Worte zu Herzen genommen zu haben. Der Feuerwehrkommandant hat mir gesagt, dass Sie diesmal der Erste waren.«

Riesle blickte sich um und schaute in die spöttisch blitzenden Augen des Kommissars.

Er war schwerer einzuschätzen als Thomsen. War das Lob ernst gemeint?

»Danke«, sagte er nur und widmete sich weiter seinem Handy, mit dem er versuchte, eine Verbindung herzustellen. Der Empfang war sehr schwach, aber immerhin vorhanden. Es würde ein langer Abend im Dienste des Journalismus werden.

## 20. Schlechte Nachrichten

So musste ein Tag beginnen: Müsli, Brötchen, Milchkaffee und eine Frau, die dies alles strahlend kredenzt. Hubertus Hummel fühlte sich in der Sankt Georgener Zweizimmerwohnung schon wie zu Hause.

»Hier ist es wunderschön«, sagte er dankbar. Der Tag war achteinhalb Stunden alt, und zum ersten Mal seit Beginn der Ferien fühlte sich Hubertus wirklich, als habe er Urlaub.

Und selbst wenn der durchgestrichene 22. Dezember auf dem Kalender in der Ecke wieder einen Tag näher gerückt war: auch Carolin war guter Dinge.

Am Vorabend hatte sich Hubertus nicht das Gehirn zermartern müssen, wie weit denn der körperliche Stand ihrer Beziehung genau gediehen sein sollte. Während des Austauschs von Zärtlichkeiten auf dem Sofa war er nämlich wie vom Blitz getroffen eingeschlafen. Sogar seine neuen italienischen Schuhe hatte er noch angehabt. Carolin hatte sie ihm ausgezogen, ihn liebevoll zugedeckt, war mit ihm unter eine Decke gekrochen und hatte im Gegensatz zu Hubertus eher unruhig geschlafen. Dennoch: sie hatte sich so dicht neben ihm wirklich wohlgefühlt – und das tat sie noch immer.

»Weißt du, warum ich mir jetzt ziemlich sicher bin, dass du mich liebst?«, fragte sie und gab auch gleich die Antwort: »Weil du gestern Abend das Handy ausgeschaltet hast. Damit du die Zeit nur mit mir und nicht gleichzeitig noch mit Klaus oder wem auch immer verbringen kannst.«

Hubertus wusste nicht einmal mehr das. Er bereute es aber auch nicht. Er bereute vielmehr, dass jetzt das Telefon im Flur klingelte.

»Was?«, hörte er Carolin sagen. »Oje.« Und dann: »Natürlich komme ich« sowie einige andere Sätze – unter anderem: »Ich rufe gleich noch mal an.«

»Schatz«, sagte sie nach ihrer Rückkehr an den Tisch. Das klang gut, so selbstverständlich. Der Inhalt dann allerdings nicht mehr. »Schatz, ich muss für ein oder zwei Tage zu meiner Mutter nach Heilbronn. Sie hat sich das Bein gebrochen.«

Hubertus wusste nicht viel über die Frau Mama. Nur, dass Carolins Vater vor nicht allzu langer Zeit gestorben war. Ihre in der Nähe von Heilbronn wohnende Schwester, die sich sonst um die Mutter kümmerte, sei gerade im Urlaub – noch bis zum Wochenende. Und als gute Tochter müsse sie da leider …

Hummel war enttäuscht, signalisierte aber dennoch volles Verständnis.

Was er nicht wusste, war, dass Carolin überlegte, ihn einfach zu bitten, mitzukommen. Gewissermaßen um gleich Nägel mit Köpfen zu machen. Wenn Hubertus erst offiziell in die Familie eingeführt war, bekam die Beziehung doch auch gleich einen ganz anderen Anstrich. Vielleicht, so dachte Carolin, während sie aus dem Fenster in den sonnigen Morgen schaute, wirkte das aber angesichts der kurzen Dauer der Verbindung noch zu aufdringlich.

Was ein Fehler war, denn Hubertus fühlte sich in ihrer Gegenwart gerade so glücklich, dass er wahrscheinlich sofort zugesagt hätte. »Ich würde dann heute Mittag losfahren, ja?«, sagte sie stattdessen.

Hubertus nickte tapfer.

Während Carolin also noch einmal mit ihrer Mutter telefonierte, um gleich einen Einkaufszettel diktiert zu bekommen, machte sich Hubertus ans Abhören des Handys.

Es piepte gleich mehrfach.

»Sie haben fünf neue Nachrichten«, verkündete die Mailbox. Na, prima. Fünf im Laufe einer Nacht?

»Die Fernsehzeitung? Gut. Egal, was für eine?«, wollte derweil Carolin von ihrer Mutter wissen.

»Erste Nachricht, empfangen gestern um 19 Uhr 24« – und dann rauschte es gehörig. Außerdem hörte Hummel ein Martinshorn sowie einen immer wieder unterbrochenen Klaus, der etwas von einem brennenden Auto berichtete. Offenbar war der Freund der Meinung, als sein Privat-Polizeifunk fungieren zu müssen. Er drückte auf Taste 2.

»Die Nachricht wurde gelöscht. Nächste Nachricht, empfangen gestern um 20 Uhr 7«, sagte die Mailbox-Dame.

»Bist du jetzt schon bei deiner Freundin eingezogen, oder kommst du ab und zu noch mal hier vorbei?« Martina. Bei der würde er sich nachher auch noch melden. »Außerdem waren Pergel-Bülows da und haben ganz vorsichtig angefragt, ob du ihr Auto noch brauchst«, hörte er weiter die Stimme seiner Tochter. Schnell drückte er wieder auf die Nummerntaste zum Löschen.

Die nächste Nachricht war von 20 Uhr 47. Wieder Klaus, diesmal aber ohne Martinshorn-Unterstützung. Auch deshalb konnte Hubertus nun mehr verstehen, während Carolin gemeinsam mit ihrer Mutter diverse Obstsorten durchging und darüber diskutierte, ob sie diese im Supermarkt kaufen solle.

»Wirklich prima«, sagte Klaus via Mailbox. »Wenn dich noch nicht einmal eine brennende Leiche in der Nähe des Sonnenhofes zum Rückruf animiert, dann weiß ich auch nicht. Schon mal darüber nachgedacht, wer die Leiche sein könnte?«

Hubertus glaubte sich verhört zu haben. Panisch drückte er auf dem Handy herum und erwischte schließlich die Wiederholungstaste. Tatsächlich – brennende Leiche, hatte er gesagt. Klaus war zweifelsohne ein Meister der schlechten Scherze, aber erfinden würde er so etwas nicht.

Noch eine Leiche? Wieder beim Sonnenhof? Das konnte doch kein Zufall sein? Was, wenn Elke … Natürlich war das unwahrscheinlich, aber …

Nächste Nachricht, 22 Uhr 36. »Ich glaube, ich bringe mich um«, dröhnte eine Stimme, die zwar verwaschen klang, aber dennoch wesentlich besser zu verstehen war als Klaus an der Funkloch-Grenze. »Alles Dilettanten! Ich stehe ohne Schauspieler da …« Edelbert. »Und ohne Freunde, die meine Anrufe entgegennehmen. Mir bleibt nur noch der Freitod …« Dann brabbelte er irgendetwas von »Des Teufels General«, Harras und dass er es genauso wie in dem Zuckmayer-Stück nach realem Vorbild machen wolle. Ganz offenbar hatte Burgbacher einen anderen Freund angetroffen – den Alkohol.

Er würde sich bald um den Impresario kümmern, nahm sich Hummel vor. Aber erst einmal schnell weiterdrücken. Vielleicht gab es da Neues von der Leiche.

Carolin lächelte ihm zu und verdrehte leicht die Augen,

während die Mutter offenbar weiter auf sie einredete. Hummels Gesicht war um einiges blasser geworden, wie ihr auffiel. Schlechte Neuigkeiten?

»Nächste Nachricht, empfangen um 0 Uhr 17.« Jetzt endlich war Riesle deutlich zu verstehen, offenbar war er wieder Richtung Villingen-Schwenningen unterwegs. Mit Vollgas, wie das Motorengeräusch vermuten ließ.

»Wirklich spitze«, hörte Hummel seinen Freund fluchen. »Melde doch das Handy am besten gleich ab.« Dann aber rekapitulierte Riesle die Ereignisse der letzten Stunden. Eine Leiche in einem brennenden Wagen. Die Polizei war zu dem Schluss gekommen, dass es sich um einen Mord handeln konnte. Der Wagen, zumindest das, was von diesem übrig war, war auf die »Kinder der Sonne« zugelassen – genauer: auf Lucidus, den Sektenchef.

Er solle sich keine Sorgen machen, obwohl er das nicht verdient habe, denn er lasse ihn ja mal wieder hängen, monierte Klaus. Die Leiche sei aber offenbar ein Mann, also nicht Elke. Da vorwiegend Lucidus den Wagen benutzte, spräche viel dafür, dass er der Tote sei.

Über einen Rückruf – »möglichst in den nächsten drei, vier Wochen« – würde er sich freuen, sagte Riesle zum Schluss. Weiteres könne Hubertus der heutigen Ausgabe des »Kurier« entnehmen.

Der drückte noch einmal dieselbe Taste. »Es liegen keine weiteren Nachrichten für Sie vor.«

Carolin schaute ihn fragend an. Er nickte ihr abwesend zu und versuchte, Klaus anzurufen. Es war zehn vor neun. Sein Gesprächspartner sei vorübergehend leider nicht erreichbar, man solle bitte eine Nachricht nach dem Signalton hinterlassen.

Riesle wäre sehr wohl erreichbar gewesen. Wie du mir, so ich dir, dachte er sich jedoch. Und dass er den liebestrunkenen Freund jetzt erst einmal ein paar Minuten zappeln lassen würde.

Der rannte in der Zwischenzeit zum Briefkasten im Erdgeschoss des Mietshauses und schnappte sich den »Kurier«, um ihn hektisch durchzublättern.

## 21. Frau Bergmann

Im Großbiberbacher Ratssaal herrschte dichtes Gedränge. Es war 9 Uhr, und alle verfügbaren Kollegen strömten zur Soko-Sitzung. Nicht wenige waren übernächtigt. Nachdem die Leiche am Vorabend gefunden worden war, hatte das Ganze eine neue Dimension angenommen.

Thomsen war klar, dass sie jetzt den Sonnenhof genauestens unter die Lupe nehmen mussten. Die Zeit, in der man Abmachungen zum Schutz der Sekte vor der Öffentlichkeit hatte treffen können, war vorbei. Zumal derjenige, mit dem man die Abmachungen getätigt hatte, ganz offenbar nicht mehr lebte. Letzte Gewissheit musste eine weitere DNA-Analyse ans Licht bringen. Aber das würde ein Leichtes sein, dachte Thomsen.

Zum einen würde es für die Gerichtsmedizin kein Problem darstellen, der verbrannten Leiche brauchbares Gewebe für eine DNA zu entnehmen und diese sofort zu ermitteln. Außerdem hatte man Lucidus' DNA schon von der freiwilligen Speichelprobe. Das ersparte ihnen die Arbeit, sich um eine Vergleichsprobe aus einer Haar- oder gar Zahnbürste von Lucidus bemühen zu müssen.

Zu Hause hatte er sich die doppelte Ration Clomipramin verordnet. Dass bei den Nebenwirkungen wie bei vergleichbaren Antidepressiva auch sexuelle Störungen und Schlafstörungen angegeben waren, schreckte ihn nicht. Ersteres betraf ihn seit der Scheidung von seiner Frau vor vier Jahren nicht mehr. Und Schlaflosigkeit? Derzeit hatte er ja ohnehin nur die Chance auf drei, maximal vier Stunden in seinem Bett. Thomsen mochte es nicht, vor mehr als ein oder zwei Leuten zu reden. Und noch weniger recht war ihm, dass er dazu gezwungen sein würde, seinen mühsamen Ermittlungsvorsprung einzubüßen und alle auf den aktuellen Stand bringen zu müssen. Lange hatte er sich im Bett gewälzt und nach einem Geistesblitz gesucht. Nach einem Detail, das wieder einmal keinem außer ihm aufgefallen war und das den Fall klären würde. Vergeblich. Als er endlich Schlaf gefunden hatte, war ihm auch noch Lucidus im Traum erschienen. Die Lösung des Falles hatte aber auch der nicht parat gehabt.

»Moin, Moin, Kolleginnen und Kollegen.« Der erste Satz ging ihm noch professionell über die Lippen. Er fixierte das Bild Horst Köhlers an der Wand. Wenigstens der lächelte. Ansonsten schien die Stimmung eher feindselig zu sein. Oder bildete er sich das ein? Er blickte auf die vergrößerte Karte der Gemeinde Großbiberbach an der Wand, hieß die Polizeichefin (»Wir freuen uns sehr, liebe Frau Bergmann«) willkommen und begann stockend seinen Vortrag. Eigentlich hatte er sogar Neuigkeiten: Nach Auswertung des Blutes in und vor der Imkerhütte war klar, dass es von zwei verschiedenen Menschen stammte. Der größere Teil vom Opfer Mellitus, die einzelnen Tropfen mit ziemlicher Sicherheit vom Täter. Bei der Analyse dieser Blutstropfen hatte sich außerdem ergeben, dass es keine Übereinstimmung mit der DNA eines Sektenmitgliedes gab. Demnach stammte der Mörder nicht aus der Sekte. Das war doch schon mal was! Allerdings hatte das Ganze am Morgen schon im »Kurier« gestanden, was Thomsen in der Ansicht bestärkte, dass es unter den Kollegen einen Maulwurf gab. Mindestens einen, wie er düster in die Runde warf.

»Entschuldigung, Kollege Thomsen«, meldete sich der für die Öffentlichkeitsarbeit zuständige Beamte zu Wort: »Aber der Maulwurf bin ich – und die Presseauskunft war mit Frau Bergmann ebenso wie mit Ihnen abgesprochen.«

»Wann?«, fragte Thomsen verblüfft.

»Gestern Abend – als wir beide an dem ausgebrannten Auto standen.«

Thomsen verzog das Gesicht. Wenn der Ö recht hatte, und eigentlich gehörte er nicht zu den besonders Missgünstigen, musste das die Phase gewesen sein, in der er gerade seine ganz eigene Leichenstarre gehabt hatte. Zwei, drei Minuten dauerte es meist, bis er nach dem Anblick eines Toten wieder voll einsatzfähig war und die Übelkeit niedergekämpft hatte.

»Gut, dass Sie es ansprechen«, meldete sich die Polizeichefin jetzt energisch zu Wort. Sie war erst knapp 40 und auf der beruflichen Überholspur. Taff, kurz geschnittene Haare, Studium in vier Ländern, zahlreiche Fachveröffentlichungen.

Wahrscheinlich würde sie in zwei, drei Jahren Staatssekretärin sein – oder gleich Innenministerin. Das Parteibuch hatte sie sicherheitshalber schon. Und außerdem ersichtlich keine Lust, mit der Lösung des Falles viel Zeit zu vertrödeln.

»Kollege Thomsen«, sagte sie, während dieser sich am liebsten gleich fünf Antidepressiva auf einmal in den Mund geworfen hätte. »Wir haben nun vielleicht einen zweiten Mord im Umfeld dieser Sekte. Das öffentliche Interesse wird immer größer. Zur baldmöglichen Klärung erscheint mir Teamwork unerlässlich. ICH bin Teamworker. SIE auch?«

Sie fixierte den Soko-Leiter, der sich angesichts der Vehemenz dieses Blickes fast an Lucidus erinnert fühlte. Während dessen Augen aber eher gütig gestrahlt hatten, war das bei Frau Bergmann nicht der Fall. Eher im Gegenteil.

Er beantwortete die Frage mit einem »Ja« und bekam gleich geballten Widerspruch sowie ein mehrstimmiges Grummeln der Kollegen zu hören.

»Herr Thomsen«, sagte die energische Frau Bergmann. »Ihre Aufgabe als Soko-Leiter ist die Koordination. Sie müssen nicht alles selber machen – im Gegenteil. Die Kollegen hier haben ein hohes Ausbildungsniveau, und die Soko ist mit 21 Beamten gut besetzt. Wenn es der Fall erfordert – und diesen Eindruck habe ich –, werde ich sogar dafür sorgen, dass noch aufgestockt wird. Das alles ergibt aber nur Sinn, wenn die verschiedenen Teams aufeinander abgestimmt sind, wenn Informationen weitergegeben werden und wirklich alle an einem Strang ziehen.«

Beifälliges Gemurmel. Thomsen blickte auf den Boden. Die Staubflusen waren nach wie vor da. Eventuell hatten sie sich sogar vermehrt. Und die Mäuse? Im Moment wäre es ihm sogar recht gewesen, eine Ratte hätte sich gezeigt und wäre auf den Tisch vor Frau Bergmann gesprungen.

»Ich habe den Eindruck, dass Sie sich schwertun, Verantwortung abzugeben, zu delegieren«, sagte Frau Bergmann weiter mit scharfer Stimme.

»Wir kommen gut voran«, meinte Thomsen etwas trotzig, ohne auf die Vorwürfe einzugehen. Wo war er denn hier? Auf der Anklagebank? Vom Administrativen mochte Frau Bergmann Ahnung haben. Von Kriminalistik keineswegs.

»Aha«, sagte die Polizeichefin weiter, die es heute Morgen ganz offenbar auf ihn abgesehen hatte. »Und was heißt das? Wir sind hier doch nicht bei einer Pressekonferenz, wo wir versuchen müssen, Ihnen die Würmer aus der Nase zu ziehen. Sie müssen alle Kollegen gleichermaßen auf dem Laufenden halten – unaufgefordert!« Thomsen spürte, wie er errötete. Auch das war seiner Souveränität nicht unbedingt zuträglich.

Natürlich, dachte er. Es konnte gar nicht anders sein. Kollegen hatten bei ihr gepetzt, sich über ihn beschwert. Wie erbärmlich.

»Wir waren gestern Abend noch im Sonnenhof. Es waren alle da – außer Lucidus, dem Anführer, und einem Mitglied namens Apricus. Die beiden haben wir zur Aufenthaltsermittlung ausgeschrieben«, berichtete Thomsen. »In Absprache mit der Staatsanwaltschaft Konstanz, versteht sich.«

»Liegt von diesem Mitglied Apricus im Zuge der freiwilligen Speichelabgabe auch die DNA vor?«

Thomsen nickte.

»Wie ist denn die derzeitige Lage in dieser Sekte nach dem gestrigen Abend?«, wollte die Polizeichefin weiter wissen.

»Es herrscht große Verunsicherung«, referierte Thomsen. »Wir haben in Absprache mit dem Sektenmitglied Brindur verfügt, dass die ›Kinder der Sonne‹ bis auf Weiteres auf ihrem Gelände bleiben. Dieser Brindur erzählte auch irgendetwas von einer Offenbarung, die Lucidus noch empfangen habe.«

»Was heißt das?«

»Das überprüfen gerade die Kollegen Schmittke und Walz«, sagte Thomsen und freute sich, dass er wenigstens das delegiert hatte.

Das Verhör war aber noch nicht zu Ende. Wie beim Tennis flogen die Köpfe der anderen Soko-Mitglieder während des Dialoges hin und her.

»Obduktion der gestrigen Leiche?«, fragte Frau Bergmann militärisch knapp.

»Kollege Winterhalter ist in der Freiburger Gerichtsmedizin dabei«, rapportierte Thomsen. »Er meldet sich, sobald er etwas weiß.«

»Wann haben wir den DNA-Abgleich, um zu wissen, ob der Tote wirklich dieser Sektenchef ist?«

»Wenn alles klappt, voraussichtlich noch im Lauf des heutigen Tages«, sagte Thomsen. Komischerweise fühlte er jetzt so etwas wie einen Verlustschmerz. Er kam zu dem Schluss, dass er Lucidus eigentlich ganz gern gehabt hatte. Ein sympathischer, charismatischer Mann. Und sehr sauber. Offenbarung – was sollte das bedeuten? Brindur war nicht sehr gesprächig gewesen.

»Hoffentlich«, sagte die Polizeichefin. »Der Landespolizeipräsident hat mich seit gestern Abend schon dreimal angerufen.«

Die Bergmann machte sich nicht einmal die Mühe, zu verschleiern, dass es ihr nur um den politischen Erfolg ging, dachte Thomsen.

»Noch etwas, Kollege«, sagte sie. »Es hat Beschwerden gegeben. Zum einen …«

In diesem Moment öffnete sich die große braune Doppeltür, und es trat ein überhitzter Winterhalter in den Saal. »70 Minute vo' de' Gerichtsmedizin bis hier vor d' Tür«, keuchte er.

Wie er aussah, offenbar ohne Klimaanlage im Auto. Auch an diesem Morgen hatte es draußen bereits mindestens 25 Grad.

»Noch schneller wäre es gegangen, wenn Sie uns von Freiburg aus angerufen hätten«, bekam auch er einen Bergmann-Tadel ab. »Neue Erkenntnisse?«

Winterhalter nickte und warf sich schwitzend auf seinen Stuhl gegenüber von Thomsen, der unauffällig die Nase rümpfte.

»Die verschmorte Leich' hät grad no' 16 Kilo g'woge', hät de' Gerichtsmediziner g'sagt«, gab er bekannt, wobei Thomsen auf dieses Wissen gerne verzichtet hätte. Winterhalter keuchte wieder ausgiebig und konnte dann ohne Dialekt fortfahren. »Aber dennoch hat es gereicht, um ein Projektil in den Knochen zu finden«, sagte er dann.

»Ein Projektil?«, fragte Frau Bergmann, die die Moderation übernommen hatte.

Winterhalter nickte. Was für eine Nacht. Und Hilde hatte immer noch nicht gekalbt, wie er vorher via Handy von seiner Frau erfahren hatte. Allmählich wurde es kritisch. »Schuss in den Bauchraum. Also Mord Nummer zwei an einem Sektenmitglied.« Er schwenkte einen Zettel mit dem etwas ausführlicheren, vorläufigen Obduktionsergebnis.

Frau Bergmann nahm das zur Kenntnis, indem sie mit der flachen Hand auf den Tisch schlug.

»Spurenlage am Tatort?«

Thomsen wollte sich zu Wort melden, doch Kriminalhauptkommissar Germann war schneller. »Am Auto selbst keine Fremdspuren. DNA im Innenraum wird noch überprüft. Etwa acht Meter neben dem Tatort lag eine gebrauchte Visitenkarte mit dem Aufdruck von E3, diesem Mobilfunkunternehmen, sowie einer Telefonnummer und Adresse eines Leiters der Abteilung Netzausbau. Derzeit wird ermittelt, ob diese Tatrelevanz besitzt oder ob sie einer der Helfer oder Medienvertreter verloren hat.«

»Gibt es Lichtbilder des Sektenmitgliedes Apricus für die Fahndung?«, fragte die Polizeichefin.

»Die Kollegen versuchen, welche zu organisieren.«

»Zwei tote Sektenmitglieder«, sinnierte Frau Bergmann. »Haben sich Kollegen beim Eingang des Sektenhofes postiert? Wir sollten auf Nummer sicher gehen. Ich habe kein Interesse daran, dass es auch noch einen dritten Mord gibt.«

Thomsen nickte. Was wollte sie denn? Er hatte doch alles im Griff. Gut, nachher müsste er noch mal mit der Staatsanwaltschaft telefonieren, die ja offiziell Herrin des Verfahrens war. Nicht, dass sich auch dort noch irgendjemand vernachlässigt fühlte. Ansonsten beschloss Thomsen, sein Vorgehen nur unwesentlich zu ändern. Er würde den vermeintlichen Doppelmörder persönlich dingfest machen. Das war er Lucidus schuldig. Und damit das gelang, musste er auch weiterhin zumindest bei allen neuralgischen Soko-Ortsterminen zugegen sein.

Hauptsache, die olle Bergmann verabschiedete sich bald wieder. Sie war in jeder Hinsicht im Wege. Allerdings machte sie keinerlei Anstalten dazu.

»Brainstorming ist sehr wichtig«, dozierte sie weiter. »Hat noch jemand einen Ansatz, der bisher nicht besprochen wurde? Verdächtige Personen?«

»Von Lucidus wurden der Imker Kaltenbach, der Mobilfunk-

Berater Konzmann, der Wirt der Großbiberbacher ›Linde‹ sowie unser derzeitiger Gastgeber, der Herr Bürgermeister, genannt«, sagte Thomsen.

Die Polizeichefin nickte. »Ich habe die Protokolle gelesen. Und ich habe außerdem mit Letzterem gesprochen. Er hat sich über die Verdächtigungen beschwert.«

Man konnte der Bergmann viel vorwerfen, aber wenn es um die Aufklärung eines Kapitalverbrechens ging, ließ sie sich von keiner Beschwerde davon abbringen, die betreffende Person genau unter die Lupe zu nehmen.

Außer, so lernte Thomsen in dieser Minute, bei der betreffenden Person handelte es sich um einen Parteifreund Bergmanns. Immerhin: ihre kritische Bemerkung galt diesmal Winterhalter, der den Bürgermeister als Zeugen vernommen hatte. Er habe ihn »mutmaßlich« unter Druck gesetzt, lautete der Vorwurf. Sie halte den Mann für unschuldig. Er habe am Abend des ersten Mordes bis nach 19 Uhr 30 im Rathaus zu tun gehabt.

»Keine Zeugen«, konstatierte Winterhalter, der sich an dem Bürgermeister festgebissen hatte.

»Er hat keinen Führerschein. Wie sollte er denn zum Sektengelände gelangt sein?«, fragte Frau Bergmann.

»Warum hat er denn keinen Führerschein?«, parierte Winterhalter mit einer Gegenfrage.

Ein Kollege machte pantomimische Trinkbewegungen und holte sich dafür ebenfalls eine Rüge ab.

Thomsen mischte sich ein: »Wir sollten noch heute Vormittag die von Lucidus Genannten bezüglich ihres Alibis am gestrigen Abend überprüfen.«

»Ist das noch nicht geschehen?«, fragte Frau Bergmann, als sei der zweite Mord schon 14 Tage her. Die Antwort blieb aus.

»Und wir sollten den Pfarrer noch mal unter die Lupe nehmen«, schlug Thomsen jetzt vor. Schließlich habe das erste Opfer zuvor bei ihm gebeichtet, und er wolle nichts zum Warum beitragen.

»Wieso nicht gleich den Papst?« Frau Bergmann stand der Sinn keineswegs nach weiteren Beschwerden von Amtsträgern.

»Und jetzt an die Arbeit!«, sprach sie ein Machtwort. »Sollten wir in den nächsten Tagen nicht entscheidend weiterkommen, müssen wir uns mit dem Gedanken eines Massen-DNA-Tests auseinandersetzen.«

Zehn vor zehn zeigte die große runde Uhr des Ratssaales an, als Frau Bergmann diesen dynamisch verließ. Sie würde sich auf dem Laufenden halten und vielleicht schon am Spätnachmittag wieder vorbeischauen. Thomsen konnte es kaum erwarten. Aber immerhin leitete er die Soko nach wie vor. Insgeheim spielte er erstmals in seiner Laufbahn mit dem Gedanken, einen Falschen festnehmen zu lassen. Und zwar nur, damit sich Frau Bergmann bei der dann einberufenen Pressekonferenz so richtig blamierte …

## 22. Hummels Ausstieg

»Aber das Beste«, sagte Klaus Riesle, »weißt du noch gar nicht.« Es war früher Nachmittag, und die beiden Freunde saßen in Riesles aufgehübschtem Kadett. Carolin war vor einer Stunde nach Heilbronn aufgebrochen und hatte sich optimistisch gezeigt, bereits am nächsten Tag wieder da zu sein.

Während Riesle das Ortsschild von Peterzell passierte, kramte er in der Ablage herum und förderte eine in einer Klarsichthülle liegende Karte mit dem Konterfei des heiligen Ambrosius zu Tage.

Hummel betrachtete sie. Eigentlich war er nur mitgefahren, um Riesle zu besänftigen. Wieder mal. Und natürlich auch, weil er nicht bei Carolin sein konnte.

»Hast du die der Polizei geklaut?«, fragte Hummel fassungslos. Ihm fiel auf, dass er seinem Freund mittlerweile fast jeden Gesetzesbruch zutraute. Auch ein bedenkliches Zeichen, was die Entwicklung ihrer Beziehung betraf.

Der schüttelte belustigt den Kopf: »Gefunden.«

»Gefunden? In der Kriminaltechnik – oder wo?«, fragte Hummel weiter. Er hatte wieder seine Bermudas an und dazu die italienischen Schuhe.

»Nein«, sagte Riesle und machte eine Kunstpause: »Gestern Abend am Tatort. Lohnt sich doch, wenn man der Erste ist.«

Hummel überlegte. Zum einen, dass er selbst doch überhaupt nichts mehr mit diesem Fall zu tun haben wollte und sich viel lieber um Maximilian gekümmert hätte. Doch Martina und der Enkel waren wieder nicht da gewesen, als er vorhin von Carolin in der Südstadt abgeliefert worden war. Vor dem Haus hatte er sie zum Abschied auf den Mund geküsst. Vor dem eigenen Haus! Natürlich primär als Akt der Liebe, aber ein Nebeneffekt war, dass es wahrscheinlich auch die Pergel-Bülows gesehen hatten. Sollten sie es doch ruhig Elke erzählen.

Dann konzentrierte sich Hummel wieder auf die Ambrosius-Karte: »Das bedeutet, diese Karte befand sich schon wieder an einem Leichenfundort?«

»An einen Baum gepinnt«, nickte Riesle.
»Und es ist dieselbe Karte?«
»Die gleiche, nicht dieselbe. Auf der Rückseite steht sogar wieder Rosina, aber nichts von wegen ›du bist des Ambrosius nicht wert‹.«
»Das heißt ...«, ging Hummel, der Germanist, ganz auf Nummer sicher, angesichts von Riesles Schreibstil musste man befürchten, dass ihm die Feinheiten der deutschen Sprache nicht immer vertraut waren, »... es gibt also zwei solche Karten.«
»Das heißt es«, nickte Riesle wieder.
»Und was sagt die Polizei?«, wollte Hummel wissen.
Jetzt zögerte Riesle etwas. »Die weiß es eigentlich noch gar nicht«, sagte er dann.
»Auf gut Deutsch«, forschte Hummel weiter, »du hast der Polizei das Beweismittel vorenthalten?«
»In der Nähe dieses brennenden Autos lag noch eine andere Karte – eine Visitenkarte«, sagte Riesle statt einer Antwort.
»Die hast du aber nicht auch noch ...«
Der Journalist schüttelte den Kopf und deutete auf die Mittelkonsole. »Habe mir lediglich Namen und Nummer abgeschrieben. Hier, auf diesem Zettel. Irgendwas mit Mobilfunk.«
Hubertus überkam das unangenehme Gefühl, wieder in eine Sache verwickelt zu werden, die ihm Ärger einbrachte. Und zwar, ohne dass er einen Einfluss darauf hatte. Klaus hatte ihn in gewisser Hinsicht manches Mal einfach an sich gekettet – so wie beim Eindringen in das Haus des Imkers oder auch jetzt im Auto. Hummel mochte es nicht, fahrtechnisch von anderen Leuten abhängig zu sein. Apropos: »Pergel-Bülows Wagen!« Hummel schlug wütend aufs Handschuhfach. »Klaus, ich brauche den jetzt dringend!«
»24 Stunden! In 24 Stunden hast du ihn wieder. Er wird aussehen wie neu.«
»Ich weiß es ja wirklich zu schätzen, dass du dich darum kümmern willst. Aber langsam wird mir das Ganze selbst vor denen richtig peinlich.«
Das Klingeln seines Handys lenkte ihn ab. Endlich konnte er mit Martina sprechen. Sie war gerade aus ihrer brandlädierten

Wohnung ins elterliche Haus zurückgekehrt und enttäuscht, dass der potenzielle Babysitter schon wieder durch Abwesenheit glänzte. Ihrer Stimme entnahm Hummel aber auch eine gewisse Unruhe. Sie hatte den »Kurier« gelesen, und auch sie war wegen des zweiten Mordes nun einigermaßen besorgt.

Hummel erklärte, dass er sich gerade auf dem Weg zum Sonnenhof befände. Er werde spätestens gegen Abend wieder zu Hause sein und dort natürlich auch die Nacht verbringen, sodass man sich nachher gewiss sehe.

Martina verkniff sich die Frage, ob er es wage, diese Carolin auch mitzubringen, und stellte dann eine ganz andere: »Hast du eigentlich Klaus eine Kette von Mama gegeben? Oder einen Ring? Er wollte das vorgestern Abend unbedingt – aber ich hab's abgelehnt.«

Auch Martina hatte den Eindruck, dass sich Riesle in jüngster Zeit eher zu seinem Nachteil verändert hatte. Vor ein paar Jahren waren sie noch gemeinsam mit ihrem Vater regelmäßig zum Eishockey gegangen. Damals hatte sie in Riesle einen sympathischen Chaoten und cleveren Journalisten gesehen – einen witzigen Typen, von dem man Backstage-Karten für Konzerte bekam und der zwar fast gleich alt, aber deutlich weniger spießig als ihr Vater war. Inzwischen merkte aber auch sie, dass Klaus auf der sozialen Skala etwas abrutschte und meist um sich selbst kreiste.

Hummel verneinte die Frage und verabschiedete sich, nicht ohne noch kurz mit Maximilian gesprochen zu haben, der ihn immerhin noch erkannte: »Oooopa?«

Er wandte sich wieder Riesle zu, der in der Zwischenzeit vergeblich versucht hatte, dem Polizeifunk Neues zu entnehmen. »Ich hoffe, du hast das Vorhaben, Elke abzuhören, mittlerweile aufgegeben. Hast du wirklich geglaubt, Martina würde dir was geben? Oder ich?«

Statt einer Antwort deutete Riesle mit dem Daumen in Richtung Rücksitz. Sein Wagen nahm sich mittlerweile aus wie der Kommandostand einer Terrorismusfahndung. Außer dem Gerät zum Abhören des Polizeifunks hatte der Journalist hinter der Mittelkonsole noch ein weiteres würfelförmiges Teil mit Antenne eingebaut, das ebenfalls einem Funkgerät glich. Es sollte Bestandteil des »großen Lauschangriffs« sein, den Klaus vorhatte.

Der Journalist kramte in der Mittelkonsole, die so groß wie schmutzig war, und holte etwas heraus, das nach Riesles Meinung wohl das Meisterstück in seiner Laufbahn als schreibender Hobbydetektiv und vor allem als Hobbytechniker war. Etwas selbstverliebt nahm er das sonnenförmige Amulett in die Hand, das er für diesen Zweck eigens am Morgen bei einem Goldschmied hatte präparieren lassen.

In der Mitte des Amuletts befand sich ein Stein, hinter dem er einen fingernagelgroßen Sender befestigt hatte. Davon wusste der Goldschmied freilich nichts. Dieser hatte nur dafür gesorgt, dass sich das Amulett öffnen und wieder schließen ließ. Auf der Rückseite war in fein geschwungener Schrift »Maximilian« eingraviert. Die Sonne in Verbindung mit dem Namen des Enkels würde Elke dazu bringen, das Amulett immer bei sich zu tragen, lautete Klaus' Plan. Egal, wo sich die Frau seines Freundes auf dem Sektengelände bewegte, er würde es hören können.

»Du spinnst komplett, Klaus«, sagte Hummel. »Perfide«, war das Wort, das ihm dazu einfiel. Riesle setzte sich sukzessive über alle Grenzen menschlichen Anstands hinweg. Und jetzt auch noch den Enkel für eine solche Aktion zu missbrauchen, das war der Tropfen, der das Fass zum Überlaufen brachte. Möglicherweise würde er dazu noch Elke in Gefahr bringen. Hummel überkam der dringende Wunsch, aus dem Auto auszusteigen, auch wenn er mittlerweile mindestens 30 Kilometer von zu Hause weg war. Er wusste nicht, ob es daran lag, dass er älter wurde. Oder daran, dass er frisch verliebt war. Er merkte nur, dass er eigentlich ein wirklich konservativer Mensch war. Jemand, der kein voyeuristisches Interesse mehr an Morden hatte. Jemand, der sich nicht von einem Berufsjugendlichen wie Riesle in Dinge verwickeln lassen wollte, denen er nicht mehr gewachsen zu sein glaubte. Aussteigen, mit dem auch noch so karg ausgebauten Öffentlichen Nahverkehr nach Villingen zurückfahren, den ramponierten Hybridwagen in Riesles provisorischer Werkstatt abholen, Pergel-Bülows den Schaden ersetzen, mit Maximilian auf die Landesgartenschau gehen und dort schöne Stunden auf diesem Naturspielplatz am Neckarufer verbringen – so sollte der Tag weitergehen. Dann würde er abends mit Martina ein langes Gespräch von Vater zu Tochter führen und morgen Carolin wieder in seine Arme schließen. Ein trotz aller Beziehungsirrungen bürgerliches Leben eben. Und wenn Elke anderes erstrebte: bitteschön. Er würde ihr nicht im Weg stehen – und nicht einmal einen Wutanfall bekommen, wenn sie Brindur in einer sekteneigenen Massentrauung heiraten wollte. Nur um ihre Entlassung aus dem Schuldienst sollte sie sich bitteschön selbst kümmern.

Es war völlig sinnlos, mit Riesle über diese Bedenken zu streiten. Man konnte ihn nur vor vollendete Tatsachen stellen. »Lass mich aussteigen, Klaus«, sagte er deshalb.

Der reagierte weitaus weniger cholerisch, als Hubertus vermutet hatte. Sachlich fragte er: »Du willst Elke also hängen lassen? Nach zwei Morden in ihrer unmittelbaren Umgebung?«

Wieder die Verantwortungsfrage. Offenbar schien ja auch Martina nun von ihm zu erwarten, dass er sich da noch einmal einmischte. Hubertus schnaufte tief durch, doch irgendetwas sagte weiterhin zu ihm: »Bleib weg von diesem Sonnenhof. Bleib weg von Riesle!«

»Sie ist deine Frau, Hubertus. Nach wie vor.«

»Nein, Klaus«, sagte Hubertus leise. »Bitte halt an.«

Riesle stoppte mitten in der Einsamkeit des Schwarzwald-Tales, und Hummel öffnete die Beifahrertür. »Tut mir leid«, meinte er dann. »Wir telefonieren.«

Riesle zuckte die Schultern und gab Gas, ohne Hubertus, der zum Abschied die Hand hob, noch einmal anzusehen.

Der Journalist fühlte sich jetzt wie ein Einzelkämpfer. Ein Desperado, für den keiner Verständnis hatte: weder die Frauen noch der einstmals beste Freund. Und die Kollegen auch nicht. Er beschleunigte. Gut, dass er Hummel nichts von seinem ursprünglichen Plan erzählt hatte. Demnach hätten Martina und Maximilian nämlich Elke noch einmal besuchen sollen, wobei die Wanze in Maxis Windel befestigt gewesen wäre. Für eine Dauerüberwachung wies der Plan aber Lücken auf, da er nur bis zur nächsten vollen Windel funktioniert hätte. Und das konnte schnell gehen, wie er als ehemaliger Stammgast der Familie Hummel wusste.

Riesle überlegte kurz, ob seine Ideen moralisch wirklich so verwerflich waren. Solange er die Wanze nicht an einem Toten festklemmte, konnte er daran aber eigentlich nichts Ehrenrühriges entdecken.

Doch wie ging es jetzt weiter? Wie sollte er Elke das Amulett übergeben? Er hatte sich vorgestellt, dass Hummel das versuchen würde. Aber wie? Das Rohkost-Restaurant »Ahimsa« war nach den neuerlichen Vorkommnissen sicher erst recht geschlossen. Und ob die an der Pforte das Amulett wirklich an Elke weiterleiten würden?

Er drehte das Radio an. Dort wurde vermeldet, dass das Land Baden-Württemberg für die Not leidenden Imker aufgrund des Bienensterbens einen Sonderfonds von fünf Millionen Euro eingerichtet habe. Das würde sicher auch Kaltenbach gefallen. Vielleicht war er dann künftig etwas weniger aggressiv. Wie viel er von den fünf Millionen wohl abbekommen würde?

Seine Überlegungen wurden vom Handyklingeln unterbrochen.

Hubertus.

»Herr Riesle?« Der Empfang war mäßig.

Nicht Hubertus.

»Ja?«

»Winterhalter. Sie wissen schon. Kripo Villingen-Schwenningen. Wo sind Sie?«

Au weia. Hatten die das mit der Ambrosius-Karte spitzgekriegt? Aber wie?

»Auf dem Weg zum Sonnenhof«, brüllte Riesle ins Handy und verfluchte wieder einmal die Funklöcher des Schwarzwaldes.

»Dann treffen wir uns dort in einer halben Stunde«, sagte Winterhalter. Zumindest verstand das Riesle, denn der Beamte war nur noch sehr undeutlich zu hören.

»Gerne – aber warum?«

Nun lieferte das Handy lediglich noch Wortfetzen. Ein Wort lautete offenbar »Einbruch«, ein anderes »Alibi«. Ein drittes und viertes schien Teil einer Frage zu sein – nach Hummel, den die Polizei wohl auch dringend sprechen wollte. Und schließlich hörte Riesle noch etwas von einem DNA-Test.

500 Meter hatte Hubertus Hummel in der sengenden Hitze, der er auf dem Asphalt der Landstraße schutzlos ausgesetzt war, schon geschafft. Die feinen italienischen Treter waren bereits durchgeschwitzt und vom Staub weitgehend entwertet. Die Glocken einiger Kühe auf der saftigen Wiese bimmelten kräftig vor sich hin. Bis zur nächsten Bushaltestelle waren es sicher noch fünf oder sechs Kilometer. Und nur der Himmel wusste, wann dann tatsächlich ein Bus fuhr. Trampen oder Taxi, lauteten die beiden Alternativen. Hummel entschloss sich für die erste und hielt den Daumen raus.

Gleich der erste Wagen hielt an. Prima.

»Du?«

Winterhalter wartete bereits vor der Mauer des Sonnenhofes. Die Zahl der Journalisten war nach Bekanntwerden des zweiten Mordes weiter angestiegen, und der Ö wurde nun auch in englischer und französischer Sprache bedrängt. Belagerungszustand. Die noch übrigen »Kinder der Sonne« waren inzwischen europaweit berühmt.

»Folgendes, meine Herren«, sagte Winterhalter zu Hummel und Riesle. Er hatte die beiden in einen Polizeibus gebeten und sehnte sich nach dem Feierabend. Wenigstens für ein paar Stunden nach Hause. Zur trächtigen Hilde. »Zunächst muss ich Sie als Tatverdächtige in einer Einbruchsache vernehmen.«

»Der Imker?«, schwante es Klaus.

»Sie geben es also zu?«, fragte Winterhalter überrascht.

»War das wirklich der Hauptgrund, weshalb Sie unbedingt mit uns sprechen wollten?«, antwortete Riesle mit einer Gegenfrage. Hummel beschloss, gar nichts zu sagen. Er überlegte, ob es Schicksal war, dass er nun doch wieder hier am Sonnenhof gelandet war.

»Eigentlich nicht«, meinte Winterhalter jetzt. »Der Herr Thomsen findet es verdächtig, dass Sie offenbar nicht nur bei dem Herrn Kaltenbach eingebrochen sind, sondern auch in der Nähe beider Tatorte waren.« Er räusperte sich: »Kurz und gut: Ich bräuchte Ihre Alibis. Und wären Sie bereit, auf freiwilliger Basis auch eine DNA-Probe abzugeben?«

Riesle lachte, Hummel überhaupt nicht.

»Ärger wegen des Einbruchs bekommen Sie beide aber so oder so«, meinte Winterhalter.

»Wir haben nur recherchiert – und nichts mitgenommen«, rechtfertigte sich Riesle. »Allenfalls war das ein … ein kleiner Hausfriedensbruch. Wenn überhaupt.«

»Ich will nicht mit Ihnen über den Straftatbestand diskutieren«, sagte Winterhalter. »Wie sieht's mit dem DNA-Test aus?«

Beide hatten keine Einwände.

»Haben Sie eigentlich schon was von Ihrer Frau gehört, Herr Hummel?«, fragte Winterhalter.

Der schüttelte den Kopf. »Sie?«

»Die Stimmung da drin ist nicht mehr so gut«, verriet der Kriminalbeamte. »Die Sektenleute klammern sich noch an eine letzte Offenbarung von Lucidus, die irgendetwas Elementares beinhalten soll. Ich werde nachher noch mal reingehen und hoffentlich Genaueres erfahren. Soll ich Ihrer Frau was ausrichten?«

»Sie soll rauskommen«, sagte Hummel.

»Bis auf Weiteres werden wohl alle Sonnenkinder zusammen drin bleiben. In ein paar Tagen wird man dann sehen«, meinte Winterhalter.

»Sie gehen demnächst noch mal in den Sonnenhof?«, fragte Riesle.

Winterhalter nickte. »Aber falls Sie glauben, ich würde Sie mitnehmen …«

»Keineswegs«, beschwichtigte Riesle. »Nur: Könnten Sie Frau Hummel dieses Amulett geben? Es soll sie an ihren Enkel erinnern. Wir wünschen ihr viel Kraft.« Er zog das sonnenförmige Schmuckstück aus der Tasche und überreichte es Winterhalter.

Hummel war nicht einmal danach, zu protestieren. Sie sollten ihn einfach nur alle in Ruhe lassen.

Winterhalter nickte. »Maximilian«, las er. »Ist das der Name Ihres Enkels?«

Hummel nickte stumm.

»Wird erledigt«, meinte Winterhalter dann. »Wenn wir das mit dem DNA-Test angehen: Herr Riesle, Sie wären weiterhin unter dieser Handy-Nummer zu erreichen?«

»Ich bin prinzipiell immer erreichbar«, sagte der. »Allerdings: Was den Empfang von hier aus betrifft …«

»Schon klar – das Funkloch macht einen wie Sie fertig«, meinte Winterhalter süßsauer lächelnd und stieg aus dem Polizeibus. Die beiden Freunde folgten ihm.

»Danke, dass du wegen des Amuletts nichts gesagt hast«, murmelte Riesle. »Du wirst sehen, das ist auch ein Schutz für Elke. Der Sender hat eine Reichweite von gut 200 Metern. Wir müssen uns mit dem Wagen eben direkt in unmittelbarer Nähe aufhalten. Dann dürfte uns keines ihrer Worte entgehen. Ich habe schon alles vorbereitet.«

Hummel wandte sich wortlos ab und sprach die Besatzung eines Wagens mit der Aufschrift »SWR« an, die gerade losfahren wollte.

»Sind Sie vom Studio Villingen-Schwenningen?«

Die beiden Insassen, Mann und Frau, nickten.

»Fahren Sie jetzt dorthin?«

Wieder Nicken.

»Würden Sie mich bitte mitnehmen?«

Nach kurzem Zögern durfte er einsteigen. Er tat das, ohne sich noch einmal umzudrehen.

## 23. Gegen den Mast

So viel wie in den letzten Tagen war in Großbiberbach seit der Ortsgründung 1377 noch nie los gewesen. Winterhalter jedenfalls war am Rande seiner Kapazitätsgrenze angekommen. Sich krankschreiben zu lassen, um in mehr oder weniger großer Ruhe die liegen gebliebene Arbeit auf dem Bauernhof samt Kalbungs-Überwachung zu verrichten, widersprach aber seinem Pflichtgefühl. Viel fehlte jedoch nicht mehr. Thomsen war nach dem mächtigen Anpfiff durch die Polizeichefin noch introvertierter und schlechter gelaunt als sonst. Er hatte zwar mehr als zuvor delegiert, aber immer nur die Dinge, die garantiert besonders langweilig und kaum erfolgversprechend waren. Nachbarschaftsbefragungen bei Dutzenden Dorfbewohnern, die so etwas von überhaupt nicht als Täter infrage kamen. Und eben die Überprüfung sowie »nach Möglichkeit strafrechtliche Verfolgung« der Thomsen lästigen Herren Hummel und Riesle.

Der Soko-Leiter selbst widmete sich hingegen nach dem Fund der Visitenkarte am Tatort der Mobilfunkspur.

Immerhin mehr als 100 Personen waren es, die sich am Nachmittag auf der Brunnholzer Höhe einfanden, auf der der 52 Meter hohe Mobilfunkmast entstehen sollte. Am bislang noch unbebauten Ort des Zankapfels wollten die Gegner des Vorhabens demonstrieren.

Eine mit Spannung erwartete Gruppe fehlte allerdings – die Sektenleute. Sie hatten noch vor wenigen Tagen »aus Liebe und Solidarität zur Schöpfung« ihre Teilnahme an der Demonstration angekündigt, glänzten nun aber nach dem immer noch nicht offiziell bestätigten Tod von Lucidus durch Abwesenheit. Ob aus eigenem Antrieb oder weil es die Polizei untersagt hatte, blieb den Veranstaltern zunächst unklar. Auch wenn dadurch die Teilnehmerzahl reduziert wurde, schien es ihnen aber ganz recht zu sein.

Klaus Riesle dagegen fand es ziemlich bedauerlich. Er hatte sich unter die Demonstranten gemischt, weil er eine weitere

Geschichte witterte. Anschließend würde er möglichst nahe an den Sonnenhof fahren und hoffen, dass er alles richtig berechnet und Winterhalter das Amulett auch wirklich übergeben hatte, sodass er Elke abhören konnte. – Und Hummel? Der sollte zur Hölle fahren.

Unter den Demonstranten waren mindestens fünf Zivilpolizisten, die Riesle kannte. Erster Redner war der Lehrer, den er wenige Tage zuvor in der »Linde« befragt hatte. Er stand auf einem ebenso provisorischen wie klapprigen Gerüst und hielt ein altes Mikrofon in der Hand. Derweil skizzierte er mit bedächtiger Stimme die Chronologie des Streits um den Mast. Zunächst habe der Mobilfunk-Multi bei der Gemeinde angefragt, um den UMTS-Mast auf der gemeindeeigenen Brunnholzer Höhe zu errichten. Der Bauausschuss habe die Verpachtung des Grundstücks auch genehmigt.

»Wenn wir nicht eingegriffen hätten, wäre das alles stillschweigend über die Bühne gegangen«, betonte der Lehrer, der in der gleißenden Sonne allmählich auszutrocknen schien. Er wirkte noch ausgemergelter als an dem Abend in der Kneipe. Eine »machtvolle und wachsame Bürgerinitiative für ein gesundes Großbiberbach« habe sich gegen den drohenden Mast gegründet, betonte er. Und das sei auch dringend geboten gewesen. Denn, so zitierte er aus dem »Freiburger Appell« mobilfunkkritischer Ärzte: Konzentrations- und Verhaltensstörungen, Blutdruckentgleisungen, Herzrhythmusstörungen, Kopfschmerzen, Erschöpfung und sogar Krebs – all diese Krankheiten würden durch elektromagnetische Felder in der Nähe von Mobilfunkmasten sowie durch intensive Handynutzung hervorgerufen. Jedenfalls sei es seinen Mitstreitern und ihm in Großbiberbach durch »gezielte Einzelgespräche mit Gemeinderäten gelungen, mehrere für die Mobilfunkgefahren zu sensibilisieren«. Die Kommune habe schließlich zugesichert, einen vom Land bezahlten Mobilfunk-Berater einzuschalten.

»Der isch aber nit nu' vom Land, sondern au' vo' de Mobilfunkmafia bezahlt worde'«, erläuterte ein Mann neben Riesle. Auch ihn kannte er aus dem Wirtshaus – der knorrige Bauer Brändle. »Der Scheiß-Mast wär' grad 300 Meter vo' meinem Hof weg«, fügte der noch hinzu. »Die spinne' doch.«

Auf dem Podium appellierte der Lehrer an den »mündigen Bürger«, während ein paar Plakate mit durchgestrichenen Handys hochgehalten wurden. Die vielleicht 30 Demonstranten aus dem Dorf wurden verstärkt durch Aktivisten aus Villingen-Schwenningen und Freiburg.

»Wie war das mit dem Mobilfunk-Berater?«, fragte Riesle den Bauern.

»Dieser Typ isch en' Diplom-Ingenieur und sollt' eigentlich objektiv sei', aber die offizielle Informationsveranstaltung war en Witz«, berichtete er. »Da war von Anfang an klar, dass der des Ding am geplante Standort durchdrücke' will.«

Auf dem Podium hatte der Lehrer mittlerweile seine Rede beendet. Er übergab an Dr. Duffner, den Arzt, dem die Mobilfunkgegner vertrauten.

Hauptkommissar Thomsen beobachtete die Veranstaltung mit unergründlicher Miene. Gelegentlich machte er sich Notizen.

»Haben Sie denn Beweise, dass der Berater von den Mobilfunkunternehmen geschmiert wurde?«, fragte Riesle.

»Beweise, Beweise, ich brauch' keine Beweise. Des isch die Wahrheit. Jeder offizielle Mobilfunk-Berater hätte mal selbscht g'messe und sich g'fragt, weshalb die Strahlung vo' dem geplante' Sender so stark sei' muss. Aber der feine Herr hät alles scho' vorher präsent g'habt.«

»Und wie wird es jetzt rein rechtlich weitergehen?«, wollte Riesle wissen.

»De Gemeinderat wird sich aufgrund der Empfehlung demnächst wohl endgültig dafür ausspreche', des Grundstück an die Mobilfunkmafia zu verpachte'. Aber mir klage' dagege' – wobei ich nit viel Hoffnung in die irdische Gerechtigkeit setz'.«

Vorne auf der Bühne war der Arzt mittlerweile von einer Handvoll Gegendemonstranten unterbrochen worden. Es kam zu einer Diskussion zwischen dem Mann am Mikrofon und zwei, drei aufgebrachten Dorfbewohnern, darunter dem Wirt.

Na also, dachte Riesle. Das ist doch direkte Demokratie in Reinkultur. Auch wenn nicht alle der fallenden Ausdrücke unbedingt parlamentarisch wertvoll schienen. »Dubel« zum Beispiel.

Ohnehin waren die Argumente sicherlich alle schon dutzendfach ausgetauscht. Die Mobilfunkskeptiker hatten Angst vor Krankheiten und konnten auf diverse Studien verweisen. Außerdem beklagten sie die Verschandelung der schönen Schwarzwald-Landschaft. Die andere Seite verfügte über ähnlich viele Studien, die besagten, dass Erkrankungen aufgrund des Mobilfunks keiner wissenschaftlichen Prüfung standhielten.

Das bestritt ein anderer Mann, der nun auf das Podium kletterte. Er sah aus wie ein Imker. Der schräge Kaltenbach war es aber nicht. Der Mann wurde von Dr. Duffner als »Elektrosensibler« vorgestellt – und der weiße Anzug hatte nichts mit Honig, sondern mit Strahlenschutz zu tun. Er berichtete von seiner Odyssee von Funkloch zu Funkloch. »Wenn wir uns nicht wehren und der Mobilfunkmast kommt«, sagte er, »werde ich hier in einigen Monaten nicht mehr stehen können.« Schon wenn er geringeren Dosen von elektromagnetischen Feldern ausgesetzt sei, plagten ihn Kopfschmerzen und Übelkeit – regelmäßige Zusammenbrüche seien die Folge. Und so müsse er im Wald zwischen Großbiberbach und Langenschiltach in einem Wohnmobil leben. Wie es im Falle des Mastenbaus mit ihm persönlich weitergehe, wisse er nicht.

»Des isch doch en Irre«, rief einer der Gegendemonstranten.

Dr. Duffner griff sich wieder das Mikrofon. »Es gibt etliche Gutachten, die bezeugen, dass von einer psychischen Erkrankung keine Rede sein kann«, beschwichtigte er. Elektrosensibilität sei ein Krankheitsbild – und bei seinem Patienten sei es deshalb so weit gekommen, weil er jahrelang selbst als Mobilfunktechniker gearbeitet habe und deshalb einer besonders hohen Strahlung ausgesetzt gewesen sei.

»Mittlerweile gibt es offiziell in Deutschland eine Handy-Netzabdeckung von 99,1 Prozent«, sagte der Mann im Schutzanzug. »Es wäre wichtig, dass der Erhalt von Funklöchern gesetzlich geschützt wird. Denn wo sollen Menschen wie ich sonst hin?«

»Hier isch jedenfalls kein Platz für Sie«, rief der Wirt, der die Touristen schon fast sehen konnte, wie sie in sein Großbiberbach strömten, wenn es endlich auf dem neuesten technischen Stand wäre.

»Sie sind unmenschlich«, wies ihn eine Frau zurecht.

»Wenn's nach euch ging, würde mir no' im Mittelalter lebe«, schrie der Wirt jetzt. Die direkte Demokratie in Großbiberbach äußerte sich wirklich durchaus rustikal.

Riesle grinste. Aber nur kurz, denn dann schaltete sich der Bauer wieder ein, mit dem er gerade noch gesprochen hatte. »Du bisch doch au' einer vo' dene', die gekauft worde' sind, damit sie im G'meinderat für de' Mascht abstimme'«, brüllte er den Wirt an. Aha, der war also auch Großbiberbacher Volksvertreter.

»Du bisch doch eh gege' alles. So richtig bigott. Es geht um d'Zukunft – und ohne Handy-Empfang habe' mir keine«, schrie der Wirt wieder.

»Mit Krebs hasch du aber kei' Zukunft«, brüllte Bauer Brändle zurück. »Krebs! Kapier'sch du des? Isch dir klar, wa' des a'richte' kann?«

Riesle überlegte, ob er eingreifen sollte. Aber eigentlich war es ganz interessant. Dafür bat Dr. Duffner vom Podium her um Mäßigung.

»Dieser Mobilfunk-Berater: Wissen Sie, wie der heißt und wo er wohnt?«, fragte der Journalist nun Brändle.

»In Schwenninge'. Und de' Name: Konzmann heißt der Kriminelle. Der hät die Hauptschuld an dem Maschte. Zusamme' mit dene ganze Korrupte hier im Dorf.«

Konzmann, Schwenningen. Riesle würde sich den Namen merken.

Er nickte Bauer Brändle zu und lief in Richtung des Wirtes, der gerade mit dem Pfarrer diskutierte. Letzterer versuchte ebenfalls, zur Deeskalation der Situation beizutragen.

»Gut, dass ich Sie treffe, Herr Pfarrer«, sagte Riesle. »Sagen Sie mal: Wie war denn das mit diesem Mellitus im Beichtstuhl? Was hat der Ihnen eigentlich gesagt?«

Dass es dem Wirt nicht recht war, dass Riesle dessen Beobachtung an den Pfarrer weitergab, leuchtete Riesle ja im Nachhinein noch ein. Dass der Gottesmann ihn aber einfach stehenließ, empfand er schon als etwas unhöflich.

## 24. Abgehört

Klaus Riesle spürte ein Kribbeln in der Magengrube. Ja, diese Aktion gab ihm einen Kick. Hier am Waldrand in seiner rollenden Kommandozentrale auf der Lauer zu liegen und vermutlich gleich über seinen selbstgebauten Empfänger direkt mit dem Sektenhaus verbunden zu sein, das löste in ihm Anspannung und Vorfreude aus.

Ein paar Unsicherheitsfaktoren gab es freilich. Einer davon war Elke. Sie konnte das Amulett verschmähen, es also gar nicht tragen wollen, sie konnte es aber auch gar nicht erst bekommen haben. In beiden Fällen würde Funkstille herrschen.

Auch technische Gründe waren im Falle eines Scheiterns denkbar. Dabei bereitete ihm weniger der Minisender Sorgen. Den hatte er sich per Internet und Eilzustellung bei einem Stuttgarter Geschäft für Spionageartikel besorgt. Kopfzerbrechen machte ihm, ob der klobige, nach dem »Kleinen Abhör-Ratgeber« selbst zusammengebaute Empfänger so funktionieren würde, wie er es noch heute Morgen beim Ausprobieren getan hatte. Mangels Gesprächspartner hatte er den Sender am Polizeifunk-Abhörgerät installiert und sich dann mit dem Empfänger in die Werkstatt in etwa 150 Meter Entfernung zurückgezogen. Nach einigen Minuten hatte er sich doppelt gefreut: er hatte etwas gehört – und dieses Etwas war die Beamtin mit seiner Lieblingsstimme gewesen.

Apropos Polizei: Eine weitere Möglichkeit des Scheiterns bestand darin, dass ihn die ja hier nur einen Steinwurf vom Sonnenhof ziemlich stark vertretene Staatsmacht kontrollierte, seine technischen Hilfsmittel entdeckte und diese aus dem Verkehr zog.

Riesle hatte nur wenig mit den Sektenleuten gemein – aber er entschloss sich, künftig deren positives Denken zu übernehmen.

Er betätigte den Regler des Empfängers, um nach dem entsprechenden frei schwingenden Sender zu suchen. Er stellte auf volle Lautstärke, lauschte gespannt einem unregelmäßigen Rauschen, das man mit etwas Wohlwollen auch als Atemgeräusch einer Person wahrnehmen konnte.

Mehr passierte allerdings nicht. Fünf Sekunden lang, zehn, fünfzehn.

»Ich habe Angst, Brindur«, hörte er dann. Zwar schwach und etwas undeutlich – doch das war sie, Elke!

»Ich bin nicht so stark wie du. Wenn Lucidus …«

Sie begann zu weinen. Riesle war so begeistert von der Übertragung, dass er auf den Inhalt zunächst gar nicht achtete.

Irgendwann aber doch: War das überhaupt Elke?

Es war Fiducia. So zumindest nannte dieser Brindur sie nun, und Riesle benötigte zwei Sätze, bis ihm klar war, dass Elke und Fiducia ein und dieselbe Person waren.

Brindur klang via Funk noch undeutlicher als sie, was insofern logisch war, als der Sender ja um Elkes Hals hängen musste, während der Gesprächspartner wohl ein paar Meter entfernt stand. »Meine Liebe.«

Es kratzte im Funk, doch fortan verstand er Brindur deutlicher. Er hatte sich Elke und damit dem Sender offenbar genähert. Und deutete er das Knarzen richtig, streichelte er sie vielleicht sogar gerade. Riesle überlegte, ob es eher schade oder sogar ganz gut war, dass Hummel gekniffen hatte. Interessieren würde diesen die Übertragung zweifelsohne …

Auch deshalb drückte er auf den Aufnahmeknopf des in den Empfänger integrierten, etwas antiquierten Kassettenrekorders. Auf den hatte er kurzfristig zurückgegriffen, nachdem der MP3-Player seinen Dienst versagt hatte. Zum Glück hatten in seiner Werkstatt auch noch ein paar uralte Kassetten herumgelegen – aus dem Radio mitgeschnittene Lieder der damaligen SWF 3-»Top 10« und Interpreten von *Foreigner* bis zu den *Scorpions*.

»Meine Liebe, wir müssen Vertrauen haben, wenn wir uns spirituell weiterentwickeln wollen.« Wieder Brindur. »Es kommt auf uns als Gemeinschaft, aber auch auf jeden Einzelnen an.« Er klang recht gefasst, tröstend.

Vom brennenden Wagen schienen die beiden wohl schon Kenntnis zu besitzen.

Offenbar gingen sie nun ein Stück, entfernten sich räumlich

von Riesle. Die Stimmen wurden schwächer. Der Journalist überlegte, ob er den Empfänger aus seinem unter einer alten Buche geparkten Wagen ausbauen und mit diesem in Richtung der Mauer des Sonnenhofes laufen sollte. Früher oder später würde er dort aber wohl auffallen.

Ein bisschen hörte er vorläufig ja noch.

Elke erhob leise und besorgt die Stimme. »Ich weiß nicht, ob das Ganze nicht zu groß für mich ist, ob ich dem standhalten kann. Ich bin noch nicht so weit wie ihr.«

Wieder antwortete Brindur sonor, bat um Vertrauen, erinnerte an die Weiterentwicklung des Karmas, lobte sie, betonte, sie sei eine große Bereicherung für die »Sonnenkinder«. Sie dürfe sich nicht kleiner machen, als sie sei. Niemals.

Es raschelte. Wahrscheinlich spielte Fiducia gerade zerstreut mit ihren bunten Halsketten.

Riesle schüttelte den Kopf. Er kannte Elke seit mehr als zwei Jahrzehnten. Sie war schon fast immer da gewesen – als selbstverständliche Frau seines selbstverständlichen Freundes. Er hatte Elke insgeheim ein bisschen bewundert, wohl wissend, dass das umgekehrt bei aller Wertschätzung sicher nicht der Fall war. Er war ihr wohl zu wenig tiefsinnig, zu sprunghaft, zu derb manches Mal, zu wenig sensibel für ihre spirituellen Ausflüge. Wie auch immer – Elke war in gewisser Hinsicht ein Teil seiner Welt. Ein kleiner Teil vielleicht, aber einer, der dazugehörte. Bei ihm selbst, überlegte Riesle, waren Frauen gekommen und gegangen. Aber dass er eines Tages bei Hummel vorfahren könnte und eine andere Lebensgefährtin ihm die Tür öffnete, dieser Gedanke kam Riesle außerordentlich irreal vor. Das Leben war manches Mal einfach nur seltsam, sinnierte der Journalist, der melancholisch wurde, während er abwesend auf die Mauer des Gehöfts starrte und die Worte gar nicht mehr in sich aufnahm, die der Empfänger ihm durchgab.

Erst dieser Satz katapultierte ihn in die Gegenwart zurück: »Glaubst du wirklich, dass der Erleuchtete tot ist?«, fragte Elke.

»Egal, in welchem Zustand Lucidus ist: Hab Vertrauen!«, lautete die Antwort. Der nächste Satz war noch spannender: »Ich denke, heute Abend wird dein Vertrauen belohnt werden.«

Auch das Vertrauen einer weiteren Person wurde in diesen Minuten belohnt. Claas Thomsen saß verbissen an seinem Bericht über die Mobilfunk-Demonstration in der provisorischen Kommandozentrale der Soko ›Honig‹, als der Anruf aus Stuttgart kam.

»Herr Hauptkommissar, wir haben die Ergebnisse der DNA-Analyse des männlichen Mordopfers aus dem ausgebrannten Wagen bei Großbiberbach am gestrigen Abend«, sagte Frau Albert, die Expertin aus der Landeshauptstadt.

Es ist Lucidus, ahnte Thomsen, der sich auf seinen Instinkt einiges einbildete. Konnte er auch. »Übereinstimmung der DNA-Proben mit einer Wahrscheinlichkeit von mehr als 99 Prozent«, teilte die Expertin mit. Der Tod des Sektenchefs war damit bestätigt.

Nun würde Thomsen wohl oder übel die Kollegen auf den aktuellen Ermittlungsstand bringen müssen. Zumal für 18 Uhr Frau Bergmann ihr abermaliges Kommen angedroht hatte. Noch sieben Minuten. Der war zuzutrauen, dass sie mit dem Gongschlag die Tür aufriss, um ihm weitere Vorwürfe zu machen, falls er die Nachricht nicht in den folgenden sieben Minuten auch noch dem hinterletzten Beamten übermittelt hätte.

Thomsen hoffte inständig, dass die Bergmann wieder gehen würde, sobald sie sich davon überzeugt hatte, dass er wirklich Schreibtischdienst machte, koordinierte und zumindest in Ansätzen der gewünschte Teamworker war.

Im Verlauf des Abends würde er aber natürlich wieder draußen aktiv werden. Die Mobilfunkspur weiter verfolgen. Nochmals den Sonnenhof aufsuchen. Irgendwo dort musste es doch ein Foto von diesem verschwundenen Apricus für die Fahndung geben. Die von ihm delegierten Kollegen Schmittke und Walz waren natürlich bei der Suche vor Ort gescheitert. Man musste eben doch alles selbst machen.

Horst Köhler lächelte immer noch neben der Tür.

## 25. An der Mauer auf der Lauer

Ein Klopfen. Aha, es tat sich was.

»Liebe Fiducia, entschuldige bitte, dass ich dich störe«, sorgte die Stimme einer jungen Frau dafür, dass das angespannt-positive Kribbeln in Riesles oberem Verdauungstrakt wieder einsetzte. Elke bekam Besuch.

»Hallo, Andromeda. Aber nein, du störst durchaus nicht. Nie. Komm herein.«

Riesle war sehr zufrieden mit seiner Arbeit. Der Ton war jetzt glasklar.

Hatte Elke beim Gespräch mit Brindur nervlich schon etwas angeschlagen gewirkt, so wurde sie nun von Andromeda noch weit übertroffen. »Ich bin so verwirrt und aufgewühlt. Ich kann es kaum erwarten, bis wir nachher die Offenbarung des Lucidus erhalten. Was, meinst du wohl, wird er uns mitteilen?«, fragte die junge Frau.

Riesles Kribbeln steigerte sich noch. Die »Kinder der Sonne« standen kurz vor einer Offenbarung durch den verstorbenen Sektenchef. Was dabei wohl passierte? Eine Schaltung ins Jenseits? Er drückte schnell wieder auf den Aufnahmeknopf des Kassettenrekorders.

»Wir müssen uns in Geduld üben, Andromeda«, sagte Elke, der das Gespräch mit Brindur offenbar neue Kraft gegeben hatte. »Denk an Brindurs Worte: Habt Geduld und schult euer Vertrauen«, mahnte sie. »Ich hoffe nur, dass Lucidus noch am Leben ist. Ohne ihn könnte ich mir kaum vorstellen, wie es mit den ›Kindern der Sonne‹ weitergehen sollte.«

»Ich wüsste ja, wie es mit dir weitergehen könnte, liebe Elke«, schaltete sich nun Klaus ein, der seine Nervosität mit Geplapper überbrückte. »Du gehst mal schön wieder in die Villinger Südstadt zurück und kümmerst dich um deinen Hubertus, deinen Enkel, um Wäsche und Haushalt.« Hatte er sich vorhin beim Abhören noch Momente der Sentimentalität erlaubt, war er jetzt wieder ganz der Nachrichtenjäger Riesle. Der Zyniker. Der Unsensible. Dazu hatte das Leben ihn gemacht.

Genüsslich biss er in das »Fleischküchle«, das er sich noch kurz vor Ladenschluss in der Großbiberbacher Metzgerei geholt hatte.

Im Sonnenhof war jetzt wieder Andromeda an der Reihe: »Ich weiß, dass ich mich in Geduld üben und Vertrauen beweisen muss. Aber es ist nicht einfach. Solange Lucidus auf dem Sonnenhof war, hatte ich Zuversicht, dass sich meine ... speziellen Probleme lösen ließen.« Sie schluchzte so, dass Riesle seine Frikadelle zur Seite legte.

Wieder raschelte es im Funk.

»Meine Liebe, was meinst du mit deinen speziellen Problemen? Kann ICH dir vielleicht dabei helfen? Sprich dich ruhig bei mir aus«, sagte Elke behutsam.

»Fiducia. Ein schöner Name – und ein Name, der Vertrauen heißt. Ich möchte dir mein persönliches Schicksal anvertrauen, denn du bist ...«

»Oh Mann«, meldete sich der unzufriedene Lauscher zu Wort. »Müsst ihr denn so schwülstig daherreden?«

»... ein wunderbarer Mensch. Es ist für mich wirklich eine große Bereicherung, dich kennengelernt zu haben. Ich fühle mich sehr zu dir hingezogen. Wir sollten keine Geheimnisse voreinander haben.«

»Ja, genauso war's früher zwischen Hummel und mir«, kommentierte Riesle launig und nahm einen kräftigen Schluck aus der Wasserflasche. »Zumindest, bis diese Carolin aufgetaucht ist.«

Gelegentlich hatte sich Riesle auch schon dabei ertappt, wie er abends auf dem Sofa mit den Personen im Fernseher sprach. Das begann bei einem noch gewöhnlichen »Gib doch ab« beim Fußball-Länderspiel und endete damit, dass er sich in eine Schauspielerin verliebte und ihr seine Zuneigung kundtat. Neulich hatte er gar bei einer Wiederholung den »Weißen Hai« beschimpft. Selbst ihm schwante, dass das ein eher bedenkliches Zeichen zunehmender Vereinsamung war.

»Nicht nur diese wunderbare spirituelle Atmosphäre hat mich auf den Sonnenhof zurückgebracht«, erzählte Andromeda. »Bei meinem ersten Aufenthalt war ich dabei, als Lucidus eine Art Wunderheilung an einem kranken Mann vorgenommen hat.

Die anderen haben mir erzählt, dass er schon mehrere Schwerkranke von ihren körperlichen Leiden befreit hat …«

»Na, jetzt wird's doch mal interessant«, meldete sich Riesle. Auch wenn er das Gespräch mitschnitt, so machte er sich doch nebenher ein paar Notizen.

Andromeda weinte schon wieder, wenn auch nur leise, doch dann fasste sie sich wieder. »Fiducia, auch ich bin körperlich schwer krank. Man sieht es mir vielleicht nicht an.«

»Was ist es denn?«, fragte Elke betroffen.

»Krebs. Ich habe seit meiner Rückkehr einmal im Monat eine Heilungssitzung mit Lucidus gehabt. Ich habe auch das Gefühl, dass es mir dank des geweihten Honigelixiers besser geht. Aber nun? Was soll aus mir werden? Wie soll es mit der Heilung weitergehen? Ich weiß, dass die Heilung der Seele wichtiger ist. Aber so sind wir Menschen doch, dass wir das eine nicht vom anderen trennen können …«

Dies eine Mal unterließ Riesle einen bissigen Kommentar. Er hörte, wie Andromeda schluchzte. Es raschelte. Offenbar hatte Elke sie in den Arm genommen und an das Amulett gedrückt. Hoffentlich fiel der Stein nicht ab. Der Sender wäre unweigerlich zum Vorschein gekommen.

»Ach, Kleines.« Elke schien von der Schwester- nun in eine Art Mutterrolle zu schlüpfen. Etwas älter als die Novizin war sie ja immerhin. »Das tut mir sehr leid. Aber denk daran, was Brindur uns gesagt hat. Ich habe gerade vorhin wieder ein gutes Gespräch mit ihm geführt. Vertrauen haben und voller Vorfreude auf die Offenbarung warten. Du weißt ja: Wenn die Sonne nur noch einen Fingerbreit über dem Horizont steht, dann werden wir uns in der Aula des Lichts versammeln.«

Riesle öffnete die Tür des Kadetts, beugte sich aus dem Wagen und schaute nach der Sonne. Sie strahlte noch recht hoch am Horizont. Er schätzte, dass es erst in etwa zwei Stunden so weit sein würde.

»Komm, trockne deine Tränen«, redete Elke behutsam auf die Freundin ein. »Lass uns noch etwas durch den Park gehen.«

Riesle hatte gerade das zweite »Fleischküchle« angebissen. »Nein, bitte jetzt nicht bewegen. Ich hatte doch gerade einen so schönen, glockenhellen Empfang.«

Er legte die Mahlzeit auf das alte, vermutlich seit der Erstzulassung des Wagens noch nie gereinigte Armaturenbrett. Thomsen hätte das vermutlich eine umgehende Ohnmacht beschert.

Zunächst fehlten nur vereinzelte Wortfetzen. Riesle fingerte nervös an den Drehknöpfen herum. Doch es half nichts. Je mehr sich die beiden in Richtung Gemeinschaftstrakt bewegten, umso bruchstückhafter wurde das Ganze. Er musste seinen Standort wechseln. Doch ein Umparken seines Fahrzeuges war schwierig bis unmöglich. Entweder hätte er sich in der Nähe des Haupteingangs postieren müssen, wo die Polizisten das Gelände überwachten und er sicher aufgefallen wäre. Oder er hätte die Mauer von der anderen Seite abfahren müssen. Allerdings standen die Bäume so dicht um die Abgrenzung, dass er befürchtete, dann noch einen zweiten Auto-Patienten mit Blechschaden in der Werkstatt behandeln zu müssen.

Während Riesle die Schrauben löste, mit denen er das Empfangsgerät hinter der Mittelkonsole befestigt hatte, vernahm er weitere Bruchteile des Gesprächs zwischen Elke und Andromeda. »Krebs« war das erste deutliche Wort, das er hörte. »Der Erleuchtete« das nächste. Und »Erhoffe … Heilung«, lauteten die nächsten Worte, die unzweifelhaft Elke über den Sender von sich gab. Außerdem schien jetzt auch sie zu weinen.

»Heilung für Elke?«, fragte Riesle nach, bekam aber natürlich keine Antwort. Er versuchte die Wortfetzen zusammenzusetzen. Heilung für Elke. Und sie hatte nur wenige Augenblicke zuvor ganz deutlich das Wort »Krebs« in den Mund genommen. Überlegte man, wie die fehlenden Bruchstücke lauteten, so musste sich ihre Aussage in etwa so anhören. »Auch ich habe KREBS. Der ERLEUCHTETE wird aber auch mir helfen. Auch ich ERHOFFE mir HEILUNG von ihm.«

»Dir … geholfen …«, entgegnete auch Andromeda nur bruchstückhaft.

Ja, auch das könnte passen.

Riesle überlegte. Während seines Volontariats vor knapp 25 Jahren hatte er mal ein Seminar über journalistische Verantwortung besuchen müssen. Neben ethischen Fragen war es da auch darum gegangen, dass man journalistische Meldungen unbedingt gegenprüfen müsse, ehe man sie verbreitete. Im Tagesgeschäft war er dieser Vorgehensweise nach und nach entwöhnt worden. Natürlich handelte es sich hier nicht um einen Artikel für den »Kurier«. Im Wesentlichen ging es vor allem um einen Einzigen seiner Leser – um Hubertus.

Riesle probierte mit den gehörten Vokabeln ein paar Sätze, die eine harmlose Bedeutung hätten haben können, aber die ergaben keinen Sinn.

Letztlich schien ihm nach bestem Wissen und Gewissen nur ein logischer Schluss zulässig: auch Elke hatte Krebs. Und wenn dieser Sektenchef ein Wunderheiler war, dann würde ihr Aufenthalt auf dem Sonnenhof noch in einem ganz anderen Licht erscheinen. Riesle beschloss, sich die Passage gleich nachher noch einmal anzuhören. Mindestens einmal.

Die Stimmen der beiden Frauen verstummten nun ganz. Riesle hörte sein Herz schlagen. Er versuchte sich zu konzentrieren. Was war zu tun? Rechtzeitig für die Offenbarung in ein bis zwei Stunden würde er den Standort wechseln müssen. Außerdem musste er dringend seinen Kumpel anrufen.

Noch einmal hörte er das Tonband ab, kam aber zu keinem anderen Schluss. Er hatte sich weder verhört noch etwas überhört.

Er nahm sein Handy und wählte »Huby«. Kein Empfang. Dann stieg er aus dem Wagen, lief ein paar Mal um den Kadett herum, wobei er den rechten Arm mit dem Apparat in der Hand immer wieder in die Höhe streckte. Doch so sehr er sich auch reckte und die Position wechselte, es half nichts.

Er wollte schon in den Kadett steigen und dem Mobilfunk-Empfang einige Kilometer entgegenfahren, als ihm Bauer Brändle einfiel, mit dem er sich heute bei der Demo unterhalten hatte. Der mochte zwar keine Handystrahlen, hatte aber sicher einen Festnetz-Apparat, von dem aus Riesle telefonieren könnte. Und er wohnte nur wenige hundert Meter vom Sektengelände entfernt – zumindest dann, wenn man zu Fuß die Abkürzung durch den Wald nahm. Vielleicht konnte ihm Brändle ja auch noch die ein oder andere Zusatzinformation zur Sekte liefern.

Gebannt starrte Riesle auf die Fassadenmalerei über der Eingangstür. Auch wenn er kein Kenner der Bibel war – an diese

Szene erinnerte er sich noch gut aus dem Religionsunterricht. Die Israeliten, verfolgt von den Ägyptern, zogen durch eine aufgerissene Schneise des Roten Meers in Richtung Gelobtes Land. Ein Motiv aus dem Alten Testament und etwas zu gewaltig für einen Schwarzwaldhof wie diesen.

»Grüß Gott, Herr Brändle«, wählte Riesle eine für ihn ungewöhnliche, aber den Umständen angepasste Begrüßung.

»Grüß Gott.« Brändle hatte tiefe Sorgenfalten im Gesicht. Offenbar setzte ihm der Mobilfunk-Streit wirklich zu.

»Haben Sie vielleicht ein Telefon, das ich wohl mal benutzen könnte?« Dass der Grund seiner Bitte der fehlende Handy-Empfang war, verschwieg er lieber. Das Thema war zu heikel.

Der Bauer sagte nichts, ging einfach ins Haus. Klaus deutete die Körpersprache des knorrigen, alten Mannes richtig. Einfach folgen, »nit lang schwätze«, wie die Schwarzwälder zu sagen pflegten. Aber einen Satz sagte er doch noch, als er im Gang neben einer Marienstatue und dem grauen Telefon Marke »Wählscheibe antiquiert« Aufstellung nahm: »Aber nit ins Ausland und nit stunde'lang!«

»Nein, nur nach Villingen.«

Schweigend ging Brändle in die Wohnstube. Die Tür zum Gang ließ er einen Spalt weit geöffnet.

»Was redest du denn da wieder, Klaus? Elke ist kerngesund. Die hat doch keinen Krebs«, gab sich Hummel völlig ungläubig. Das war offenbar der Abend der durchdrehenden Freunde. Vorher hatte Hubertus versucht, Burgbacher endlich zurückzurufen, war aber nur auf dessen Anrufbeantworter gestoßen, den er ganz offensichtlich neu besprochen hatte: »Edelbert Burgbacher ist nicht da. Edelbert Burgbacher hat sich wahrscheinlich schon erschossen«, hatte die Ansage gelautet. Und zum Schluss: »Wenn du es bist, Alberto: Du bist ein Schwein.«

»Wenn ich es dir doch sage. Der Empfang war zwar nicht ganz optimal. Sie hat aber deutlich das Wort ›Krebs‹ erwähnt und die Tatsache, dass sie sich Heilung von Lucidus verspricht.«

»Hm.«

»Wenn du mir nicht glaubst, komm doch her und hör dir die Tonbandaufzeichnung selber an. Ich denke, wir sollten rasch handeln.«

»Kannst du sie mir nicht einfach übers Telefon vorspielen?« Hummel glaubte ihm immer noch nicht. Und er hatte Martina versprochen, sich heute Abend um den Enkel und das Zu-Bett-Geh-Ritual zu kümmern. Bei seiner Tochter und Maxi hatte er wegen seiner Liaison mit Carolin offenbar ohnehin einiges gutzumachen.

»Nein, ich kann dir das Band nicht vorspielen. Wie du vielleicht weißt, haben die hier einen kolossal schlechten Handyempfang. Und ich sehe es beim besten Willen nicht ein, das Gerät bis ans Telefon des Bauern Brändle zu schleppen. Von dem aus rufe ich dich nämlich gerade an. Also, was ist nun, kommst du?«

»Nein, Klaus. Elke hat keinen Krebs. Und ich kann hier wirklich nicht weg. Martina und Maxi brauchen …«

»Hör mal, Hummel. Was Martina und Maxi noch mehr brauchen, ist eine gesunde Elke. Und die wiederum braucht dringend eine anständige schulmedizinische Behandlung.« Riesle redete sich in eine richtiggehende Hysterie hinein. »Hummel, du bist das Familienoberhaupt. Also beweg deinen dicken Hintern, und komm jetzt her.«

Er war noch nicht fertig: »Im Übrigen liegt auch mir etwas an Elke. Und wenn du jetzt nicht auf der Stelle kommst, dann hole ich sie da alleine raus und kündige dir definitiv die Freundschaft.«

Es war vermutlich die Erregung in Klaus' Stimme, die Hummel letztlich zur Überzeugung führte, dass es nicht eine der ihm so verhassten Übertreibungen oder Wichtigtuereien des Freundes war. Klaus schien es wirklich aus tiefster Seele ernst. Was, wenn Elke also wirklich krank war?

Martina weihte er lieber nicht ein, sondern sagte nur, dass Klaus in argen Problemen stecke, und nahm dafür sogar in Kauf, dass seine Tochter ihm wutentbrannt vorwarf, er wolle sich nur wieder mit »dieser hässlichen Lehrerin« treffen.

Für seine Verhältnisse und seinen sonstigen »Opa-Fahrstil«, wie Riesle zu lästern pflegte, war Hummel mit seinem Astra rasend schnell bei Brändles Hof, den er sogar auf Anhieb fand.

Klaus war in der letzten guten halben Stunde nicht untätig geblieben. Mit ein paar Infos über die Sekte und die bevorstehende Offenbarung hatte er die Gesprächsatmosphäre mit dem wenig kommunikativen Bauern etwas gelöst.

»Und Sie wollet wirklich mit Ihrem Freund die ganze Nacht diese Wahnsinnige' abhöre'?«

»Natürlich. Die Frau meines Freundes muss befreit werden. Sie hat vermutlich Krebs. Und diesen Typen fällt dazu nichts anderes als eine ihrer ›Wunderheilungen‹ ein. Das duldet keinen Aufschub!«

Offenbar hatte Riesle damit den Ton getroffen. Mit Verwünschungen der »Sonnenkinder« erreichte man im Dorf stets eine sofortige Solidarisierung. Denn der zurückhaltende und in sich gekehrte Bauer bot ihm jetzt sogar ein Einzelbett im Gästezimmer an.

»Falls einer von Ihne' beide' sich mal hinlege' will.« Normalerweise vermiete er nicht an Fremde, habe allenfalls mal erschöpfte Wanderer beherbergt, die hier vorbeigekommen seien.

Eigentlich wollte Riesle ablehnen. Er war eher von der harten Sorte. Und wenn man schon mal für eine Recherche eine Nacht durchmachen musste, dann richtig. Letztlich nahm er das Angebot aber doch an. Während der eine in der Kadett-Kommandozentrale lauschend am Empfänger saß, sollte der andere sich mal zwei Stunden aufs Ohr legen. Wobei Hummel wahrscheinlich noch heute Nacht versuchen würde, den Sonnenhof zu stürmen, wenn er endlich kapiert hatte, wie es wirklich um Elke stand.

Riesle gab – wiederum telefonisch, was erneut für Begeisterungsstürme in der Redaktion sorgte – seinen aktuellen Bericht für den »Kurier« durch und nahm dann das Zimmer in Augenschein. Sogar frische Bettwäsche gab es, und das große Kruzifix mittig an der Wand. Es würde Hummel gefallen.

## 26. Offenbarung

Klaus war eifrig damit beschäftigt, das Signal aus der großen Aula des Lichts zu empfangen. Rechtzeitig zum »Anpfiff«, wie er es im Sportreporter-Jargon nannte. Es würde ein ganz besonderes Spiel werden. Er drehte erneut an den Knöpfen des klobigen Empfängers. Die Sonne stand nur noch knapp über dem Horizont. Immer wieder streckte er den Arm aus und versuchte, den Zeigefinger zwischen Sonne und Horizont zu bekommen. Doch so sehr er seine Augen zusammenkniff und den Finger verkrampft ruhig hielt: er konnte nicht erkennen, ob die Sonne nun die richtige Position hatte. Pi mal Daumen musste es aber passen.

Es blieb keine Zeit mehr, Elkes zerhackte Sätze Hummel vorzuspielen. Wahrscheinlich war es auch besser so. Hubertus war schon hibbelig genug und rutschte mit seinen Sandalen auf der Fußmatte herum. Je mehr er sich bemühte, Ordnung in sein Leben zu bringen, destso mehr schien es in Unordnung zu geraten. Gerade hatte sich alles so scheinbar logisch neu ergeben: die Liebe zu Carolin, die Trennung von Elke in aller Freundschaft und die davon möglichst wenig beeinträchtigte Intensivierung seiner Beziehungen zu Tochter und Enkel.

Nun aber Elkes Krankheit. Das stieß alles aus den Fugen.

Selbst wenn das nichts an seinen Gefühlen für Carolin änderte. Er konnte seine schwerkranke Frau nicht einfach so ihrem Schicksal überlassen. Abgesehen davon, dass dies mit seinen moralischen Vorstellungen unvereinbar war, hätte Martina vermutlich den Kontakt zu ihrem Vater abgebrochen – und damit seinen zu Maximilian auch.

Da hatte sein Gewissen mal ein paar Tage Ruhe gegeben, und schon plagte es ihn wieder. Hatte Elke möglicherweise seit Längerem von der Krankheit gewusst und ihm nichts gesagt, um kein Mitleid zu erregen? Tapfere Elke. Ein Treppenwitz: Stets warf er ihr vor, nur um sich selbst zu kreisen, und jetzt war er vermutlich derjenige, der nicht einmal eine Krebserkrankung bei seiner Frau bemerkt hatte.

»Jetzt geht's sicher gleich los«, riss Klaus seinen Freund aus den trüben Gedanken. Dank des Amuletts hörten sie Elke sowie andere Personen im Hintergrund flüstern. Alle warteten anscheinend in der Aula auf die Offenbarung des Lucidus.

Brindur warf Fiducia alias Elke immer wieder ein beruhigendes Lächeln zu. Sie versuchte, dieses zu erwidern – so gut das eben ging. Ihr Herz schlug deutlich schneller als sonst. Neben ihr saß Andromeda, der sie die zitternde Hand hielt.

Auch Brindur musste seine gesamten seit Jahren in Meditationen geschulten Fähigkeiten der Selbstkontrolle aufbieten, um die eigene Aufregung zu unterdrücken. Er war auf seinem spirituellen Weg schon weit gekommen, aber die letzten Tage hatten selbst ihm zugesetzt. Vor einer Stunde hatte dieser Hauptkommissar angerufen und berichtet, dass der DNA-Beweis erbracht sei: bei der verbrannten Leiche handele es sich unzweifelhaft um Lucidus.

Trotz allem war Brindur optimistisch. Vertrauen zu fordern, war das eine. Aber er besaß dieses Vertrauen auch. Wenn man sich stets bemühte und an sich arbeitete, würde alles gut gehen. Er und die anderen führenden Mitglieder der »Kinder der Sonne« hatten getan, was sie konnten. Die Aula war dem Anlass entsprechend noch feierlicher als sonst mit Blumen geschmückt. Zwei große weiße Statuen des Erleuchteten zierten den Raum. Sanfte ostasiatische Musik kam aus den Lautsprechern. Es war wichtig, die »Kinder« in eine ruhige Stimmung zu versetzen.

»Seid ihr vollzählig, liebe Brüder und Schwestern der Sonne?«, fragte er mit sonorer, freundlicher Stimme in die weißgekleidete Runde.

»Alle – bis auf Apricus. Er ist noch immer verschwunden«, sagte ein junger Mann. »Unser Herz füllt sich mit Sorge. Die Polizei war da und wollte ein Foto von ihm. Weißt du, lieber Bruder, wo er sein könnte und was das bedeuten soll?«

»Ihr Lieben, habt Vertrauen!«, sagte Brindur nur und brachte sich vor der goldenen, eindrucksvoll glänzenden Sonne in Position, die in der Mitte des Raumes von der Decke herunterhing. Die Strahlen der tief stehenden, echten Sonne drangen nun durch die großen Fenster und tauchten den Raum in eine faszinierende Mischung aus Rot und Gelb. Sie trafen auch die große metallene Sonne, die Lichtreflexe in die gesamte Aula sandte und die Helligkeit noch verstärkte.

Kreisförmig hatten sich die »Kinder der Sonne« um das große Sonnensymbol herum platziert. Unter ihnen herrschte eine Stimmung der Verunsicherung, Anspannung und Neugier.

Aus dem Boden des rundlichen Raumes fuhren zwei Bildschirme hoch. Einmal pro Woche wurden per Videokonferenz gemeinsame Sonnenanbetungen mit den anderen Dependancen abgehalten. Und auch heute sollten die Bildschirme von Nutzen sein. Lucidus hatte lange mit sich gerungen, ob deren Anschaffung ein Verstoß gegen die Theologie der Gemeinschaft sei. Letztlich war ihm aber klargeworden, dass man irgendetwas benötigte, um mit den übrigen »Kindern der Sonne« in der Schweiz, in Norwegen und in Chile zu kommunizieren. Zum Glück gab es diese Flachbildschirme, die bei allen Elektrosmog-Besorgten erste Wahl waren, weil sie so gut wie keine Strahlung emittierten. Der Sonnengott hatte sich bislang nicht darüber beschwert.

»Liebe Schwestern und Brüder«, setzte Brindur mit seiner schwingenden Stimme an, während das Sonnenlicht langsam schwächer wurde. »Wenige Stunden bevor Lucidus gestern den Sonnenhof verließ, hatte er in Trance die große Offenbarung, die sich ihm seit Tagen ankündigte. Der Erleuchtete wollte, dass nicht nur ihr, sondern alle Geschöpfe guten Willens dieser Welt daran teilhaben, sodass sie aufgezeichnet werden konnte. Bevor wir sie abspielen, will ich euch sagen, dass mit dieser Offenbarung eine wunderbare, neue Zeitrechnung beginnen wird!«

»Telefonieren dürfen sie nicht, aber fernsehgucken«, lästerte Klaus.

»Pst«, machte Hummel.

Die Sonne hatte sich nun fast hinter dem Horizont verabschiedet, sodass die Sektenmitglieder gut das Antlitz des Lucidus auf den Bildschirmen erkennen konnten.

»O Sol Invictus«, rief eine Frau nach dem weit entfernten und doch so nahen Sonnengott, der im Erleuchteten sein Medium hatte.

Lucidus schaute verklärt in die Ferne, wirkte entrückt. Die Sonne strahlte sein Gesicht und seine azurblauen Augen an. Er breitete die Arme aus und setzte zu einem Singsang an, der Hummel und Riesle an den eines indianischen Medizinmannes erinnerte.

»Ja sag mal, Gesang ist auch noch geboten«, versuchte Klaus seine Nervosität wieder einmal mit Flapsigkeit zu überspielen. Hummel ignorierte ihn. Er war angespannt bis in die Spitzen seiner schütteren Haare.

»Sol Invictus. Sei gelobt. Ich bin dein Werkzeug«, setzte Lucidus zu einer Art Sprechgesang an. »Ich sehe …« Er stockte. »Ich sehe … den Tod meiner sterblichen Hülle. Das Weiterschreiten in die neue Existenz.«

»Oh«, riefen die einen. »Ah«, die anderen vor Entsetzen.

»Aha«, überwog bei Klaus das Erstaunen. Hummel schwieg noch immer. Er umkrampfte die Lehne des Sitzes.

»Ich sehe einen Waldrand, ganz in der Nähe. Ich spüre negative Empfindungen. Ich spüre Hass, Wut, Gewalt. Sie richten sich gegen mich.« Kurze Pause, als müsse das Medium erst in die menschliche Sprache übersetzen, was ihm das Göttliche eingab. »Noch heute. Am Tag, an dem die Sonne mir dieses offenbart. Ich bin bereit.« Große Unruhe machte sich in der Runde breit.

»Doch seid unbesorgt«, beeilte sich Lucidus seinen Sprechgesang fortzusetzen. »Habt Vertrauen! Meine Seele entwickelt sich weiter.«

So ganz konnte er seine Jünger damit nicht beruhigen. Einige »Kinder der Sonne« begannen zu weinen. Andere hielt es nicht mehr auf ihren Sitzen.

»Habt Vertrauen und beruhigt euch, Brüder und Schwestern«, rief Brindur mit erhobenen Händen, während sich Lucidus wieder in Ekstase sang.

»Mellitus«, rief er plötzlich und löste damit ein Raunen aus. »Ich sehe den Körper des Mellitus. Auch gegen diesen richteten sich negative Gefühle, wurde Gewalt ausgeübt.«

Wieder hörte man vereinzeltes Wimmern.

Lucidus hob den Kopf und breitete die Arme noch weiter aus.

Es hatte den Anschein, als wollte er die Sonnenstrahlen in sich aufnehmen.

»Ja!«, rief er dann verzückt. »Ich sehe, dass das alles einen Sinn ergibt. Auch Mellitus und Lucidus werden für die wahre Erkenntnis der ›Theologie der Sonne‹ fortziehen.«

»O Sol Invictus«, gab nun Brindur den Vorbeter im Sprechgesang.

»O Sol Invictus«, erwiderten die »Kinder der Sonne«. Manche konnten nur noch flüstern.

Der Erleuchtete begann zu singen, als würde eine fremde, sehr hohe Stimme aus seinem Körper heraus klingen.

Klaus musste den Lautstärke-Regler seines Empfängers etwas herunterdrehen. Er fürchtete einen Tinnitus.

»Apricus!«, rief der Erleuchtete plötzlich. Und wieder stöhnte das Auditorium auf.

»Wer ist denn das jetzt wieder?«, flüsterte Klaus.

»Weiß ich doch auch nicht. Hör einfach zu«, lauschte Hummel nach wie vor gebannt. Ob Elke jetzt wohl auch in Trance war?

»Ich sehe Apricus. Er muss mit ansehen, wie Hand an den Erleuchteten gelegt wird. Er schwebt deshalb in großer Gefahr. Doch die negativen Schwingungen verfliegen. Es wird ihm gut gehen.«

»Wird er zurückkommen?«, fragte der junge Mann, der offenbar ein Vertrauter von Apricus war. Lucidus gab keine Antwort.

»Ich sehe noch mehr Feindseligkeit, noch mehr Gewalt!«, rief der Erleuchtete, dessen Körper nun zu zittern begann. Die Stimmung unter den Sektenmitgliedern drohte in eine Hysterie umzuschlagen. »Sie richtet sich nicht gegen eines unserer Sonnenkinder, aber gegen ein Individuum, das ebenfalls gegen die todbringenden Strahlen ist. Es lässt sich nicht kaufen. Es muss deshalb gehen. Doch vergesst nie: Wenn man der Sonne entgegengeht, lässt man die Schatten hinter sich.«

Hummel und Riesle hatten nun Mühe, der Übertragung zu folgen. Lucidus war unter den sich überschlagenden Stimmen seiner Anhänger kaum noch zu verstehen. Noch ein Mord? Aber wer war das Opfer?

»Du göttliche Sonne«, rief Lucidus nun mit einem verzückten Gesichtsausdruck. »Ich sehe den Mann mit den negativen Schwingungen ... den Fehlgeleiteten ... Ich habe ihn schon früher gesehen ... Bei der Zusammenkunft im Dorf. Er sprach für die todbringenden Strahlen ...«

Eine Frau stand auf und rief: »Er meint diesen Mobilfunk-Berater!«

Zustimmendes Grummeln.

»Die Seelen der Sonnenkinder sind unsterblich«, fuhr der Erleuchtete in einem hohen Sprechgesang fort. »Wer sich von negativen Schwingungen und Geld zu sinnloser Gewalt verleiten lässt, schadet sich selbst ...«

Nun schien sich die Stimmung aber langsam zu entspannen: »Ich sehe, wie die Sonne über euch strahlt. Es wird keine anderen Strahlen mehr geben, die euch bedrohen. O Sol Invictus, wir danken dir.« Kurz öffnete Lucidus die Augen und richtete deren azurblaue Iris auf seine Anhänger. Es schien, als wolle er sie jetzt hypnotisieren.

»Das ist ja ein Ding«, kommentierte Klaus. »Der Mobilfunkmensch soll der Mörder sein? Und dieser Lucidus will das alles hellsehen?«

Hubertus hob die Hand, um Klaus abermals zu bedeuten, still zu sein.

Denn nun gab Lucidus eine weitere Offenbarung bekannt.

»Ich sehe einen neuen Erleuchteten. Lasst Lucidus gehen.«

»O nein!«, rief Andromeda und sprang von ihrem Platz auf. Elke versuchte sie zu beruhigen.

»Lucidus hat den neuen Erleuchteten auf seine Aufgabe vorbereitet. Auch er wird Offenbarungen empfangen, wird heilen. Brindur! O Sol, wir danken dir.«

»Wir danken dir«, riefen einige Sektenmitglieder. Andere schwiegen noch immer, wussten nicht so recht, was von diesem Teil der Offenbarung zu halten war.

Doch Lucidus war noch nicht fertig.

»Ich sehe unsere Freundinnen, die Bienen. Wir haben viele von ihnen verloren. Ihr wisst, es waren die Milben ... Varroa destructor ... In ihnen hat sich all die negative Energie konzentriert ... Sie saugen das Blut und zerstören ... Seid nicht wie die

Milben … Baut positive Energie auf …« Er hielt inne. »Positive Energie ist nicht mit Geld zu bezahlen … Unsere Freundinnen, die Bienen, auch nicht … Fünf Millionen werden sie bieten … aber es geht nicht um Geld.«

»Fünf Millionen für die Bienen?«, vergingen Klaus seine Flapsigkeiten. »Das bezieht sich auf diesen Sonderfonds für die Imker, der vorher im Radio kam! Das ist doch wirklich erst NACH seinem Tod beschlossen worden … Verdammt, der kann wirklich hellsehen!«

Lucidus sprach jetzt immer schneller: »Ich sehe die restlichen Bienenvölker … Bei uns und auf dem gesamten Planeten … Sie fliegen aufgeregt umher … Ich sehe, wie sie verschwinden …«

»O nein«, riefen nun einige aufgeregt.

Lucidus senkte die Lider und hob Kopf und Arme. »Wenn die Biene von der Erde verschwindet, hat der Mensch nur noch vier Jahre zu leben. So sagt ein anderer Weiser.«

»Einstein«, sagte jetzt Hummel endlich etwas. »Das ist ein Zitat von Albert Einstein.«

»Die Endzeit«, flüsterte Andromeda Elke zu. »Die Ankündigung des Weltuntergangs.«

Ein letztes Mal richtete Lucidus Kopf und Arme zur Sonne. »Ich sehe die Bienen verschwinden und sehe eine Zahl: 2027 … auf diesem Planeten. Ich sehe Hunger und Leid ohne die Bienen … Arbeitet an eurem Karma … Und folgt dem neuen Erleuchteten. Folgt Brindur. Seid bereit für die Endzeit. Zwei – Null – Drei – Eins. O Sol«, rief Lucidus und zeigte der Runde noch ein letztes Mal seine leuchtenden blauen Augen.

Dann verschwand das Bild.

Die Sonnenkinder benötigten ein paar Minuten, um sich einigermaßen zu fassen. Elke schien die Offenbarung weitgehend stumm verfolgt zu haben. Ab und zu glaubte Hubertus, ihr ein Schluchzen oder Jauchzen zuordnen zu können.

Für ihre Krankheit schien also nun Brindur zuständig zu sein. Das war wahrlich kein Grund zur Beruhigung.

»O Lucidus, O Sol Invictus, wir danken euch für diese Offenbarung«, gab nun Brindur den Vorbeter. Die Weißgekleideten repetierten brav.

»Liebe Schwestern und Brüder, ihr habt es gehört. Der Erleuchtete hat uns das Ende der Existenz auf diesem Planeten angekündigt. Unsere Seelen werden dann weiterziehen. Lasst uns dafür dankbar meditieren. Doch wir dürfen dieses großartige Wissen nicht für uns behalten. Es ist für die ganze Welt bestimmt! Wir werden die Offenbarungen des Lucidus morgen den Medien zugänglich machen. Es ist der Aufbruch in ein neues Zeitalter. In die Epoche der ›Kinder der Sonne‹.«

»Und der Mobilfunktyp?«, setzte Riesle an – und bekam prompt eine indirekte Antwort.

»Sicher wird auch die Polizei dankbar sein«, sagte Brindur. »Sie wird sich des Fehlgeleiteten annehmen. Nun freut euch!«

In der rollenden Kommandozentrale drehte Klaus die gesungenen Lobpreisungen der Sonne leiser. Draußen wurde es mittlerweile dunkel.

Auch der hartgesottene Journalist Riesle war mitgenommen: »Was soll man davon halten?«, fragte er ratlos. »Seid nicht wie die Milben … Na, prima. Ich meine, diese Typen da drin sind ohne Zweifel gaga. Hältst du es für möglich, dass dieser Lucidus seine eigene Ermordung vorausgesehen hat? Und diesen komischen Imker-Sonderfonds auch?«

Er schüttelte den Kopf. »Oder war das nur ein Double von Lucidus in diesem Video?« Er überlegte weiter. »Wohl kaum, denn das wäre ja wohl auch dem Naivsten der Sektenheinis aufgefallen …«

Hubertus versuchte derweil auszurechnen, wie alt er im Jahr 2031 sein würde. Und wie alt Elke. Viel sprach dafür, dass sie dann nicht mehr lebte. Sie würde zuvor aus der Zeit geworfen worden sein. Durch wessen Schuld?

## 27. Frühstück bei Brändle

Riesle fühlte sich, als hätte ihm jemand mit einem Fichtenholzprügel in den Nacken geschlagen. Die mit dem Kopf gegen das Kadett-Lenkrad gelehnte Schlafhaltung war orthopädisch eine Katastrophe gewesen. Nun schmerzte so langsam auch die Faust, mit der er immer wieder gegen die hölzern-rustikale Tür des Gästezimmers auf dem Brändle-Hof hämmerte. Dahinter schlummerte immer noch sein Freund.

»Hubertus, Frühstück! Wir müssen uns um Elke kümmern«, krächzte Riesle. Auch die Stimme hatte im feuchtkalten Klima der Nacht gelitten.

Immer noch keine Antwort.

Klaus trat ins Zimmer. Nur das verstrubbelte, schüttere Haar schaute hinter der aufgewölbten, grün-weiß karierten Bettdecke hervor.

»Aufstehen! Schon 9 Uhr«, rief Riesle nun recht laut. Hätte das reibende Schnarchgeräusch nicht auf ein deutliches Lebenszeichen hingedeutet, der Journalist hätte glatt vermutet, sein Freund könnte das in Lucidus' Offenbarung angedeutete nächste Mordopfer sein. Kurz vor der »Kalt-Wasser-Methode« öffnete Hummel die Augen und schaute zunächst auf das überdimensionale Kruzifix. »Wo … bin ich?«

»Auf dem Hof von Bauer Brändle bei Großbiberbach. In seinem kuscheligen Gästebett, wenn du's genau wissen willst. Schönen Dank auch für die Ablösung im Kadett, die wir für 3 Uhr vereinbart hatten. Ich habe deine Abhör-Schicht sehr gerne übernommen. Du hast nichts verpasst. Offenbar war auch die aufgewühlte Elke irgendwann mal müde.«

»Au weia«, machte Hummel, der sich allmählich der Geschehnisse des vergangenen Abends bewusst wurde. »Hab wohl den Handywecker nicht gehört … Bin völlig übermüdet.«

»Tja, ich musste die ganze Nacht in der Kälte ausharren.«

»Tut mir sehr leid«, sagte Hubertus, zog sich schnell an und schlurfte ohne Morgentoilette hinter Riesle die Treppe hinunter in Richtung Wohnstube.

Frisch gebackenes Bauernbrot, selbstgemachte Butter, Dosenwurst aus eigener Produktion sowie die Eier der Hofhühner gab es. Nicht schlecht. Dazu starken schwarzen Kaffee.

Für den Bauern war es bereits das zweite Frühstück. »Um Punkt halbe sechse« sei seine Aufstehzeit. Nach dem Frühgebet sei er im Stall gewesen, dann auf dem Acker. Ansonsten kam das Gespräch erst langsam in Gang, zumal Brändle nicht gerade ein Alleinunterhalter war.

Als die Freunde allerdings die Offenbarung des Lucidus rekapitulierten, schien er immerhin aufmerksam zuzuhören. Er beobachtete unter seinen dunklen Augenbrauen abwechselnd Hummel und Riesle.

»Offenbarung?«, sagte er. »Allein des isch scho' Blasphemie!« Dann wandte er sich an Hubertus: »Sind Sie des mit de' kranke Frau?«

Der nickte unsicher: »Ja, ich fürchte.«

»Sie müsse' was gege' diese Leut' unternehme'. Wenn der Spuk jetzt weitergeht und künftig dieser Brindur sei' Unwese' treibt, no' gut Nacht.«

Hummel blickte sich in der Wohnstube um. Recht gemütlich, weil rustikal. Eine Bäuerin schien es nicht zu geben. Vermutlich war Brändle ein ähnlicher Einzelgänger wie Imker Kaltenbach. Die Einrichtung war beileibe nicht neu, aber in ihrer Schlichtheit in sich stimmig. Religiöse Devotionalien gab es ähnlich viele wie bei Hummels zu Hause, allerdings nur katholische. Auch in der Wohnstube prangte ein großes, holzgeschnitztes Kruzifix, auf dem Fensterbrett neben den Anti-Mobilfunk-Flugblättern hatte eine Marienstatue ihren Platz. Auf Postkarten war die Gottesmutter ebenfalls mehrfach zu sehen. Im Gegensatz zu den Bildern von Imker Kaltenbach zeigten diese hier den Bauern auch mit anderen Menschen. Einmal in einer ganzen Gruppe, dann wieder mit einer einzelnen jungen schwarzhaarigen Frau, einer älteren Grauhaarigen und einem bebrillten Pfarrer unbestimmten Alters. »Fatima 1994«, stand über den aufgeklebten Fotos. Neuere Schnappschüsse gab es nicht.

»Sie können sich auch nicht vorstellen, dass dieser Lucidus vor seinem Tod noch in die Zukunft schauen konnte, oder?«, fragte Riesle den Bauern.

»Und dass er sogar den Zeitpunkt des Weltuntergangs vorhersieht? 2031?«, ergänzte Hummel.

»Blasphemisches G'schwätz«, sagte der Bauer. »Gott weiß de' Zeitpunkt. Aber sicher nit solche selbscht ernannte' Heilige'.«

»Mag sein«, meinte Riesle. »Aber zwei andere Dinge hat er ziemlich eindeutig vorausgesagt: Zunächst mal den Mord an sich selbst. Und dass dieser Sonderfonds für die Schwarzwald-Imker beschlossen wurde, konnte er vor seinem Tod auch nicht wissen. Dass Lucidus wirklich tot ist, steht übrigens zweifelsfrei fest, falls Sie da anderer Meinung sein sollten.«

»Nei', bin ich nit«, wehrte der Bauer ab. »Es isch halt irgendein Trick.«

Er schien sich mit der Sache nicht mehr länger beschäftigen zu wollen und schaltete das Radio an. SWR 4.

Die Nachrichten. Zunächst vermeldete der Sprecher irgendeinen Streit in der Landesregierung. Das Frühstücks-Trio horchte erst auf, als anschließend berichtetet wurde, dass es sich bei der verbrannten Leiche bei Großbiberbach im Schwarzwald-Baar-Kreis nach Auswertung der DNA-Proben definitiv um den Sektenführer »Lucidus« handle, wie die Polizei mitgeteilt habe. Demnach ermittle die »Sonderkommission Honig weiter auf Hochtouren«. Außerdem habe die Sekte »Kinder der Sonne« für den Nachmittag eine Pressekonferenz angekündigt.

Hummel und Riesle wollten schon wieder ihren Gedanken nachhängen, doch dann kam eine Meldung mit der Ortsmarke »Freiburg«: »Das große Bienensterben im vergangenen Jahr im Schwarzwald ist nicht primär, wie ursprünglich angenommen, auf den Befall von Varroamilben zurückzuführen.«

Hummel schaute von seinem Frühstücksei auf.

»Wie das baden-württembergische Landwirtschaftsministerium am Morgen mitteilte, sind die Bienen vor allem aufgrund mangelhaft gebeizten Saatgutes verendet. Dieses soll mit einem Nervengift behandelt worden sein. Dem Bienensterben sind nach Schätzungen von Experten mehrere zehntausend Völker zum Opfer gefallen.« Es werde jetzt geprüft, inwieweit die Saathersteller gerichtlich belangt werden könnten. Die am Vortag beschlossene Sonderzahlung für die Not leidenden Imker sei aufgrund der neuen Erkenntnisse zunächst einmal ausgesetzt.

Hummel sagte eine Weile gar nichts, während das Radio meldete, dass auch heute wieder hochsommerliche Temperaturen von 28 bis zu 34 Grad am Oberrhein erwartet würden.

»Erinnere dich mal an die Offenbarung gestern Abend«, meinte er dann nachdenklich zu seinem Freund, während sich Brändle noch einen Kaffee eingoss.

»Da war doch auch vom Bienensterben die Rede.« Hummel kratzte sorgfältig den letzten Rest des Frühstückseis aus.

»Ja und?«, fragte Riesle. Er hatte weniger und in schieferer Haltung geschlafen, was sich offenbar auf seine geistige Form auswirkte.

»Lucidus hat doch davon gesprochen, dass bekanntlich diese Varroamilbe für die Verendung der Bienen verantwortlich gewesen sei. Und dass sich alles Negative in dieser Milbe konzentriere. Von einem Nervengift war keine Rede!«

»Stimmt. Da hat er sich wohl geirrt.«

Der Bauer saß über seinen Kaffee gebeugt, tunkte das Brot hinein. »Des wundert mich nit, dass sich dieser unechte Heilige g'irrt hät.«

»Er hat aber doch so einiges vorausgesagt: unter anderem seinen eigenen Tod. Und dann irrt er sich bei so einer profanen Geschichte ...«

»Na ja, bis gestern sah es ja noch so aus, als wären die Bienen tatsächlich von den Milben dahingerafft worden«, sagte Riesle, dessen Gedanken immer noch etwas träge waren.

»Genau!«, trumpfte Hummel auf. »Aber das ist doch komisch! Er wusste nichts von diesem Nervengift. Dabei hätte er nur einen weiteren Tag in die Zukunft schauen müssen. Das schränkt doch auch seine Glaubwürdigkeit für den Rest ein. So sehr, wie er diese Milben in den Mittelpunkt gestellt hat.«

»Hängst du das Ganze nicht zu hoch? Und was bedeutet das denn deiner Meinung nach?«, fragte Riesle nach.

»Dass er zunächst mal nur bis zu einem gewissen Punkt weissagen konnte. Seinen Tod – der war vorgestern. Und diesen Sonderfonds: der wurde gestern beschlossen und heute schon wieder zurückgezogen. Das heißt, dass für mich auch seine Weltuntergangsvoraussage eher zweifelhaft ist.«

»Des isch jo wohl eh klar«, mischte sich der Bauer wieder kurz ein und sah auf die Wanduhr. Es würde erneut ein arbeitsamer Tag werden. Und dann noch der Kampf gegen diesen Mobilfunkmast quasi vor seinem Haus.

»Theoretisch könnte es aber doch sogar so sein, dass das Video erst gestern aufgezeichnet wurde«, schlussfolgerte Hummel. »Nachdem das mit dem Sonderfonds von fünf Millionen, aber bevor die Neuigkeit über das Bienensterben bekannt wurde.«

»Jetzt hör aber mal auf, Hummel. Das würde ja wirklich bedeuten, dass er noch am Leben ist«, war Riesle wieder dran.

»Blödsinn«, meinte der Bauer.

Riesle nickte dem Gastgeber zu. »Also doch ein Double? Aber das ist doch nicht logisch! Diese Sektenleute waren wirklich und echt ergriffen. Die fallen doch nicht auf ein solches Kasperletheater rein.«

»Das vielleicht nicht. Es ist ja nur ein Gedankenspiel. Ich beende es auch gleich, denn ich finde, wir sollten zum Sonnenhof gehen. Also: Welche Möglichkeit gäbe es, dass Lucidus seinen Tod nur vorgetäuscht hat?«

»Keinen, denn die DNA-Analyse war eindeutig«, schaltete sich eine Stimme vom Türrahmen aus ein. Das ohnehin schon fahle Gesicht wirkte an diesem Morgen noch fahler. Einzig die den Waschprozeduren geschuldeten ungesunden Rötungen bildeten einen Kontrast. Die Person hatte eine Tragetasche in der Hand und klopfte an den Türrahmen – und zwar mit seinem Hemdsärmel, den er aus Hygienegründen über den Handballen gezogen hatte.

»Wer sin' denn Sie?«, fragte der Bauer überrascht.

»Hauptkommissar Thomsen, Kripo Villingen-Schwenningen«, sagte der Besucher. Dass die beiden Schnüffler vor Ort waren, gefiel ihm überhaupt nicht.

»Herr Thomsen, gibt es eine Möglichkeit, heute meine Frau aus der Sekte zu holen?«, wandte sich Hummel an ihn. »Ich fürchte, sie ist krank. Vielleicht wäre das schon vor dieser Video-Pressekonferenz möglich?«

»Video?«, fragte Thomsen, während er die drei aufmerksam

musterte. Gleichzeitig fragte er sich, was Hummel und Riesle wohl mit diesem Bauern verband.

Riesle frohlockte. Er hatte dank seiner technischen Kompetenz offenbar einen satten Ermittlungsvorsprung. »Heute Nachmittag auf dieser Pressekonferenz soll doch ein Video mit einer Offenbarung von Lucidus vorgeführt werden«, sagte er dann. Auf die Gegenfrage des Hauptkommissars, woher er das wisse, fragte er scheinheilig: »Ist Ihnen das noch nicht bekannt? Das erzählt man sich so in Journalistenkreisen.«

Thomsen musterte ihn abermals genau, bevor er schließlich den Bauern fragte, ob er sich kurz unter vier Augen mit ihm unterhalten könne. Zunächst habe er aber eine Bitte. Er brauche einen Werkzeugkasten, da er an seinem Dienstwagen ein klapperndes Geräusch vernommen habe.

Der Bauer schaute wenig begeistert, ging aber nach draußen in die Werkstatt, um den Kasten zu holen.

Riesle staunte. Er hätte kaum jemandem weniger zugetraut, an sein Auto Hand anzulegen, als Thomsen. Am liebsten hätte er zugeschaut.

Hummel hingegen kam wieder Pergel-Bülows Wagen in Erinnerung. Bis zum heutigen Abend gab er sich beziehungsweise Klaus noch Zeit. Dann würde er bei den Nachbarn klingeln, um seinen persönlichen Offenbarungseid zu leisten. Er glaubte zu wissen, dass beim Car-Sharing neben den Kilometern auch die genauen Stunden der Ausleihe gezählt wurden. Und dass bei verspäteter Rückgabe saftige Bußen drohten.

Sowohl Hummel als auch Riesle wurden jäh aus ihren Gedanken gerissen, als sie sahen, was Thomsen tat, nachdem der Bauer die Stube verlassen hatte. Er fasste in den mitgebrachten Beutel und entnahm diesem eine Flasche mit Honig sowie einen kleinen Plastiklöffel, träufelte damit eine massive Menge Honig in Brändles Kaffeetasse und rührte kräftig um. Den Löffel packte er anschließend in eine Papierserviette, die er ebenfalls mitgebracht hatte, und deponierte Honig, Serviette und Löffel wieder in der Tasche.

»Was, bitte …«, setzte Riesle an.

Thomsens Augen verengten sich: »Ein Wort, und Sie beide

bekommen ein rechtliches Problem«, sagte er, nahm vorsichtig auf einem Holzstuhl Platz und wartete auf Brändle, der den gewünschten Kasten anschleppte.

Der alte Bauer setzte sich wieder und trank einen Schluck Kaffee. Er stutzte. Wieder nahm er einen kräftigen Schluck. »Was isch denn des?«, murmelte er vor sich hin.

»Kann ich unter vier Augen mit Ihnen sprechen?«, wiederholte Thomsen seine Bitte.

»Aber nu' kurz – ich muss raus auf d' Äcker«, meinte Brändle.

Der Kommissar bedeutete den beiden immer noch bass erstaunten Freunden zu verschwinden.

»Ich habe hier übernachtet und würde mich gerne wenigstens noch waschen und meine Sachen packen«, gab Hummel zurück.

»Gut«, entschied Thomsen. Er wartete, bis die beiden widerstrebend aus der Wohnstube in Richtung oberen Stock gegangen waren und bedeutete dann dem Bauern, die Holztür zu schließen. »Und versuchen Sie nicht zu horchen«, mahnte er Riesle.

Der Hauptkommissar wartete einige Sekunden.

Dann fixierten seine Augen den Bauern: »Kennen Sie eine Erika Brändle?«

Mürrisch und ungeduldig saß der Mann am Küchentisch. Doch seine Augen flackerten, wie dem aufmerksamen Kommissar nicht entging.

»Erika Brändle«, wiederholte Thomsen.

Nun sah der Bauer den Beamten an: »Mei' Tochter«, sagte er.

»Und?«, fragte Thomsen. Meist genügte es, die Gesprächspartner nur verbal anzustoßen. Beim Bauern nicht: »Ich muss auf d' Äcker«, wiederholte er und winkte den Besucher in Richtung Tür.

Einen richterlichen Durchsuchungsbeschluss hatte der Soko-Chef freilich nicht, also folgte er der Aufforderung.

»Lege' Sie de' Werkzeugkasten vor d' Tür, wenn Sie fertig sind«, sagte Brändle, als sie beide im Hof standen, und ging bergauf Richtung der Äcker. Thomsen starrte ihm nach und dann auf den Kasten. Dessen Griff war schmutzig.

»Wieso mischt denn Thomsen dem Bauern was ins Getränk?«, fragte Riesle immer noch fassungslos, als er vor dem großen Kruzifix im Gästezimmer stand. Seine Versuche, an der Tür zu lauschen, waren zum Scheitern verurteilt gewesen. »Der Kommissar dreht immer mehr durch«, meinte er dann.

Hummel putzte sich derweil die Zähne an dem alten Waschbecken, das eine überschaubare Temperaturauswahl zu bieten hatte: kalt und kälter. Dann packte er seine allenfalls drei Sachen, die er für die Nacht gebraucht hatte, und zog die Bettwäsche in der Absicht ab, das Zimmer wenigstens in ordentlichem Zustand zu hinterlassen.

»Ich halte diese Offenbarung gestern für äußerst merkwürdig«, sagte er schließlich. »Irgendetwas stimmt da nicht. Lass uns jetzt irgendwie auf den Sonnenhof gelangen, um mit Elke zu sprechen. Vielleicht finden wir des Rätsels Lösung.«

Riesle hatte keinerlei Einwände und trottete Hummel hinterher, der nach einem Platz suchte, an dem er seine gebrauchte Bettwäsche deponieren konnte. »Wir sollten Brändle wenigstens fragen, ob wir ihm ein bisschen Geld für die Übernachtung geben dürfen«, meinte Hubertus dann.

»Und vielleicht kann er uns auch noch etwas zu diesem Mobilfunk-Berater sagen, den Lucidus in seiner Vision angeschwärzt hat. Dass er ihn nicht mag, wissen wir ja bereits«, schlug Riesle vor.

Hummel nickte und lief den Gang des Obergeschosses entlang, an dessen Wänden sich wieder Heiligenbildchen mit Familienfotos mischten. Er musterte mit der Bettwäsche in der Hand einen Wandkalender, der fast aussah wie der über dem Schreibtisch in Carolins Wohnung. Allerdings war dieser wohl aus einer religiösen Zeitschrift, denn hinter jedem Datum standen die dazugehörigen Namenstage. So war der 24. Juli der Tag Sieglindes, während Sibylle mit dem 8. und 9. Oktober gleich zweimal hintereinander feiern durfte.

Ähnlich wie bei Carolins Kalender war auch auf diesem hier ein Datum speziell vermerkt – und zwar mit einem Kreuz. Es war der 11. März, der Tag der heiligen Rosina.

»Klaus!«, rief Hummel und ließ die Wäsche fallen.

Der kam herangestürmt und war nicht minder elektrisiert:

»Wir sollten Brändle mal dringend ein paar Fragen stellen – und zwar nicht nur, ob er Geld für die Übernachtung möchte«, meinte er dann.

Sie stürzten nach unten und versuchten nochmals, an der Tür der Wohnstube zu lauschen. Wieder nichts zu hören. Klaus drückte vorsichtig den Griff nach unten. Sowohl der Bauer als auch sein Gast waren verschwunden.

## 28. Vor der Kapelle

Der Himmel war tiefblau, als Hubertus und Klaus aus dem Wohntrakt des Brändlehofs traten. Doch für die Schönheit dieses Morgens hatten die beiden keinen Sinn. Sie hielten Ausschau nach dem Bauern. War er vielleicht in der Scheune? Oder im Stall? Und wo lagen die Äcker, von denen er gesprochen hatte?

300 oder 400 Meter entfernt bergauf stand der Traktor des Bauern am Waldrand vor einer kleinen Kapelle mit einem winzigen Glockenturm. Es war ein grünes Gefährt, das am Morgen, als Klaus von seinem Nachtlager im Kadett zum Frühstück gekommen war, direkt vor dem Wohnhaus gestanden hatte.

»Dort oben könnte Brändle sein – vermutlich beim zweiten Morgengebet«, meinte Klaus. »Dem fühlen wir jetzt mal auf den Zahn.«

Hummel war sich nicht so sicher, ob er den Bauern in seiner Andacht stören wollte. Aber zur Widerrede fehlte ihm ohnehin schon nach den ersten anstrengenden Schritten die Puste.

Es lagen noch etwa 100 Meter zwischen ihnen und der Kapelle, als Klaus sich mit einer plötzlichen Bewegung duckte.

»Runter«, zischte er. Er warf sich ins hohe Gras und zog Hubertus mit sich. Es war zwar eine weiche, aber feuchte Landung. Der Morgentau hatte die Wiese benetzt.

»Sag mal, hast du sie noch alle?«

»Ruhig«, flüsterte Riesle. »Brändle ist nicht allein. Da ist noch jemand.«

»Ja und? Das wird Thomsen sein. Kein Grund, durchzudrehen.« Die Nacht im Kadett schien Riesle wirklich nicht gutgetan zu haben.

Der Journalist hob ganz vorsichtig den Kopf, versuchte zwischen den hohen Grashalmen hindurch etwas zu erkennen. »Das ist sicher nicht Thomsen. Es sei denn, der wäre inzwischen zur Sekte übergelaufen. Der Mann da oben trägt nämlich komplett Weiß.«

»Und was macht der Typ?«, flüsterte Hummel von unten.

»Er läuft gerade um den Traktor herum. Ich glaube, er wartet auf Brändle. Komm, lass uns noch näher ranrücken.«

Da es zum Waldrand näher war als zur Kapelle, bewegten sich beide tief geduckt zunächst in Richtung Bäume. Es mochten vielleicht 15 Meter sein, die Hummel endlos vorkamen. Brändles Frühstück war wohl doch zu üppig gewesen. Unentdeckt erreichten sie den dichten Fichtenwald. Er bot ihnen genug Schutz, um sich der Kapelle weiter zu nähern. Hinter einer Bank, auf der das Abzeichen des Schwarzwaldvereins prangte und die zwischen zwei mächtigen Fichten wenige Meter von der Kapelle entfernt stand, verschanzten sie sich, als ginge es darum, Feuerschutz zu haben.

Den brauchten sie vielleicht sogar, denn als sie durch die Schlitze der Rückenlehne in Richtung Kapelle lugten, sahen sie, dass der Mann in Weiß ein Gewehr in der Hand hatte. Er hatte mittlerweile neben dem Kapelleneingang Position bezogen. Hummel und Riesle erstarrten.

In diesem Moment trat Brändle, sich bekreuzigend, vor die Kapelle. Weit kam er nicht, denn der Mann in Weiß hielt ihm nun das Gewehr an den Hinterkopf.

»Bauer Brändle«, sagte er. »Dreh dich langsam zu mir um. BITTE.«

Der war mindestens genauso darüber überrascht, in den Lauf einer Waffe zu schauen wie darüber, wer ihm da gegenüberstand. Dazu fiel ihm auf, dass dies offenbar sein Gewehr war.

Fast hätte er sich erneut bekreuzigt. »Du … Du lebsch wirklich noch?«

Lucidus nickte: »Deine negativen Gedanken und Aggressionen hatten zweifelsohne auf Mellitus mehr Wirkung als auf mich.«

»Der Brändle war tatsächlich der Mörder dieses Sektenimkers?«, flüsterte Riesle leise. »Und bei Lucidus war's dann eher ein Mordversuch? Oder eine Verwechslung? Wer ist aber dann an seiner Stelle gestorben?«

Brändle fand zunächst keine Worte. »Ja, aber … Aber du warsch doch tot?«

»Nein. Du hast mir lediglich geholfen, meinen Plan zu erfüllen. Und der Plan ist entscheidend für die Zukunft der ›Kinder der Sonne‹.«

Brändle kam ebenso wenig mit wie die beiden Zaungäste.

»Welcher Plan? Und wer war der Tote, der ausg'sehe hat wie du?«

»Doch ein Doppelgänger«, flüsterte Riesle.

»Mein treuer Apricus.« Lucidus rückte seine Brille zurecht und lächelte sanft. Noch immer hielt er die Waffe auf Brändle gerichtet. »Er gab für mich sein irdisches Dasein auf. Für mich und unsere Gemeinschaft. Und du hast perfekt mitgespielt. Wir haben dich nur ein wenig gereizt. Hast du dich nicht gewundert, als ich dir nach dem Mord an Mellitus als Kompensation für den Tod von Animosa eine lächerliche Summe anbot? 500 Euro für das Leben deiner Tochter. Glaubst du wirklich, ich hätte allen Ernstes gedacht, dass du einen solchen Betrag annimmst? Nicht du, Bauer. Nicht du. Ich wusste, dass du nicht auf das Geld aus warst, als du zum vereinbarten Treffpunkt kamst. Du wolltest meinen Tod wie den von Mellitus. Und meinen Tod solltest du vermeintlich bekommen.«

»Ihr Mörder! Animosa! Wenn ich des scho' hör! Ihr habt sie vielleicht so g'nannt. Erika hät sie g'heiße'! Ihr habt mir mein Liebschtes g'nomme'. Und des wär' die gerechte Strafe g'wese'. Gerecht – auch im biblische' Sinne. Kei' sinnlose Gewalt – ei'fach euch des zurückgebe', was ihr ihr angetan habt.«

Lucidus verzog keine Miene. Seine azurblauen Augen waren immer noch fest auf den Bauern gerichtet, ebenso die Waffe. »Du hast sie selbst vertrieben. Deine alten und überholten Einstellungen – damit konnte sie nichts anfangen. Sie ist aus freien Stücken zu uns gekommen. Bei uns hat sie eine positive Spiritualität und ihre Glückseligkeit gefunden. Sie hat ihr Karma weiterentwickelt.«

»Glückseligkeit, dass ich nit lach'. Was war denn des für e' Glück?«, erregte sich nun Brändle. »Ei'g'sperrt habt ihr meine Erika. Ich hab sie nit mal b'suche' dürfe'. Hab sie nur ab und zu vo' meinem Hochsitz aus sehe' könne', wie sie bei euch durch de' Park spaziert isch.«

»Wir haben sie nicht eingesperrt. Sie kam freiwillig und blieb freiwillig.«

»Eines Tages hab ich' sie gar nimmer g'sehe'.« Der Bauer ballte die Fäuste. »Dann bin ich e' paar Woche' später zu eu'rem Imkerhäusle und hab den Mellitus g'fragt, was mit meiner Tochter los sei. Zuerscht wollt er mir nix sage. Aber irgendwann hat ihn des schlechte' Gewisse' geplagt. Sie hat Leukämie g'habt. Ich weiß nit, warum. Vielleicht wege' dieser Scheiß-Strahle', die es überall gibt. Und jetzt wolle' die noch direkt hierher en' Handy-Mascht hinbaue. Aber was mei' selige Tochter betrifft: Anstatt sie in e' anständiges Kranke'haus zu bringe', habt' ihr, du und de' Mellitus, an ihr rumgepfuscht. Mit eurem Honig, Ihr Kriminelle! Ich hass' euren Honig! Ihr habt mei' Tochter auf'm G'wisse'! Ihren Tod habt ihr nit mal g'meldet. Vertusche' wolltet ihr des Ganze. Ohne ordentliche Beerdigung!«

»Die Bestattung geschah nach ihrem Willen und unseren Ritualen auf dem Sonnenhof. Dir wollte sie ja nicht einmal sagen, dass sie krank war. Sie hat es bei dir nicht mehr ausgehalten«, sagte Lucidus und fixierte den Bauern mit seinen blauen Augen. »Harte Arbeit auf dem Feld. Als sie wegen der Krankheit immer müder wurde, hast du sie nur zur Disziplin angetrieben. Und nachdem sie bei uns war, hast du den anderen im Dorf erzählt, sie sei ins Ausland gegangen.«

Im Gegensatz zum Bauern sprach Lucidus unverändert mit sanfter Stimme. Dennoch trafen die Worte sein Gegenüber ins Mark. Der Bauer machte trotz der vorgehaltenen Waffe einen Schritt auf den Sektenchef zu. Der blieb stoisch stehen.

»Animosas Leukämie war schon weit fortgeschritten, als sie zu uns kam. Normalerweise helfen unsere Heilungen. Wir haben alles versucht, ihr unser geweihtes Honigelixier regelmäßig verabreicht. Für ihre sterbliche Hülle konnten wir nichts mehr tun, aber ihre Seele hat geleuchtet. Du könntest glücklich über ihren Weg sein. Und wie ihr Name Animosa schon sagte: sie war sehr tapfer und mutig.«

»Des isch alles Blödsinn«, geiferte der Bauer. »Des war nit die Animosa. Des war mei' Erika. Und was eure selbscht zusammengebastelte Religion betrifft: Jahwe hat zu mir g'sproche'. Ich sollt euch bestrafe'. Ich war des Werkzeug Gottes. ›Lebe' für

Lebe', Aug' für Auge, Zahn für Zahn.‹ Kennsch du die biblische Talionsformel? Es geht darum, Gleiches mit Gleichem zu vergelte'. Nit maßlos, nit rachsüchtig, aber angemesse'. Und ihr habt sie um'bracht, also müsst ihr sterbe'. So wahr mir Gott helfe.«

»Du, Bauer, bist es, den sein Glaube einschränkt. Viermal am Tag kommst du hier vorbei, um zu beten. Und deshalb musste ich heute auch nur kurz auf dich warten«, sagte Lucidus unbeeindruckt. »Doch deine Gebete kommen mir vor wie leere Formeln, wie Körper ohne Seelen. Du legst das Alte Testament so aus, wie es dir passt. Die Bibel sagt nicht, dass Leben mit Leben vergolten werden soll ...«

»Was weisch denn du scho' vo' de' Bibel? Du hasch doch keine Ahnung vom christliche' Glaube.«

Brändle begann zu bluten. Das jedoch lag nicht an Lucidus und seinem Gewehr. Thomsens Mischung aus Kaffee und Honig war dafür verantwortlich. Die Fruchtzuckerallergie des Bauern meldete sich. Schon während seines Gangs zur Kapelle hatte das Nasenbluten eingesetzt. Nun erneut – und außer der Honig-Unverträglichkeit war wohl auch die Erregung dafür verantwortlich. Der Bauer hob den Kopf nach oben, hielt sich den Ärmel gegen die Nase. Es war eine unwürdige Situation.

»Das Alte und das Neue Testament sind wichtige Meilensteine. Wir schätzen Juden- und Christentum genau wie den Islam. Das Weiseste der abrahamitischen Religionen findet sich bei uns ›Kindern der Sonne‹. Vergeltung und Rache aber haben keinen Platz.« Lucidus war offenbar trotz des Gewehrs in seiner Hand gewillt, einen theologischen Diskurs zu eröffnen.

»Ha«, sagte der Bauer verächtlich. »Und wieso richtesch du jetzt e' Waffe auf mich?«

»Nicht aus Rache, sondern für ein höheres Ziel. Für uns bricht ein goldenes Zeitalter an. Die Welt wird sehen, dass wir recht haben. 2031 wird diese Welt verlöschen. Bis dahin ist noch Zeit. Für dich nicht, Bauer. Du wirst nun deine irdische Existenz aufgeben. Du glaubst, du wirst dann vor deinem Gott stehen. Ich glaube, das Karma entscheidet. Aber ich werde nicht darüber richten.«

Hummel und Riesle kauerten noch immer hinter der Bank. Hatten sie eine Möglichkeit, einzugreifen? Riesle nestelte ganz behutsam nach dem Handy in seiner Jackentasche. Vergebene Liebesmüh. Es war paradox: Ausgerechnet dieses von dem Bauern so schützenswert empfundene Funkloch verhinderte, dass sie einen Notruf absetzen konnten. Sollte sich vielleicht einer von beiden wegstehlen, um Hilfe zu holen? Es war so still, dass man jede Biene hätte summen hören. Hummel verfluchte Riesles detektivische Neugier und seine eigene. Sobald es ging, würde er vorsichtig rückwärts aus der Gefahrenzone schleichen. Die Hoffnung, dass hier jemand anders zufällig vorbeikam, war nicht sehr groß. Die Kapelle lag seit Jahren abseits von sämtlichen offiziellen Wanderwegen – und Lucidus wusste das, sonst hätte er wohl größere Eile gehabt.

Der alte Bauer hatte verständlicherweise ebenfalls keine Eile. Er schien aber auch nicht von Todesfurcht gepeinigt, sondern eher gefasst und gesprächiger als sonst.

»Bevor du mich tötesch, sag mir nur: Wie hasch du es g'schafft, nit nur mich, sondern auch die Polizei zu täusche'? In de' Nachrichte' isch g'komme', dass du laut DNA-Test auch tatsächlich die verbrannte Leiche bisch. Wie kann des angehe'?«

Lucidus lächelte wieder verklärt. »Ach, die weltliche Macht ist leicht- und irrgläubig. Sie ist viel zu technikfixiert. Die DNA gilt als ein Allheilmittel, aber ist doch von Menschenhand abhängig. Als ich nach Mellitus' Ermordung vom lieben Bruder Sanus benachrichtigt wurde, bin ich ins Imkerhäuschen geeilt. Dort habe ich die Blutspuren entdeckt. Die Karte des heiligen Ambrosius war ja auch eine klare Botschaft dafür, dass nur du der Täter sein konntest – mit deinen negativen Gefühlen für Mellitus und mich.«

Während seines gesamten Monologs ließ Lucidus den Bauern nicht aus den Augen, dessen Nasenbluten mittlerweile nachgelassen hatte. Dafür war nun das Hemd blutverschmiert.

»Es wäre ein Leichtes gewesen, dich der Polizei auszuliefern. Aber ich hatte andere Pläne mit dir. Ich habe der Polizei einen freiwilligen DNA-Test unserer Gemeinschaft angeboten. Nur um zu zeigen, dass der Täter nicht aus unseren Reihen stammte. Beim Test haben Apricus, der mir von allen Brüdern am ähnlichsten sah, und ich die Stäbchen vertauscht. Das war noch leichter und die Polizei noch unaufmerksamer, als ich dachte. Und damit war klar: Wir mussten unseren Apricus äußerlich nur noch etwas mehr mir angleichen, und schon würdest du darauf eingehen. Apricus war stolz, diese Aufgabe übernehmen zu dürfen. Meine Gedanken sind bei ihm.«

Hummel und Riesle starrten immer noch zwischen den Holzlatten hindurch. Sie waren wie gelähmt.

»Wir ›Kinder der Sonne‹ wollen keiner Kreatur etwas zuleide tun. Aber es geht hier um ein höheres Ziel. Etwas Höheres als wir beide, Bauer. Und nun ist es Zeit für den Abschied.«

Hummel und Riesle schauten sich verzweifelt an. Konnten sie noch einschreiten? Doch der Bauer kam ihnen zuvor. »En Augenblick no'«, rief der.

Lucidus nickte mit einem verklärten Blick. Die letzte Neugier Brändles zu stillen, schien ihm Ehrensache.

»Warum denn des Ganze? Wenn du doch g'wusst hasch, dass ich euch nach'm Lebe' trachte. Warum de' Doppelgänger und de' DNA-Tausch?«

Lucidus richtete einen Moment lang seinen Blick in Richtung Brändlehof. Alles schien ruhig. »Ich habe dich als Werkzeug gebraucht. So will ich dich nun auch wissen lassen, warum.«

»Der Typ ist ein Irrer«, murmelte Riesle vor sich hin. Dieses Dauer-Freundliche irritierte ihn zutiefst. Und dann diese leuchtend blauen Augen. Er konnte sich jetzt mehr denn je vorstellen, wie entrückt Lucidus auf dem Offenbarungs-Video ausgesehen haben musste.

»Ich teile das Schicksal deiner Tochter. Auch meine sterbliche Hülle ist von Leukämie befallen. Wahrscheinlich ausgelöst durch Strahlen, bevor ich vor ein paar Jahren in dieses Tal kam. Mit dem Honigelixier habe ich auch an mir Heilungsversuche durchgeführt. Aber bei mir ist es wohl ebenfalls zu spät. Schon bald werde ich der Sonne entgegengehen.«

»Ein Wunderheiler, der sich selbst nicht helfen kann«, flüsterte Riesle. Hummel blieb wie immer in solchen Situationen still.

»Aber wieso dann de' ganze Aufwand, um deine Identität zu verwische'? Wenn du doch eh stirbsch?«

»Meine Zeit ist noch nicht abgelaufen. Die Sonne hat mich für die letzten Tage auf diesen Planeten gerufen, ich werde in den Süden wandern, um dort mit dem Sol zu verschmelzen.«

Nun schaute Lucidus noch entrückter als sonst.

»Meine Brüder und Schwestern hätten es zudem nicht verkraftet, wenn ich sie einfach verlassen hätte oder meine Hülle trotz des geweihten Honigs hier an dieser Krankheit zugrunde gegangen wäre. Meine Kraft als Wunderheiler scheint mit meiner eigenen Krankheit erloschen zu sein. Also musste ich beziehungsweise Apricus für mich eines unnatürlichen Todes sterben. Und so gabst du mir die Gelegenheit, für das Wohl meiner Gemeinschaft vorzusorgen.«

Für einen Augenblick schien es so, als würde er die Bank am Waldrand fixieren. Doch er redete ungerührt weiter.

»Nachdem du Apricus erschossen hattest, habe ich deine Spuren verwischt und das Fahrzeug angezündet, sodass man die Leiche nicht mehr erkennen konnte. Und der Verdacht sollte jemand anderen treffen. Jemand mit negativen Gedanken. Jemand, dem Geld wichtiger ist als die Seele.«

Hummel brummte der Schädel.

»Dafür habe ich eine Visitenkarte dieses Mobilfunkunternehmens neben dem verbrannten Wagen hinterlassen. Auf der Karte waren die Fingerabdrücke der käuflichen Person mit den künstlichen Strahlen. Es sollte im Nachhinein so aussehen, als ob sie die Tat begangen hätte. Ich hätte auch gleich die Visitenkarte des Mobilfunk-Beraters deponieren können, doch dann hätte die Polizei sich sofort auf die Spur dieses Beraters begeben. Es sollte aber noch etwas Zeit bleiben. Zeit für das, Brändle, was wir hier gerade erleben.«

»Raffiniert«, konnte Riesle nicht mehr an sich halten. »Er hat Brändle nach dem Mord an Mellitus provoziert, damit dieser seinen Doppelgänger tötet. Diesen zweiten Mord wollte er dann einem anderen, diesem Mobilfunk-Berater, anhängen. Schließlich plante er selbst einen dritten Mord an dem ursprünglichen Mörder. An Brändle. Und auch für diesen sollte wohl der Mobilfunk-Berater als Schuldiger herhalten.«

»Und was sollte des Ganze?« Brändle blickte nicht mehr so ganz durch.

»Ich habe die Verpflichtung, die große Strahlen-Gefahr von unserem Sonnenhof abzuwenden. Sie wurde verkörpert von diesem Mobilfunk-Berater Konzmann, der für Geld ein einseitiges Gutachten erstellt hat.«

»Des hab' ich ja immer g'sagt«, stimmte der Bauer ausnahmsweise zu. Lucidus nickte mit starrer Miene. Er lächelte nicht, er war nicht aggressiv, er wirkte fast ferngesteuert. »Ich glaube nicht, dass der Gemeinderat einem Projekt zustimmen wird, das von einem Mörder und Betrüger betrieben wurde.« Er machte eine Pause. »Zumal es so aussehen wird, als habe dich der Berater an diesem Ort hier kaufen wollen und du hättest dich geweigert. Sie werden, während du dich in anderen Sphären befindest, gut von dir sprechen, Bauer. Es war zwar dein Jagdgewehr, mit dem Apricus erschossen wurde, aber das ist dir eben gestohlen worden.«

»Vo' dir«, meinte der Bauer.

Lucidus nickte. »Wir wussten, wo du es in deiner Werkstatt deponierst. Deine Sicherheitsvorkehrungen waren eher bescheidener Natur. Aber keine Sorge: Es wird so aussehen, als sei das Gewehr schon *vor* dem Mord an Apricus gestohlen worden – und zwar vom Mobilfunk-Berater, der sah, dass wir beide seinen Plänen im Wege standen, weil wir zu beweisen versuchten, dass er korrupt sei.«

»Und de Tod vo' eurem Mellitus?«

Lucidus hatte eine Gegenfrage: »Warum hast du ihn erstochen und nicht auch erschossen?«

»Probier' du mal, in so einem enge' Hüttle einen zu erschießen«, sagte der Bauer fast vorwurfsvoll.

Der Sektenchef nickte. »Es wird so aussehen, als hätte Mobilfunk-Berater Konzmann einen Mörder für Mellitus beauftragt. Deine Leiche wird man wohl kaum nach einem DNA-Abgleich mit den Spuren im Imkerhäuschen untersuchen. Man wird dich also nicht als Mörder in Erinnerung behalten.«

»Ein perfekter Plan«, stimmte Riesle zu. Hummel hoffte inständig, dass sein Freund endlich aufhören würde, alles zu kommentieren. Er sollte einfach schweigen, sonst würden sie doch noch entdeckt werden. Abgesehen davon war jetzt endgültig die Zeit, den Rückzug anzutreten. Ganz sachte.

Lucidus lief ein paar Meter um Brändle herum und näherte sich dann dem Waldrand. »Liebe Freunde, kommt bitte zu uns. Mit erhobenen Armen«, sagte er plötzlich. Er fixierte mit einem Auge nach wie vor den Bauern, das andere hatte aber offenbar genügt, um Hummel und Riesle zu entdecken.

Nun waren es drei Leute, die er in Schach halten musste. Lucidus sprach zwar immer noch mit sanfter Stimme, aber seine blauen Augen wurden nun doch etwas unruhig. Es war die erste Abweichung von seinem Plan. Er würde es zumindest nicht mehr so aussehen lassen können, als habe der Mobilfunk-Berater den Bauern erschossen, nachdem ein Bestechungsversuch gescheitert war.

Ganz langsam erhoben sich Hubertus und Klaus.

»Wer seid ihr?«, fragte Lucidus, als handele es sich um Besucher des Sonnenhofes.

Hubertus dachte kurz nach. Vielleicht würde es sich begünstigend auswirken, wenn er jetzt Elke erwähnte. »Meine Frau zählt zu Ihren Mitgliedern.« Na ja, in dem Fall konnte man das so gelten lassen. Er benutzte sogar ihren Sektennamen. »Fiducia. Sie ist seit einigen Tagen auf Ihrem Hof.«

»Ah, die Gute. Sie hat große spirituelle Fähigkeiten. Ich traue ihr sogar zu, eines Tages ein führendes ›Kind der Sonne‹ zu werden.«

Leider gab es keinen Bonus für die gemeinsame Bekanntschaft. Lucidus fuchtelte nun mit seiner Waffe vor ihnen herum. »Was habt ihr hier zu suchen?«

Pfifferlinge, wollte Hubertus schon antworten.

Doch Klaus verfolgte eine andere Strategie. »Wir haben alles beobachtet«, sagte er zu Hummels Entsetzen. »Geben Sie auf, Herr Lucidus. Das hat doch keinen Sinn mehr. Händigen Sie mir Ihre Waffe aus.«

Lucidus lächelte. »Meine Freunde, es geht um die Zukunft der ›Kinder der Sonne‹. Es geht um weltweite Erkenntnis. Es gibt ein höheres Ziel, als euer Dasein hier zu erhalten.«

Mit dem Gewehr bedeutete er Hummel und Riesle, zu Brändle hinüberzugehen.

»Mach jetzt keine Dummheiten, Klaus«, flüsterte Hummel. Er wusste, dass sein Freund zu leichtsinnigen Aktionen neigte. Retten konnte sie wohl nur Hubertus' psychologisches Geschick. »Ein wirklich genialer Plan, Herr Lucidus«, sagte er deshalb. »Der Mobilfunk-Berater wird aus dieser Geschichte wohl nicht mehr herauskommen. Es wird ihn schwer belasten, wenn seine Spuren innerhalb kurzer Zeit an zwei Tatorten gefunden werden.« Er blickte auf die weißen Handschuhe des Sektenführers. »Und ich nehme an, dass SIE hier keine Spuren hinterlassen werden. Gehören diese Handschuhe zu der Grundausstattung Ihrer Gemeinschaft? Sehr kleidsam jedenfalls.« Hummel sprach betont langsam. »Verraten Sie mir nur eines: Wie haben Sie es geschafft, an die DNA-Spuren des Mobilfunk-Beraters Konzmann zu kommen?«

Lucidus lächelte wieder sanft. »Placitus, einer meiner Brüder, hat ihm einen Besuch abgestattet. Er hat vorgegeben, Gemeinde-Vertreter eines anderen Schwarzwalddorfes zu sein, hat Erkundigungen über die Errichtung eines Mobilfunkmasts eingezogen. Dabei hat er um Visitenkarten gebeten – darunter die der Mobilfunkbetreiber-Firma und die des Beraters. Du musst wissen: Der Berater ist gierig. Geld geht ihm wirklich über das Heil der Seele, deshalb fühle ich mich ihm auch weniger verbunden als unserem Bauern Brändle hier. Der hat zwar ein antiquiertes Religionsverständnis, ist aber immerhin kein Materialist. Wenn der Mobilfunk-Berater aber nur die Chance wittert, irgendwo mit seinen schädlichen Strahlen Profit zu machen, dann wird er blind. Ihm ist nicht einmal aufgefallen, dass auch Placitus unsere weißen Handschuhe trug, um keine Spuren auf den mitgenommenen Kärtchen zu hinterlassen. Und natürlich in Absprache mit mir und Sol Invictus ausnahmsweise keine weiße Kleidung.«

»Perfekt geplant«, schaltete sich nun wieder Klaus ein. Brändle hatte schon eine ganze Weile nichts mehr gesagt.

»Die Karte der Mobilfunkbetreiber-Firma habe ich neben dem ausgebrannten Wagen hinterlassen. Dank des Hautabriebs wird in einigen Tagen die DNA entschlüsselt sein. Und die persönliche Visitenkarte des Beraters Konzmann selbst wird gleich zum Einsatz kommen. Sie wird die Polizei direkt zum Täter führen.« Lucidus zog eine Tasche hervor, in der sich zuvor wohl auch das Gewehr befunden hatte.

»Und was machen Sie, wenn der Mobilfunkbetreiber ein Alibi hat?«

»Er ist jetzt gerade unterwegs zu einem Termin. Mein treuer Placitus hat ihn irgendwo in den Nordschwarzwald bestellt.«

Hummel versuchte es wieder mit Psychologie: »Lucidus – ich ziehe den Hut vor deiner Intelligenz.« Er ging jetzt – entgegen seiner eigentlichen Neigung – zum Duzen über. Vielleicht half das noch was. Und wenn nicht: Schlimmer als erschossen zu werden, konnte es nicht kommen. »Ich würde gerne noch mehr über deinen Lebensweg erfahren.« Hummel schwafelte in seiner Hilflosigkeit. Es ging nur darum, irgendwie Zeit zu gewinnen. Und auf ein Wunder zu hoffen.

Doch so einsam es hier auch war – allmählich wurde der Sektenführer doch etwas unruhig.

»Ihr solltet jetzt vielleicht noch ein letztes Gebet zu eurem Gott sprechen oder meditieren«, sagte Lucidus. »Ich muss bald weiter.«

Hummel dachte an alle gleichzeitig. An Gott, in dessen geistlichen Dienst er nicht getreten war. An Carolin, die nachher aus Heilbronn zurückkommen würde und sich wohl bald einen anderen Mann suchen müsste, wenn das mit der Schwangerschaft noch klappen sollte. Und dann an Elke, Martina und vor allem an Maximilian.

Klaus dachte an gar nichts. Er fühlte eine schreckliche Leere. Dann durchfuhr ihn der Gedanke, wie skurril das hier eigentlich war. Da befand er sich mitten in einer sensationellen Geschichte, für die ihn sein Chefredakteur küssen würde. Doch den Lorbeer dafür würde er nicht ernten können.

Brändle betete leise, aber intensiv.

Hauptkommissar Claas Thomsen hatte wie so oft gleich mehrere Probleme auf einmal. Zum einen roch es in diesem engen, stickigen Kabuff ziemlich widerlich. Es würde ihn mindestens zwei Tage kosten, um hygienisch wieder in die Spur zu kommen. Außerdem wollte und wollte sein Handy einfach keinen Empfang anzeigen. Dabei wäre es gerade jetzt schrecklich dringend gewesen. Dringend hätte er auch seine Dienstwaffe benötigt, die Thomsen jedoch stets in der Polizeidirektion ließ. Er hatte die Schießausbildung immer nur unter Androhung von Disziplinarmaßnahmen absolviert. Und er vertrat die Meinung, dass ein guter Kriminalist wie er alles mit dem Gehirn zu lösen imstande sein musste.

Sollte er durch das herzförmige Loch des alten hölzernen Klohäuschens tatenlos zusehen? Abgesehen davon, dass sein Ehrgeiz dies nicht zugelassen hätte – er stand unter gehörigem Druck. Frau Bergmann würde wahrscheinlich endgültig seine umgehende Suspendierung veranlassen, wenn vor seinen Augen drei Menschen erschossen würden. Selbst wenn er hinterher den Fall würde lösen können.

Was sollte er also tun? Thomsens Hirn arbeitete in dieser Umgebung allenfalls mit halber Kraft, auch wenn das verwitterte Häuschen schon lange keinen Gast mehr gesehen hatte, da der Wanderweg nicht mehr zur Kapelle führte.

Der Kommissar entschied sich. Er stieß die Tür auf und rief: »Stopp, Herr Lucidus, legen Sie die Waffe ab, und geben Sie auf. Sie haben keine Chance, Ihren Plan noch umzusetzen.«

Vier Köpfe schnellten in Richtung Klohäuschen herum.

Der Sektenführer fasste sich rasch und nahm Thomsen mit seinem Gewehr ins Visier. Ihn siezte er: »Bitte gehen Sie zu den anderen hinüber, Herr Kommissar ... Es ist einerseits schön, Sie zu sehen. Andererseits bedaure ich das aufrichtig. Ich habe vor Ihnen und Ihrer Arbeit großen Respekt. Aber ich muss an meine ›Sonnenkinder‹ denken.« Immerhin verrieten seine Augen jetzt noch etwas mehr Verunsicherung.

»Herr Brändle, Sie sind übrigens festgenommen«, sagte der Kommissar mit der ganzen Kraft und Autorität seiner Stimme. Er wandte sich an den Bauern, der mit dem Hemdsärmel versuchte, einen neuerlichen Blutstrom zu verhindern. »Schade. Fast wäre ich Herrn Lucidus zuvorgekommen und hätte Sie des zweifachen Mordes überführt.«

Brändle und Lucidus schauten den Kommissar fragend an.

»Nach der gestrigen Durchsuchung im Sonnenhof war ich mir fast sicher, dass Sie, Herr Brändle, der Täter waren. Gut, dass die ›Kinder der Sonne‹ offenbar in ihrer Strahlenfurcht keine Computer benutzen – und nichts wegwerfen. Mir ist die Liste der Sektenmitglieder in die Hände gefallen, die mittlerweile – unter anderem dank des Neuzugangs von Frau Hummel – nicht mehr aktuell ist. Darauf fand ich einen sehr interessanten Namen. Animosa. Und den bürgerlichen Namen, den sie bei Ihnen ja nicht mehr trug. Brändle. Erika Brändle. Dahinter befand sich ein Vermerk, dass sie am 11. März der Sonne entgegengegangen sei. Der 11. März ist doch der Namenstag der heiligen Rosina, nicht wahr?«, fragte Thomsen.

Der Bauer nickte.

»Und bei so strenggläubigen Katholiken wie Ihnen ist der Namenstag wichtiger als der Geburtstag, habe ich gelesen.«

Wieder ein Nicken.

»Auf dem Ambrosius-Kärtchen war ›Rosina‹ vermerkt. Es hat mich einige Zeit gekostet, um darauf zu kommen. Ich bin ja in keinster Weise katholisch. Aber als ich den Bezug dank Internet herstellte, wusste ich, dass Sie mit großer Wahrscheinlichkeit als Täter infrage kamen.«

»Und wieso habet Sie mich heut' nit glei' verhaftet?«, fragte der Bauer. »Wenn Sie sich doch so sicher waret?«

»Ich brauchte einen letzten Beweis. Die Blutstropfen, die in der Nähe des toten Mellitus gefunden wurden, haben mir viel Kopfzerbrechen bereitet. Der Täter musste sich verletzt haben. Am Imkermeißel? An einem anderen scharfen Gegenstand? Ich habe Sie heute Morgen beobachtet. Auch bei der Früharbeit auf dem Feld, als Sie nur ein Unterhemd trugen. Keine sichtbaren Verletzungen. Aber wenn das Blut von Ihnen stammte, wie konnte es bei Ihnen ausgetreten sein?«

»Über die Nase«, schaltete sich Hummel ein.

»Deshalb Ihre komische Mischaktion heute Morgen am Frühstückstisch«, ergänzte Riesle.

Nun schaute der Bauer abwechselnd Riesle, Hummel und dann wieder Thomsen verwundert an.

»Richtig«, triumphierte der Kommissar. Er war stolz, dass ihn seine Auffassungsgabe auch dieses Mal wieder zur Lösung des Falles gebracht hatte. Das Endergebnis würde aber trotzdem eher unbefriedigend sein, wenn man Lucidus' Waffe mit in

Betracht zog. Die hatte Thomsen am Morgen auf dem Hof des Bauern zum Abgleich der Geschosse vergeblich gesucht. Offenbar war Lucidus schneller gewesen.

»Glauben Sie mir: In puncto Allergien kennt sich kaum jemand so gut aus wie ich. Unter anderem habe auch ich eine Fruchtzuckerallergie und kenne die Symptome, wenn man zu viel Honig nascht. Nasenbluten ist eines davon. Gerade, wenn es durch Aufregung verstärkt wird. Nicht wahr, Herr Brändle?«

Der hielt sich immer noch die Nase. Vermutlich mittlerweile aus reiner Gewohnheit.

»Ich habe Ihnen heute Morgen einen kräftigen Schuss Honig in den Kaffee getan. Als Sie Mellitus getötet haben, konnten Sie seinem berühmten Weißtannenhonig einfach nicht widerstehen. Sie mussten als Erster der neuen Saison davon probieren. Und Sie haben entgegen Ihrer sonstigen strengen religiösen Disziplin mehr als nur ein bisschen genascht. Auch deshalb fiel das Nasenbluten heftiger aus als sonst. Und vor allem schneller: Sie haben nicht damit gerechnet, dass es noch am Tatort auftritt.«

»Dass da mei' Nas' blutet hätt', seh' ich als Strafe Gottes an. Vielleicht isch er der Meinung, dass ich mich trotzdem am Mellitus versündigt hab'«, sagte Brändle. »Vielleicht meint er, dass es nur den Lucidus hätt' treffe' solle'. Der war ja der Hauptschuldige am Tod meiner Erika.«

»Es waren nicht nur Blutstropfen in der Nähe des Honigeimers«, sagte Thomsen. »In der Aufregung sind Ihnen auch einige Tropfen Honig neben den Eimer geraten. Ein guter Imker wie Mellitus wäre nie so sorglos mit seinem kostbaren Honig umgegangen.«

»Liebe Freunde: Genug der Worte«, meldete sich nun Lucidus wieder.

Es fiel ihm wirklich schwer. Aber es half nichts, sein Karma und er hatten keine Wahl. Es würde nur alles gut gehen, wenn er den Willen des »Sol Invictus« umsetzte. Er musste die Sonnenkinder retten. Die Dinge waren, wie sie waren. Auch wenn er mit seiner Waffe nun vier Personen in eine andere Sphäre befördern und sich hinterher überlegen müsste, wie er das in seinen eigentlich perfekten Plan einfügen konnte.

Winterhalter wusste, dass nun der Moment für seinen großen Auftritt gekommen war. Er hatte sich an der Seitenwand der Kapelle entlanggeschlichen. Nun stand er ganz nah am Geschehen. Mit einem beherzten Sprung stürzte er sich von hinten auf Lucidus. Der ging – mit dem Kriminalbeamten auf dem Rücken – zu Boden. Winterhalter sah vielleicht etwas gemütlich aus, aber er hatte nicht zuletzt durch die Arbeit auf dem Hof und den Umgang mit den Tieren Bärenkräfte. Er überwältigte Lucidus, ohne auf Gegenwehr zu stoßen. Unmittelbare körperliche Gewalt gehörte offenbar tatsächlich nicht zum Repertoire des Sektenchefs.

Thomsen war baff: »Winterhalter, wie haben Sie …?«

»Des isch echtes Teamwork, Chef«, keuchte der über Lucidus Liegende.

## 29. Hilde und Claas

Frau Bergmann war am Telefon auf einmal ganz zahm gewesen. Sie hatte Thomsen sogar gratuliert. Um 17 Uhr sollten sie in der Dienststelle in Villingen sein, um die Vorgesetzte für die anschließende Pressekonferenz zu »briefen«, die für 17 Uhr 30 angesetzt war. Außer ihr würden der Oberstaatsanwalt, der Ö und eventuell auch Thomsen auf dem Podium sitzen. Letzterer beschloss, dies nach Möglichkeit dankend abzulehnen. Angesichts der Tatumstände und des Hintergrunds würde die Pressekonferenz deutschlandweit Beachtung finden. N-TV hatte sogar eine Live-Übertragung angekündigt. Für eine aufstrebende Spitzenbeamtin eine ausgezeichnete Möglichkeit, sich zu profilieren. Thomsen wünschte ihr dabei viel Spaß.

Er blickte auf die Uhr. Sie hatten noch fast eine Stunde bis zur Verabredung mit der Chefin. Das reichte locker. Winterhalter und er mussten sich wieder einmal einen Dienstwagen teilen, weil alle anderen Kollegen den Soko-Sitz im Rathaus von Großbiberbach auflösten. Zuvor hatten sie im Sonnenhof unter anderem Brindur verhört.

Bauer Brändle hatte den Haftbefehl des Amtsgerichts Villingen, der auf zweifachen Mord lautete, eigentlich mit großer Fassung getragen. Schwer mitgenommen hatte ihn aber, dass er statt des Sektenchefs ein Sonnenkind erschossen hatte, das gar nicht an der Behandlung seiner Tochter beteiligt war. Die Tarnung von Apricus war einfach zu gut gewesen. Selbst seine vielen Halsketten hatte Lucidus dem Vertrauten für diese letzte Fahrt überlassen. Ob der wirklich gewusst hatte, dass er umgebracht würde?

Und Lucidus? Seine letzten Monate auf dieser Erde würde er möglicherweise ohne viel Sonne im Gefängnis verbringen müssen. Thomsen merkte, wie ihn dieser Mann beschäftigte. Vielleicht etwas zu sehr.

Er beschloss, heute zur Feier des Tages mal das Gespräch mit Winterhalter zu suchen. »Sagen Sie, wie haben Sie uns denn eigentlich gefunden?«

Winterhalter schmunzelte. Es hatte wirklich Spaß gemacht, diesen selbstgerechten Lucidus zu überwältigen. »Bedanken Sie sich bei Frau Bergmann«, sagte er. »Die hat nämlich um halb zehn angerufen und wollte unbedingt mit Ihnen sprechen.«

Das war eine eher verharmlosende Umschreibung. Die Polizeichefin hatte sich erbost gezeigt, dass Thomsen wieder einmal nicht erreichbar gewesen war, hatte gemutmaßt, dieser sei sicher wieder eigenmächtig unterwegs, anstatt seiner Pflicht als Leiter der Sonderkommission nachzukommen.

»Und dann sagte sie, wenn ich Sie nicht innerhalb von einer Stunde herbeischaffe, würden Sie sie kennenlernen. Ich sollte Sie suchen. Über Handy waren Sie ja nicht zu erreichen.«

»Und dann?« Diese Bergmann ... Aber jetzt konnte sie sich eigentlich nicht mehr beschweren.

»Dann bin ich in Ihren Laptop reingegangen. Ich wusste ja, dass das Kennwort ›Matjes‹ ist ...«

Thomsen grollte. Aha, so etwas wusste der Kollege also. Der Norddeutsche beschloss, künftig noch vorsichtiger zu sein. Man konnte eben keinem trauen. Nicht einmal einem, der ihm das Leben gerettet hatte.

»Da habe ich gesehen, dass Sie dem Brändle auf der Spur sind. Also bin ich zu dem Hof gefahren, hab mich umgeschaut und dann bald die kleine Kapelle entdeckt.«

Thomsen überlegte, ob er den Kollegen dafür rügen sollte, dass er in seinen Sachen herumgeschnüffelt hatte. Auf jeden Fall würde vor der nächsten Benutzung des Laptops noch mehr Sagrotan zum Einsatz kommen. Und ein neues Kennwort. Aber heute wollte er mal nicht so sein. Er setzte wieder eine freundlichere Miene auf.

Winterhalters Handy klingelte. »Was?«, hörte Thomsen ihn sagen. »Zäher Schleim?« Und: »Gut: Mir sehet uns.«

»Mei' Frau«, sagte Winterhalter nach dem Auflegen erklärend.

»Ist sie erkältet?«, fragte Thomsen höflich.

Winterhalter antwortete nicht und beschleunigte den Wagen durch die Kurven.

»Ich kenne mich ja nicht so gut aus wie Sie, Kollege«, meinte Thomsen nach ein paar Minuten zögerlich. »Aber wieso fahren wir jetzt von Sankt Georgen aus in Richtung Furtwangen?« Winterhalter grummelte etwas von »Haben ja noch Zeit« und »schöne Strecke«. Dafür gab er allerdings ordentlich Gas.

Bei Vöhrenbach dämmerte dem bis dahin noch einmal im Geiste den Fall rekapitulierenden Thomsen endgültig, wohin die Fahrt ging. »Wir fahren zu Ihrem Bauernhof! Warum?«

Jetzt, kurz vor Linach, rückte Winterhalter endlich mit der Sprache heraus. Und mit jedem Kilometer näher am heimischen Hof wurde auch seine Dialektfärbung stärker. »Die Hilde! Mei' Lieblingskuh! Es geht endlich los mit de' Kalbung!« Er erwähnte eingefallene Beckenbänder, die große Unruhe des Tieres und Eröffnungswehen, die kurz bevorstanden.

In Zusammenhang mit Winterhalters Fahrstil brachte das Thomsen wieder völlig aus dem Konzept. Er wusste nicht, wie lange eine Kalbung dauerte. Er wusste nur, dass Frau Bergmann kein Verständnis dafür haben würde, wenn sie auch nur eine Minute zu spät kamen – und wenn sie wegen einer Kalbung die Fernseh-Nation warten lassen musste.

Thomsen überlegte, ab wann so eine Soko-Leitung endete. Mit dem aufgeklärten Fall? Mit dem unterschriebenen Protokoll? Mit anderen Worten: War er gegenüber Winterhalter in diesem Moment noch weisungsbefugt? »Fahren Sie sofort in die Dienststelle«, versuchte er es. »Wir haben noch 45 Minuten bis zum Termin mit Frau Bergmann!«

»Mache' Sie sich keine Sorge'«, gab Winterhalter zurück. »Die Abkalbebox hat mei' Frau scho' sauberg'macht und mit frischem Stroh ei'g'streut. Und die Fruchtblase vo' de' Hilde hat sie au' scho' fast g'sehe'. Des geht jetzt ruckzuck.«

Sie kamen gerade rechtzeitig zu den Presswehen. Thomsen zog es vor, im Auto zu bleiben und hätte den Wagen wohl geklaut, wenn Winterhalter nicht den Schlüssel abgezogen hätte. Der schlüpfte in seinen blauen Overall und eilte in den Stall, wo seine Frau der Hilde schon gut zuredete. Nach der dritten Presswehe tauchte der mittlerweile völlig aufgelöste Thomsen an der Stalltür auf. Weiter hinein traute er sich nicht. »Spätestens jetzt müssen wir losfahren, wenn wir es noch schaffen wollen«, rief er aufgeregt.

»Die Vorderbeine sind scho' zu sehe'«, bekam er zur Antwort. Noch nicht einmal umgedreht hatte sich Winterhalter. »Kommet Sie und gucke' Sie sich des an!« Dann widmete er sich wieder der kalbenden Hilde. »Du bisch mei' großes Mädle. Ich bin stolz auf dich.«

Thomsen lief in den folgenden Minuten noch zweimal zum Auto und zurück. Es war nicht zu fassen! Da hatten sie den Fall gelöst, und eine blöde Kuh stellte sich allem in den Weg. Und nun schleppte ihn auch noch die resolute Bauersfrau mit ihrem blauen Kopftuch von der Stalltür zur Abkalbebox.

Im Gegensatz zum Ehepaar Winterhalter dominierte beim Besucher keineswegs die Freude. Es war ein grauenvoller Anblick. Von der Vehemenz seiner Übelkeit her in etwa so, als müsse er zugleich eine Wasser- und eine Brandleiche besichtigen. Die zuckende Hilde, das viele Blut. Was Lucidus' wohlgesetzte Worte nicht geschafft hatten, würde nach diesem Anblick gelingen: Thomsen war ab sofort Vegetarier.

Da platzte Hildes Fruchtblase, und der Kopf des neugeborenen Kälbchens erschien. Winterhalter platzte fast ebenfalls – und zwar vor Stolz. »Ich bin so glücklich! Schauet Sie nu'!« Nichts lag Thomsen ferner. Bleich wankte er nach draußen und atmete mehrere Minuten tief durch, als endlich der stolze Vater – so fühlte er sich zumindest – ankam.

»Kollege, wie heißet Sie eigentlich mit Vorname'?«, wollte er wissen.

Thomsen sagte erst mal gar nichts und dann misstrauisch: »Claas.«

Winterhalter staunte. »Sind Sie sicher?«

»Warum denn nicht?«, fragte Thomsen pikiert. »Bei uns in Norddeutschland ist das ein durchaus gebräuchlicher Name.«

»Also gut«, entschied Winterhalter. »Dann heißt des Kälble jetzt Claas.«

Den Termin mit der Polizeichefin schafften die beiden Tierfreunde nicht einmal annähernd. Sie kamen aber gerade noch rechtzeitig zur Pressekonferenz. Die Polizeidirektorin winkte fast schon panisch den nach Stall riechenden Thomsen aufs Podest. Ihr selbst fehlten wichtige Detailkenntnisse der eben geklärten Sektenmorde. Auch ihre verzweifelten Versuche, Thomsen telefonisch zu erreichen, waren erfolglos geblieben. Funkloch …

Wenn es jetzt eine Blamage gab, würde das der letzte Kriminalfall dieses müffelnden Eigenbrötlers gewesen sein. Als die Kameras sich auf sie richteten, setzte sie aber eine professionelle Miene aus Lächeln, Entschlossenheit und Stolz auf.

## 30. Abgang

»Dort drüben sind die Keltengräber, und hier vorne ist die Spielarena, in der ich heute Morgen mit Maximilian war«, referierte Hummel. Carolin zog ihren Freund rasch weiter. In zehn Minuten begann das Stück des Zähringer-Theaters auf der Showbühne der Landesgartenschau. Hubertus war äußerst gespannt darauf, konnte aber nicht umhin, den Fremdenführer zu mimen. »Das ist der Möglingssee. Auf den Stufen kann man sich herrlich entspannen. Wir müssen noch mal tagsüber hierherkommen.«

Gewissermaßen war es die erste offizielle Abendveranstaltung für die junge Liebe. Hummel freute sich, war aber dennoch ein wenig angespannt. Er achtete genau darauf, ob ihm irgendein Bekannter über den Weg lief. Sicher würde ein nicht unwesentlicher Teil des Lehrerkollegiums dem kulturellen Ereignis beiwohnen. Carolin sah in ihrem cremefarbenen Hosenanzug bezaubernd aus. Nicht zu aufgetakelt, nicht zu sportlich. Aber auch er hatte sich Mühe gegeben: Stoffhose, blütenweißes Hemd und die frisch geputzten italienischen Schuhe. Ein schöner, lauer Sommerabend – und da sie mit Carolins Auto da waren, konnte er sich nach all dem Stress der letzten Tage vielleicht auch ein, zwei Gläser Wein gönnen.

Es würde doch noch alles so werden, wie er es sich zwischenzeitlich vorgestellt hatte. Am Vortag war er kurz nach der Heldentat von Kriminalhauptkommissar Winterhalter mit diesem, einigen anderen Polizisten und Klaus zum Sonnenhof gefahren. Nach Vermittlung durch Winterhalter hatte die durch die neuesten Entwicklungen reichlich erschütterte Elke eingewilligt, sich an der Pforte mit ihm zu treffen. Sie hatte sich durchaus gerührt gezeigt, dass Hubertus so besorgt um ihre Gesundheit gewesen war. Die Wortfetzen hatten sich aber natürlich auf die Heilung ihrer Seele, nicht auf die des Körpers bezogen, erklärte sie ihm wieder einmal mit einer Spur – tja, sollte man es spirituelle Arroganz nennen? Der von ihr erwähnte Krebs sei der von Andromeda gewesen, die ihr mehr denn je am Herzen liege.

Eine unerfreuliche Wendung hatte das Gespräch genommen, nachdem Elke wissen wollte, woher er denn einen Teil ihrer Unterhaltung mit Andromeda kannte? Natürlich hatte sie in ihrer Erregung über die Abhöraktion Hummel und Riesle in einen Topf geworfen und erklärt, sie sei sehr enttäuscht von ihrem Mann. Und dass er ausgerechnet den Namen des Enkels als Lockmittel missbraucht habe ...

Der Tief- und Endpunkt des Zusammentreffens war erreicht gewesen, als Hubertus endlich eine ultimative Antwort auf die Frage begehrt hatte, ob es auf dem Sonnenhof freie Liebe gebe und sie mit Brindur und/oder Lucidus ... »Du bist so schrecklich oberflächlich«, hatte sie empört gerufen und dann mit leiser Stimme hinzugefügt: »Hubertus, die Menschen hier sind anders als du. Und deshalb gehöre ich auch weiterhin hierher.«

Hummel hatte die gesamte Rückfahrt über geschwiegen.

Den Beginn eines neuen Zeitalters hatte Lucidus in seiner Vision gesehen. Was das Privatleben des Hubertus Hummel betraf, stimmte das. Als er die Sonne so langsam über dem Landesgartenschau-Gelände untergehen sah, dachte er an anderes als an die Abendmeditation von Elke und ihrem versprengten weißen Haufen. Er nahm Carolin in die Arme.

»Kommt, ich habe euch Presseplätze organisiert!« Klaus hatte die beiden erspäht. Er hielt nichts von Abendgarderobe, trug wie immer seine Jeansjacke und den Fotoapparat bei sich. Für die heutige »Kurier«-Ausgabe hatte er eine Sonderseite über die Sektenmorde gestalten dürfen.

In Reihe 2 waren gleich mehrere Plätze reserviert. Riesle setzte sich an den Rand (»Ich muss ab und zu raus zum Fotografieren«), Carolin kam in die Mitte, Hummel rechts neben sie. Und sogar auf einem vierten freien Plastikstuhl klebte noch ein »Reserviert«. Das sprach für Beinfreiheit. Die Zuschauerränge waren recht gut belegt. 800, vielleicht sogar 1000 Besucher.

»Tolle Sonderseite heute, Klaus«, lobte ihn Hummel – und Carolin nickte höflich.

Ganz uneitel stimmte der Verfasser zu: »War auch eine ganze Menge Arbeit.«

»Alle Hintergründe standen aber nicht drin«, schränkte

Hubertus etwas ein und schaute auf die Bühne. Es musste gleich losgehen. »War es denn jetzt Zufall, dass dieser Imker Kaltenbach auch eine Ambrosius-Karte besaß?«

»Na ja, in gewisser Weise schon«, erläuterte Riesle mit wissender Miene. »Kaltenbach und Bauer Brändle kannten sich – kein Wunder in einem so kleinen Dorf. Und der tief religiöse Brändle hat dem Imker mal ein solches Kärtchen geschenkt, damit sich der Schutzheilige seiner annehmen sollte.«

»Das war aber ganz schön riskant, wenn man bedenkt, dass er dann solche Kärtchen an den Tatorten deponiert hat...«, meinte Hummel.

»Das lag auch schon Jahre zurück. Zu dem Zeitpunkt wusste er ja noch nicht, dass er später einmal zwei Morde begehen würde. Und Brändle war ja nicht unbedingt ein Mörder aus niederen Beweggründen, sonst hätte er nicht noch Hinweise auf sein Motiv an den Tatorten hinterlassen. Übrigens hatte sich Lucidus ein paar dieser Ambrosius-Kärtchen besorgt und sie im Haus des Mobilfunk-Beraters deponieren lassen. Ebenso brillant wie infam.«

»Noch eine letzte Frage: Was war denn jetzt mit dem Pfarrer?«, wollte Hummel wissen.

»Der fühlt sich natürlich nach wie vor an das Beichtgeheimnis gebunden. Die Polizei geht aber davon aus, dass Mellitus tatsächlich am Mordtag sein Gewissen bei ihm erleichtert hat.« Riesle beugte sich nach vorne und fuhr fort: »Vielleicht war Mellitus ja tatsächlich kurz davor, die Sonnenkinder zu verlassen. Wenn er schon bei einem katholischen Pfarrer gebeichtet hat. Möglicherweise wollte er nur noch die Honigernte abwarten und dann verschwinden.«

»Weißt du, wie es mit der Sekte weitergeht?«, fragte Hummel und musste automatisch an Elke denken.

»Dieser Brindur sagte, es würden fast alle zusammenbleiben. Auch die anderen Dependancen seien von der nahenden Endzeit überzeugt. Brindur meinte, er sei sicher, dass die ›Kinder der Sonne‹ auch künftig einen Heilungsauftrag hätten. Zu Winterhalter hat er außerdem gesagt, dass die Sonne nur wegen einiger negativer Schwingungen nicht aufhöre zu strahlen.«

»Und deine Ex-Frau?«, fragte Carolin, während sich rechts

jemand auf den freien Platz setzte, was Hubertus seiner Beinfreiheit beraubte. »N'Abend.«

»Martina?«, staunte Hummel, dessen Anspannung sich plötzlich massiv verstärkte. Das erste Treffen zwischen Tochter und neuer Freundin.

»Äh, Carolin«, wandte sich Hummel nach links. »Das ist meine Tochter Martina.« Kopfdrehen. »Martina, das ist Carolin.«

Während Carolin kundtat, dass sie sich freue, ignorierte Martina die Lehrerin und sagte nur: »Frau, nicht Ex-Frau. Mami ist die Frau von Papa.« Dann wandte sie sich an Klaus: »Danke für den Platz.«

»Wo ist Maxi?«, fragte Hummel mit bösen Vorahnungen, was den weiteren Verlauf des Abends betraf.

»Bei Didi. Sind ja nicht alle Väter so verantwortungslos.«

Rumms, das saß. Riesle grinste. Carolin fühlte sich ähnlich unwohl wie Hubertus, oder vielleicht etwas weniger, weil Hummel die Sturheit seiner Tochter besser kannte. Und die Sommersprossen, die gerade in der Dämmerung gefährlich aufleuchteten.

»Wie fühlen Sie sich so?«, fragte sie Carolin giftig.

Die überlegte. »Gut«, wäre wohl die falsche Antwort gewesen. »Schlecht«, traf es aber auch nicht. Also schwieg sie.

Der Oberbürgermeister der Doppelstadt rückte sich die runde Brille zurecht. Er war ein ausgewiesener Kulturfreund und wollte es sich nicht nehmen lassen, den »Regenbogentraum« selbst anzukündigen. Das Bühnenbild erschien ihm etwas schlicht, wie er da so hinter dem Vorhang stand. Auch die Schauspieler hielten sich noch verborgen.

»Meine Damen und Herren, liebe Kulturfreundinnen und -freunde. Willkommen in Villingen-Schwenningen, willkommen auf der Landesgartenschau.« Mit diesen Worten trat er vor das Publikum. »Diese bringt uns eine wunderbare Vielfalt. Natur, Bildung, Sport – und nicht zuletzt auch Kultur. Ich freue mich ungeheuer auf die nun folgende Vorführung. Angelehnt an Shakespeares ›Sommernachtstraum‹ hat unser Impresario eine ganz besondere Komödien-Inszenierung geschaffen – und eine aufklärerische, Toleranz einklagende dazu. Freuen Sie sich mit mir auf Edelbert Burgbacher und sein Ensemble des Zähringer-Theaters.«

Großer Beifall. Auch wenn den angekündigten »Regenbogentraum« nur die wenigsten kannten. Bei einer Komödie riskierte man schließlich nichts. Einfach unbeschwert entspannen, sehen und gesehen werden.

Edelbert Burgbacher schlurfte auf die Bühne. Allein. Weiß geschminkt inklusive der Glatze, die Augen schwarz umrandet, mit einem Bündel Papieren in der Hand. »Das Ensemble bin ich«, verkündete er düster. Und: »Programmänderung aus aktuellem Anlass. Ich lese Joan Didion: ›Das Jahr magischen Denkens‹. Ein Stück über Verlust.«

Im Publikum herrschte Ratlosigkeit. Der eine oder andere spekulierte, es sei möglicherweise Teil der Komödie, die Zuschauer auf eine falsche Fährte zu locken. Diesem Burgbacher war so etwas durchaus zuzutrauen.

»Wie fühlt man sich so, wenn man einer Frau und Mutter den Mann wegnimmt?«, wollte Martina derweil in Reihe 2 beharrlich von Carolin wissen. Der zwischen beiden sitzende Hummel wurde ignoriert.

»Liebe Martina«, setzte Carolin freundlich an. »Wegnehmen trifft es sicher nicht ...«

»Ja, ja«, meinte Martina. »Natürlich gehört auch die Dummheit des Mannes dazu. Und in Ihrem Fall ...«

»Könnten die Damen hier vorne ihr Schwätzchen vielleicht woanders halten?«, dröhnte es von der Bühne. Da verstummte selbst Martina.

Burgbacher setzte seinen Monolog fort. Die zwei Tage nach der Kündigung seines Reserve-Ensembles hatten bei Weitem nicht mehr ausgereicht, um das »Jahr magischen Denkens« auswendig zu lernen. Es musste aber eben gezwungenermaßen ein Solo-Stück sein – und dieses entsprach auch am ehesten seinem Gemütszustand.

»Man setzt sich zum Abendessen, und das Leben, das man kennt, hört auf. Eine Frage des Selbstmitleids«, deklamierte er mit Blick auf das Manuskript. Der Beleuchter hatte es einfach: Scheinwerfer auf Burgbacher, zumal der sich kaum bewegte.

Schmerz, Tod, Fassungslosigkeit, Abschied – das waren in

etwa genau die Themen, die an diesem Abend vom Publikum nicht gewollt waren. Drei, vier Minuten lang bekam Burgbacher die gewünschte Aufmerksamkeit. Zumindest war es sehr, sehr leise.

Allmählich aber wurden die ersten ungeduldig und begannen auf ihren Stühlen hin und her zu rutschten. So wie Hubertus Hummel. Er verfluchte Klaus, der Martina den Platz neben ihm reserviert hatte. Wahrscheinlich war das ein abgekartetes Spiel gewesen, um Carolin zu brüskieren. Hummel kannte seine Tochter gut genug, um zu wissen, dass das Parallel-Schauspiel in Reihe 2 noch nicht vorbei war.

Ein paar Zuschauer standen auf. Leise schwärmten sie aus in das weitläufige Gelände. Zunächst guckte Burgbacher nur strafend, bei den nächsten Flüchtenden merkte man aber, wie es in ihm brodelte.

Zum Ausbruch kam der Vulkan, als eine ältere Dame in Reihe 3 sagte: »Des isch aber kei' Komödie!«

Der Impresario nestelte in seinen Papieren und sagte mit dröhnender Bass-Stimme: »Schön, dass Sie so aufmerksam sind. Sie haben völlig recht. Es ist eine Grammatik des Verlustes. Eine, für die man Ruhe braucht!«

Die Dame gab aber nicht so leicht klein bei: »In de' Ankündigung isch aber g'stande', es gäb heut' eine Komödie.«

Gleichzeitig standen weitere Zuschauer auf und gingen.

Burgbacher feuerte seine Zettelsammlung auf den Bühnenboden: »Komödie, Komödie! Man kann nicht immer nur Komödien spielen!« Und wieder mit kräftigstem Bass: »Oberflächliche Spießbürger!«

Des Impresarios Ausbruch schien auch Martina neuen Schwung zu geben, zumal der Geräuschpegel im Publikum nun ohnehin anschwoll.

Sie wandte sich an ihren Vater. Oder gleich an Carolin? »Normalerweise verlässt man doch seine Frau wegen einer, die jünger aussieht. Du hast da wohl etwas nicht verstanden, Papa!«

Ihre Augen funkelten.

Hubertus rutschte immer tiefer in seinen Sitz hinein. Riesle fotografierte. Dennoch bestand kein Zweifel daran, dass er alles mitbekam.

»Und hübscher«, fügte sie dann noch hinzu. Es ging ihr offenbar nur um Krawall.

Oben auf der Bühne hatte sich Burgbacher mittlerweile in Rage geredet. »Ich habe es doch nicht nötig, mich mit so einem Provinzpublikum abzugeben!«

Carolin starrte auf die Bühne und tat so, als würde sie Martinas Provokationen nicht hören.

»Martina …«, sagte Hubertus jetzt mit rotem Kopf.

»Sekt saufen und Schnittchen fressen – das ist alles, was ihr könnt!«, brüllte Burgbacher und ging ohne Applaus von der Bühne ab.

Die Stuhlreihen leerten sich rasch.

»Zu-ga-be«, forderte Klaus ironisch.

Martina spielte derweil ihren vorerst letzten Trumpf aus. Sie beugte sich wieder nach vorne und zischte an Hubertus' mächtigem Körper vorbei: »Außerdem merkt doch jeder Blinde, warum du dir meinen Vater geangelt hast. Du suchst verzweifelt einen Dummen, der dich schwängert, weil es höchste Zeit ist und du es nicht früher auf die Reihe bekommen hast!«

Treffer versenkt. Carolin stand auf: »Ich wünsche euch noch einen schönen Abend! Und danke für deine Unterstützung, Hubertus!«

Sie rauschte in Richtung Ausgang. Hummel sah mit immer noch rotem Kopf, wie der cremefarbene Hosenanzug von der Menge verschluckt wurde.

»Vielen Dank für meine tolle neue Stiefmutter«, schimpfte derweil Martina, erhob sich ebenfalls und verschwand in die andere Richtung.

Dafür gesellte sich ein weiterer Besucher hinzu: »Guten Abend, Hubertus«, sagte Klaus-Dieter Pergel-Bülow. »Seid ihr auch hier?«

Hummel saß düster auf seinem Stuhl und schwieg.

»Was ich dich fragen wollte, Hubertus«, sprach Pergel-Bülow, dem die Sache sichtlich unangenehm war. »Wegen des Hybridwagens. Der Car-Sharing-Verein …«

Nun kam wieder Leben in Hummel: »Gut, dass du das ansprichst.« Er führte Pergel-Bülow zum immer noch mit seiner Kamera herumhantierenden Riesle. »Du kennst ja vielleicht

Klaus. Er hat den Wagen in seiner Obhut und kann dir alle diesbezüglichen Fragen beantworten.«

Damit ließ er die beiden zu Riesles Entsetzen stehen und ging Richtung Bühne, wo ein leidender Burgbacher saß und vor sich hin schwadronierte: »Diese Demütigung! Und dieser reiche Pöbel hier!« Sein weiß geschminktes Gesicht richtete sich auf Hummel: »Das ertrage ich nur mit einem Trollinger. Und du als mein letzter Freund musst mir Gesellschaft leisten«, dröhnte er.

Hubertus schüttelte langsam den Kopf und klopfte dem Impresario im Vorbeigehen zum Trost auf die Schulter. Dann verschwand er alleine in der Dunkelheit.